Delio Tessa · Drei Katzen, ein Mann

Delio Tessa

Drei Katzen, ein Mann

und andere
ambrosianische
Geschichten

Aus dem Italienischen
übersetzt und mit
einem Nachwort von
Lieselotte Kittenberger

Verlag Das Arsenal

Die italienische Originalausgabe erschien 1988 unter dem Titel
Ore di città bei Giulio Einaudi Ed. in Turin.

ISBN 3-921810-55-8

»Die großen Reminiszenzen, die historischen Schauer – sie sind dem wahren Flaneur ja ein Bettel, den er gerne dem Reisenden überläßt. Und all sein Wissen von Künstlerklausen, Geburtsstätten oder fürstlichen Domizilen gibt der für die Witterung einer einzigen Schwelle oder das Tastgefühl einer einzigen Fliese dahin, wie der erstbeste Hausbund sie mit davon trägt.«

Walter Benjamin

Portiers

Ich fange mal an zu erzählen, und dann sehen wir weiter.
Das Haus ist wirklich sehr alt. Zum Fürchten alt.
Vor Jahren ist eine Jalousie heruntergekracht, und um ein Haar hätte es einen Mieter erwischt. Der hätte nicht länger um seinen Vertrag gebangt.
Verwahrlost ist es, das muß ich schon sagen, aber schön; und nicht im Sanierungsplan. Gott sei Dank!
Einige von euch sind bestimmt schon dagewesen, vor oder nach dem Krieg, als im ersten Stock ein bekannter Augenarzt wohnte, dessen Namen ich nicht an die große Glocke hängen will. Das Haus liegt in einer Sackgasse, die heute anders aussieht als früher, rechts ab vom Corso Roma, dann links am Ende der Gasse.
Es ist schon immer absolut unmöglich gewesen, unbemerkt von den Portiersleuten in den Hof zu gelangen. Die Sciora Erminia hat so ihre hinterhältigen Methoden. Sie kennt dich nicht, und du willst dich – ahnungslos – an ihr vorbeidrücken, oder aber du meinst, sie nicht zu brauchen, um gesagt zu bekommen, wohin du gehen mußt.
Die Sciora Erminia läßt dich zehn Schritte weit in die Einfahrt, dann schickt sie dir von hinten ein *He da!* nach, wie ein Cowboy sein Lasso, und nagelt dich fest. Dann zieht sie die Schlinge fester mit einem gebieterischen: »He Sie, wo wollen Sie hin?«
Derart überrumpelt verhedderst du dich, als wärst du vor dem Polizeikommissar, und weißt nicht mehr den Namen der Person, zu der du wolltest.
Als der Augenarzt hier wohnte, wußten die Portiersleute genauestens über ihn Bescheid, wie viele Leute hinaufgegangen waren, und was er an einem Tag verdient haben mochte. Es waren recht hübsche Sümmchen! Und dabei beschwerte sich der Doktor jedesmal, wenn er vorbeikam: »Schlechte Zeiten, man weiß ja nicht einmal, wie man Feuer machen soll!«

Die schüchternen und armen Patienten fragten zuerst bei Scior Pinin nach, was sie oben ungefähr zahlen müßten.
»Äh... das kommt darauf an, wo Sie sich hinsetzen...«
»Das heißt...?«
»Also, wenn Sie sich im Vorzimmer hinsetzen, kommen Sie mit einem Cavourin aus (das waren noch Zeiten!), im kleinen Salon ist's schon mehr, und erst im großen Salon...«
Derjenige ging dann hinauf und wußte, wonach er sich richten mußte. Dem Peder – das war der Diener – sagte er: »Machen Sie sich keine Umstände... ich warte im Vorzimmer«, und um dableiben zu dürfen, drückte er ihm einen Franken in die Hand...
Der Peder hat inzwischen den Posten aufgegeben und sich ein Häuschen gebaut!

Im Hof links war das Bureau der Tierfreunde.
»Ist da der Tierverein...?«, wurde Sciora Erminia von den Kutschern gefragt, die Schützer und Beschützte verwechselten.
Der Scior Pinin hatte im Sommer gelernt, wie man Schwalben auffliegen läßt.
Nach einem Gewitter oder aus sonst einem Grund stürzten die Schwalben in den Hof, und wenn sie nicht Opfer der Katzen wurden, blieben sie dort am Boden, ohne auffliegen zu können. Dann griff unser Pinin ein, mühte sich ab, bis er eine gefangen hatte, und – wumm – warf er sie in die Luft.
»Bravo, Felice!«
Donna Lina, die Vorsitzende der Tierfreunde, trat ans Fenster und lächelte zufrieden... »Bravo, Felice!«
Für jede Schwalbe bekam er zwei Lire.
Pinin oder Felice?
Eigentlich heißt er Felice, aber er erklärte mir: »Mein Taufpate war der Pin [in der Hochsprache ist das Giuseppe] von der Vittoriakirche, und da haben sie mich den Pinin [den kleinen Giuseppe] genannt. So sind die Leute früher zu ihren Namen gekommen. Die Notarsakten können ein Lied davon singen.«

Heute hat die Amsel auf dem Dach der Nummer 15 die längste Zeit mit verdächtiger Inbrunst gepfiffen:
»Die Amsel ruft das Wasser herunter«, stellte Scior Pinin sachkundig fest... dann haben sich auch noch die Katzen ständig über die Ohren gestrichen... und tatsächlich, um 3 Uhr: ein Wolkenbruch. Das alte Haus hat Tränenströme vergossen aus all seinen durchgerosteten Regenrinnen.
»Wo steckt denn die Kleine?«
»Die ist im Flur. Sie hat Angst vor dem Donner.«
»Hahaha!«
Er lacht aus vollem Hals... und dann erzählt er:
»Sie können sich wahrscheinlich nicht an das große Gewitter von '78 erinnern, als das Glasdach der Passage heruntergekommen ist. Da hat es vielleicht geschüttet! Und gehagelt hat's wie mit Kartoffeln!«
»Und wo waren Sie?«
»Wer, ich?«
»Ja, Sie!«
»Ich war zu Haus.«
»In San Vit!«
»Ja, in San Vit, mit meiner seligen Mutter und zwei Hühnern.«
»Mit zwei Hühnern?«
»Jawohl, zwei Hühner, und alle zwei sind uns gestorben!«
»Alle zwei!... Vor lauter Schreck?«
»Ja, vor lauter Schreck.«
Das Mißgeschick der beiden Hühner, die sich im Sturm zu Tode erschreckten, kommt bei jedem Gewitter wieder hoch. Es gehört zum festen Repertoire wie der längst klassische Streich, den Pinin seinem Freund Amedeo, ebenfalls Portier im Viertel, zu jedem Namenstag spielt. Seit Jahren bekommt Amedeo von Pinin eine Karte mit einem Säufer darauf und der Unterschrift: »Dein Freund Tullio«.
»Hahaha! So kommt der nie drauf, daß ich das bin!«
Und der andere, wenn er die Karte bekommt:

»Das ist der Lambertin.«

Am Abend dann, wenn sich die beiden Portiers treffen, können sie sich stundenlang darüber unterhalten:

»Wer das nur ist?«

Dieser... jener...

Um zehn Uhr wird schließlich das Haustor geschlossen, und alles geht zu Bett.

Das Café der Sciora Cecchina

Es lag an der Piazza Fontana, dem Erzbischöflichen Palais gegenüber, und das seit undenklichen Zeiten.
Jene prächtig rotbackigen Händler vom Land, die zweimal pro Woche in die Stadt strömen, kehrten dort ein, tranken ihren Liter und aßen einen Happen, nachdem sie Markt gehalten hatten und bevor sie auf den Kutschbock kletterten: Hott!... auf geht's!
Samstags und dienstags gab es keinen freien Platz im kleinen Café. Damals fanden die Gerichtsverhandlungen zwischen halb eins und halb zwei statt, und dann ging auch ich manchmal dorthin. Ich wurde an eine Tischkante gezwängt, vor eine halbe Serviette als Unterlage; mein Gegenüber war meist einer jener Kufenträger mit vom Wein geröteten Gesicht, der einfach so, um ins Gespräch zu kommen, mich fragte: Womit handeln Sie denn?
Eines schönen Tages fanden die Händler zu ihrer großen Verwunderung die Tür verschlossen, mit dem Holzladen davor. Die Rolläden herunten, alles dicht.
Frau Cecchina hatte im Halbstock darüber ihre Wohnung. Ihre Stammgäste konnten es nicht fassen. Einer warf Steinchen gegen die Fensterläden.
»He da! Kundschaft!«
Zwei, drei Männer gingen nach oben, um mit ihr zu verhandeln.
»Na so was, Sie haben zugesperrt?«
»Sicher, da kommt doch die Bank hin.«
»Was für eine Bank denn?«
»Na eure. Die Nationalbank für Landwirtschaft.«
»Und Sie?«
»Ich geb' auf.«
Die alten und anhänglichen Kunden äußerten den Wunsch, Frau Cecchina möge sie in der Wohnung bewirten, in der Küche vielleicht, oder wo sie wollte, nur auf die Straße setzen sollte sie sie nicht nach so vielen Jahren.

»Und Sie sind also nicht einverstanden!«

Mit der Schließung des Cafés erging es meinem armen Herrn Papà, als hätte man ihm ein Bein amputiert. Er war schon alt, und von da an verließ er abends kaum noch das Haus.

Seit fast einem Jahrhundert ging der Scior Luon ins Café an der Piazza Fontana, und hatte dabei drei, vier Cecchinas sich hinter der Theke ablösen sehen.

»Scior Luon, wo war denn dieser Tisch am Abend des 6. Februar?«

An diesem Tisch (wenn man eintrat, dem ersten von rechts) fand sich regelmäßig Rechtsanwalt Lovati senior mit seinen Söhnen ein, die damals schon gestandene Männer waren. Sie setzten sich ohne Umschweife, begannen aber nicht zu essen. Als erster mußte sich der Vater bedienen: Wer dem zuwiderhandelte, wurde sofort ermahnt: Du sollst deinen Vater ehren.

Der kleine Raum links war für den Stammtisch der Fußballspieler reserviert. Damals war der Fußball ein Sport ohne besondere Bedeutung, einer unter anderen. Während des Krieges hatte sich der Raum plötzlich geleert. Alle waren sie draußen, einer auf dem Carso, einer im Val Lagarina... Und immer wieder trafen schlechte Nachrichten ein, an der Theke der Sciora Cecchina:

»Haben Sie gehört? Die Familie vom Gusto hat Bescheid bekommen... aber ja, der Gusto!... der große Blonde... ja, auf dem Sabotino, haben sie mir gesagt.«

Die alten Männer kommentierten an ihrem Tisch: Tja, der Krieg! Obwohl die Engländer unsere Verbündeten waren, bekamen sie auf jenen Plüschbänken keine allzu gute Presse:

»Perfides Albion«, meinte Herr Radius.

»Die treiben Wasser auf ihre Mühlen«, setzte mein Vater hinzu.

Ceser – der Spüljunge im Café – steckte die Schürze hoch, wagte sich zwei Schritte in den Raum vor und mischte sich ins Gespräch:

»Die Engländer?! Ja wissen Sie, wie die früher waren?«

»Auf dich und deine Weisheiten haben wir gewartet!«

»Wie die Tiere, sag ich Ihnen! Früher sind die Engländer wie die Tiere auf allen vieren gelaufen! Erst als der Julius Cäsar hingekom-

men ist und gesehen hat, daß sie herumlaufen wie die Katzen, hat er zu ihnen gesagt: aber, aber! Wir alle gehen nur auf den Füßen, versucht das doch mal! – Und seither laufen sie herum wie wir!«
Der Marches Carchen, der in jüngeren Jahren die halbe Welt bereist hatte, schüttelte schweigend das Haupt.
Dann kam die Schlacht von Caporetto. Mein Vater war pessimistisch und erinnerte an Lissa und Custoza, Herr Radius, der unter Österreich als Soldat gedient hatte (im Kordon bei Radetzkys Begräbnis, um die Leute zurückzuhalten) und dann '59 nach Piemont geflüchtet war, gab sich als feuriger Patriot. Ceser redete davon, sich als Freiwilliger zu melden.
»Feiner Soldat!«, brummte Marchese Carcano.
Widerstand, Gegenschlag, Sieg und Frieden beherrschten alle Gespräche.
An einem anderen Tisch weiter hinten saß ein Grüppchen von sieben oder acht Taubstummen, die spielten Karten und redeten dabei mit den Fingern in atemberaubender Geschwindigkeit. Wenn ein Spieler mit seinem Stich die Partie beendete, winselte sein Gegner wie eine Hyäne, und das Katzengejaule bekräftigte die Überlegungen zum Ursprung des Konflikts und über die Mittel zu seiner Beilegung.
Der Marches Carchen saß rittlings auf einem Stuhl, die Arme auf die Lehne gestützt, und rauchte schweigend.
»Ach, der Krieg! Es ist doch immer dieselbe Geschichte, immer dieselbe Zerstörungswut!«
»Wenn doch alle blieben, wo sie hingehören!«
»Was soll das denn jetzt…«
Endlich rückte in einer Pause der Marches Carchen mit seiner Meinung heraus:
»Spitzbübereien, nichts als Spitzbübereien!«
Versteht ihr? Was war der europäische Krieg für ihn schon? Ein dummer Jungenstreich!!
Herrn Radius packte die Wut; er wollte ihm den Marmortisch an den Kopf werfen!

Seit jenem Abend sind achtzehn Jahre vergangen, und nach all dem, was ich gesehen habe und noch zu sehen gefaßt bin, weiß ich nicht mehr, wer eigentlich recht und wer unrecht hat.

Der Marches Carchen war einer jener unerschütterlichen alten Mailänder, die sich mit Gleichgültigkeit panzern. Ich könnte mir vorstellen, daß er durchaus imstande gewesen wäre, eines Morgens, an dem er wie gewöhnlich mit seiner Frau im Bett lag, den Diener zu rufen: Togn! den Kaffee...!
Und dann mit einem Nicken in Richtung seiner Frau neben ihm: *Äh... heute nur einen, sie ist in dieser Nacht gestorben!*
Er verreiste einfach so, ohne Gepäck. Einmal traf ihn Herr Radius am Hauptbahnhof. Selbst mit Koffern und Paketen beladen, löste er eine Fahrkarte nach Chiaravalle, um dort in die Kutsche nach Sorighee zu steigen, wo das Landgut seiner Familie lag. Der andere fuhr nach Boston und hatte nichts als ein Panettone und eine Flasche Marsala im Gepäck!

Er endete im Lehnstuhl. Ich erinnere mich, daß ich meinen Vater in eine Portiersloge an der Piazzetta Durini begleitete, wo er sich nach ihm erkundigte:
»Wie geht's dem Scior Carchen?«
»Recht gut!«
»Ja was denn? Hat ihn nicht der Schlag getroffen?«
»Schon, aber er macht's noch.«
»Ißt er was?«
»Und ob! Wenn man ihn erst ließe!«
...Aber dann kam das Krepsylon (der Volltreffer!). *Das Krepsylon mit Ypsilon,* wie meine Großmutter zu sagen pflegte, und wie sie es für sich erhoffte...

Piazza Vetra (wie sie früher war)

Der alten Piazza und dem dort logierenden Volk verdanke ich meine wenigen Kenntnisse an Mailänder Dialekt.
Mein Freund Luigi Degli Occhi, der gar nicht weit entfernt, in San Sisto, wohnt und in den heldenhaften Zeiten des Aufruhrs, von ehrfürchtigem Schauder erfaßt, einen weiten Bogen um sie schlug, hatte sie zur Felduniversität ernannt, in Huldigung des Krieges, den ihr Volk seit Jahren gegen die Staatsmacht führte, und weil sie die Hohe Schule vollendeter Beredsamkeit war.
Besagte Staatsmacht war nur einen Katzensprung entfernt, in der Nummer 15, und zwar in Form einer Abteilung der Königlichen Carabinieri. Ohne den geringsten Verdacht blickte sie auf diese Bruchbuden, die finsteren Gassen, Löcher und Spelunken, die sich in der berüchtigten Via Vetraschi mit Blick auf die Vedra wie in einer tiefen Höhle zusammendrängten, genau an der Stelle, wo heute das Schulgebäude und das Superkino entstanden sind.

Die Häuser waren hoffnungslos verwahrlost. Wenn man über einflußreiche Freundschaften verfügte, konnte man ohne Gefahr einen der verlotterten Läden betreten, und war die Freundschaft altbewährt, baten dich die Leute ins Hinterzimmer, wo sich ein interessanter Anblick bot...
...ich sehe wieder einen riesengroßen, hohen Raum mit dämmrigen Ecken; da und dort lagen die jämmerlichen Rümpfe alter Kutschen herum, dem Zerfall preisgegeben. Es waren fünf oder sechs abgewrackte Droschken, wie sie früher über das Pflaster der Stadt rollten.
»Ja aber, wie kommen denn diese alten Kästen hierher?«
»Früher soll hier im Haus ein Wagenschuppen gewesen sein und auch ein Pferdestall dabei...«
...Ich stelle mir vor, wie in den Nächten jener weit zurückliegenden Jahre die klapprigen Gäule hinkend und stolpernd zu den

Ställen der düsteren Piazza heimkehrten. Gab es jemand in ganz Mailand, der müder war als sie?
In einer Droschke ganz ohne Räder und ohne Deichsel hängen noch ein paar Zipfel vom dunkelblauen Vorhang...
Ich schaue diese Fetzen an... und mir ist, als hörte ich eine Stimme... es ist ein junger Mann. Neben ihm, fest an ihn geschmiegt, eine Jungfer, die ungesehen bleiben will... (zu jener Zeit hießen die jungen Damen noch Jungfern und nicht Mädchen wie heute).
...sie steigen ein.
»Wohin soll's gehen?«
»Wohin Sie wollen.«
Es ist ein sehr milder, lauer Abend im Mai...
Die Droschke biegt in die erstbeste Straße, und gemächlich schaukelt sie auf die Bastion zu... die hohen Kastanien, die heruntergelassenen Vorhänge besiegen die letzte Sprödheit der Jungfer...
Mein Begleiter sagt: »Jetzt werden diese Räume als Lager genutzt.«
»Und was wird gelagert?«
»Alles mögliche!«
Ich habe verstanden. Mein Vertrauensmann fährt fort: »Wenn man hier weitergeht, von einem Hof in den anderen, kommt man in San Vit heraus...«

Auf der Vedra habe ich kleine und große Ganoven kennengelernt: Die Taschendiebe, das waren die ganz unten, die sich mit einzelnen Geldbörsen begnügten. *Sie stibitzen*, hieß es; leicht und mit Fingerspitzengefühl zogen sie einem die Brieftasche heraus, oder drastischer: *Sie machen die Wachtel kalt.*
Bis diese guten Leutchen sich entschlossen auszupacken, brauchte es seine Zeit, man mußte bei ihnen bleiben, bis sie die Anwesenheit des Eindringlings vergessen hatten. Wenn einer neugierige Fragen stellte, verschlossen sie sich, und mit ihnen war nichts mehr anzufangen. Die *Neger* verhielten sich zu den Dieben wie die Notare zu den Rechtsanwälten. Sie verkörperten die Elite der Zunft. Ihr

Aktionsbereich waren die Züge. Stattliche Erscheinung, korrekte Umgangsformen und Kleidung, dazu eine Dauerkarte der Staatlichen Eisenbahn. Sie reisten kaum je allein. Irgendein hübsches Mädchen begleitete sie. Nicht immer ist es einem Mann möglich, mit dem Nachbarn ins Gespräch zu kommen. Da kann die Anwesenheit einer Frau nützlich sein.

Einmal war ich dabei, als die letzten Reste einer Diebesbeute verteilt wurden. Darunter waren die Ausweise, die persönlichen Dokumente einer bedauernswerten Ausländerin. Ich stellte mir dieses arme Geschöpf vor, wie sie ohne Papiere, der Sprache nicht mächtig, nach ihrem Konsulat suchte, um ihrer Not ein Ende zu setzen. Ich empfand Mitleid angesichts ihrer unglücklichen Lage, und alle stimmten mir zu. Na und? Warum dann nicht wenigstens die Papiere zurückgeben, die niemandem nützen und sogar gefährlich sein können?

Sie antworteten mir, daß die Rückgabe immer ein gewisses Risiko darstelle, und daß es besser sei, alles zu verbrennen. Aber ich habe mit so viel Eifer die Sache der armen Ausländerin ohne Papiere vertreten, daß ich nicht daran zweifle, sie zur Rückgabe bewegt zu haben. Wenn der liebe Gott einmal abrechnet, wird er ihnen deshalb generell mildernde Umstände gewähren.

Gleich nach dem Krieg hielt ich an einem Abend vor Weihnachten in einem Haus an der Piazza Vetra eine Porta-Lesung. Es war nicht eben ein literarischer Salon. Was für ein Salon es war, werde ich euch nicht sagen. Dabei erlebte ich zwei Überraschungen. Erstens stellte ich fest, daß Porta besser bekannt ist, als man glauben möchte: »Lesen Sie uns doch dieses, und jenes...« Sie kannten die Titel und auch die wichtigsten Verse. Ja und was dann? Dann sah ich, daß mein geplantes Programm nicht ankam, und ich mußte es direkt vor Ort ersetzen. Ich hatte mir gedacht: niederes Volk, leichte Mädchen... also: flotte Texte! Aber was! Die *Ninetta vom Verziere* ließ sie kalt, »Jetzt gebt Ruhe!« und die *Sura Caterinin* erweckten keinerlei Interesse. Statt dessen begeisterten sie sich für die episch breiten Gemälde von den gespreizten und bigotten alten Damen des achtzehnten Jahrhunderts, und sie ließen sich rühren vom Los der armen Pfarrer, die sich die Fersen wund liefen, um ein Begräbnis oder eine Messe zu ergattern. Auch sie waren Proletarier! Abschließend sei noch vermerkt, daß es mir in herrschaftlichen Häusern umgekehrt ergangen ist. Was darf ich daraus schließen?

Jedes Viertel hat seine Ruhepause. Und wenn nur zwei oder drei Stunden vor Tagesanbruch. Die Vedra nicht: sie kannte keinen Schlaf. Luxuslimousinen kamen aus fragwürdigem Grund angefahren. Leute tuschelten an den Wagentüren. Lange hielten sie. Dann rührte sich der Turm von San Lorenzo. Das Angelusläuten verscheuchte sie.

Wer dort wohnte, wurde weder behelligt noch angeflegelt. Die anderen aber traf öfter ein spitzer Pfeil.

Kam ein steifer Hut daher...

»Hau ab, du Angströhre! Verschwinde!«

Kam eine Blonde daher...

»Maisschädel!«

Kam ein Lockenköpfchen daher...

»Wirsingschädel!«

Aber mein Freund Luigi, der – wie ich euch schon sagte – in San Sisto (ein paar Schritte weiter) wohnte, sorgte sich zu Unrecht. Folgender Vorfall hätte ihn übrigens vergewissern müssen.

Die Mutter eines meiner Schulkameraden, die im Viertel einen Seilerladen betrieb, war eines Sonntags in der Kirche, als sie spürte, wie ihr jemand in die Taschen griff. Kreischend gab sie Alarm:

»Oh Gott, Diebe!«

Es waren zwei Kerle. Der eine, der die Umgebung im Auge behielt, versetzte dem anderen, der den Diebstahl ausführen sollte, einen Stoß in die Rippen und murrte:

»Trottel! Siehst du nicht, daß es die Seilersfrau von der Nummer zwanzig ist!...«

Dann verdufteten sie.

Corso Vittorio Emanuele, 1905

Am Vittorio-Emanuele-Denkmal auf dem Domplatz. Etwa 1930

Angestellte um 1890...

...sogar schon früher... Oh Gott! 1870-69-65... ja richtig, 1865, das ist das Jahr, in dem mein Vater in der Sparkasse eingestellt wurde...
Zufällig habe ich eine der neuesten Stellenausschreibungen dieses ehrwürdigen Instituts unter die Augen bekommen. Du lieber Himmel! Ist es menschenmöglich, so viele Dokumente vorzulegen? Und sie zu beschaffen? Und dann den Einstellungstest zu machen? Und dann noch die Ergebnisse abzuwarten? Nein... wie mühsam ist das Leben! Es gibt viel zu viele gebildete Leute, viel zu viele Federfuchser... ich zum Beispiel, warum schreibe ich überhaupt?...
Da ist es schon sehr viel besser, auf eine Stelle berufen zu werden, wie noch heute bei den hohen Tieren üblich, um die sich alle Welt streitet, während die anderen – arme Teufel – antichambrieren müssen und am Ende die Tür vor der Nase zugeschlagen bekommen!
Auch mein Papà erhielt ’65 einen Ruf an die Bank. Und zwar im wahrsten Sinne des Worts, nämlich einen konkret wahrnehmbaren Ruf... durch das Fenster!
In San Paolo wohnte Großmutter im ersten Stock, und im Haus gegenüber war die Sparkasse, wo jetzt das Bureau des Gartenvereins ist.
Großmutter, eine Witwe mit vier Kindern, wollte wenigstens ihren Ältesten unterbringen. Beim morgendlichen Aufräumen, wenn die Fenster offen standen, wechselte sie ein paar Worte mit den Angestellten auf der anderen Seite der Straße. Auf diese Weise hatte sie den Kanzleichef kennengelernt und sich ihm anvertraut.
»Sur Griffin, hören Sie, ich verlaß mich auf Sie.«
»Lassen Sie mich nur machen, Sura Livia.«
Eines schönen Morgens kommt der Herr Kanzleichef ans Fenster.
»Sura Livia!... Sura Livia!...«

Großmutter kommt angelaufen.
»Was ist denn los? Ist was passiert?«
»Ja, wegen der Stelle, es ist eine frei. Schicken Sie mir Ihren Sohn herüber... aber jetzt gleich!«
Und so kam es. Mein Vater lief die Haustreppe hinunter, überquerte die Via San Paolo und stieg gegenüber die drei Stockwerke hinauf; er trat in die Bank ein und blieb vierzig Jahre!

Vierzig Jahre! Auf einer Planstelle!! Ihr wißt nicht und könnt euch auch nicht vorstellen, was in jenen glücklichen Jahren eine Planstelle der Sparkasse bedeutete. Heilig war sie, unantastbar, wie das Menschenrechtsdekret. Wenn einer nicht gerade den Präsidenten umbrachte oder den Banksafe ausräumte, konnte er unmöglich entlassen werden. Dann hatten auch alle – wegen des Stellenplans – ihren festen Platz, einer hinter dem anderen, im Gänsemarsch; wenn der eine nicht seinen Platz räumte, konnte der nächste nicht aufrücken. Er mußte sterben oder in Pension gehen!
Ich weiß, daß mein armer Papà in seinem letzten Arbeitsjahr am Rand des Schützengrabens verzweifelt darum kämpfte, seine Stellung zu behaupten...
Seine Arbeitskollegen klauten bei Begräbnissen die Kranzschleifen, und wenn er schrieb, spürte er sie plötzlich auf seinem Rücken: *Zum treuen Andenken... deine Kollegen.*
Pension oder Tod! Das war der Ruf der Warteschlange!
Wenn endlich jemand starb oder, doch besser, von den Jahren und den Nachfolgenden gedrängt, seinen Abschied nahm, organisierten sie ein großes Essen, um die Beförderungen zu feiern, und vergaßen sogar den Tod, der sie hergeführt hatte.
Eines jener Essen fand im Gasthof Spaini in Brunate statt (ob der wohl heute noch existiert, und wenn ja, unter welchem Namen?)
In der Seilbahn war nicht für alle Platz. Sie fuhren in zwei Partien hinauf. Die erste war schon angekommen und wartete auf die zweite, die noch unterwegs war. Inzwischen unterhielten sie sich und scherzten vergnügt, weil alle einen Schritt vorgerückt waren.

Nur Delacchi, sonst ein Spaßvogel, stand ganz melancholisch da und sagte kein Wort.

»He, Delacchi, was ist denn mit dir los?«

»Uff... nichts.«

Dabei darf nicht vergessen werden, daß Delacchi aufgrund seiner Jugend in der Angestelltenhierarchie ziemlich weit unten war. Er blickte so traurig auf die Seilbahnkabine, wie sie mit der anderen Hälfte hochkam, und schüttelte den Kopf...

»Was schaust du denn so? An was denkst du denn?«

»Ich denke... ich denke nur«, und er wandte keinen Blick von der näher kommenden Seilbahn mit den Arbeitskollegen, »ich denke nur... wenn jetzt das Seil reißt, werde ich Kassier!«

Als erste hatte die Sparkasse in ihren Bureaus der Via San Paolo Gipssockel in halber Personenhöhe eingeführt. Eine absolute Neuheit! Wenn man im Sommer erhitzt von der Straße kommt, hilft es, die Stirn an die Fensterscheiben zu drücken. Ebenso wie Glas und Marmor fühlt sich Gips kühl an. Als der Kanzleichef Griffin eines Tages ins Büro kommt, sieht er seine Untergebenen ringsum an den Wänden stehen, reglos wie Statuen.

Wie standen sie da?

Gütiger Himmel, wie soll man das in der Zeitung ausdrücken?

Also, sie suchten Abkühlung...

Im Winter knisterte und knackte es fröhlich in den Kaminen der Rechtsberaterbüros. Die Anwälte machten Feuer, während sie darauf warteten, daß die Akten hochkamen. Diese wurden zur Verteilung auf hübschen Wägelchen mit Gummirädern durch die Gänge geschoben, denen Angestellte sowohl vorangingen wie auch folgten.

Mit der Aktenprüfung ließen sich die Sachverständigen Zeit. Notar Bertoglio legte ihnen sogar Gedichtchen in Mailänder Dialekt bei, um sie anzuspornen. Sie machten ihm Komplimente, aber es half nichts.

Trotz aller Gemütlichkeit unterliefen dem einen oder anderen Anwalt bisweilen grobe Fehler.

So gelangte einmal ein günstig beschiedenes Gutachten über Gewährung eines Kredits zur Prüfung einiger Daten in ein anderes Bureau. Dort bemerkten sie den Irrtum, und einer begab sich zum Anwalt.

»He du! Was hast du da für'n Mist gemacht?«

Kredit gewährt... »Was soll das? Hast du nicht gesehen, was da drin steht?... hast du nicht gesehen, daß der auf dem Trockenen sitzt?... nimm's dir noch mal vor. Ich meine, man kann nicht...«

Der Sachverständige wärmte sich am Kamin.

»Meine Güte!... Wozu die ganze Aufregung? Was steht da? Kredit gewährt. Ach, das haben wir gleich... Schreib einfach *kein* davor... Kein Kredit gewährt, und amen!«

Wenn ein armer Teufel heute mal kurz Urlaub braucht, muß er ein gebührenpflichtiges Ansuchen stellen. Früher...

»Du«, alle duzten sich, »gibst du mir vierundzwanzig Stunden frei?«

»Ja, geh nur, wo mußt du hin?«

Er ging spazieren. Was sagt ihr dazu!

Mit vierundzwanzig Stunden Urlaub hätte er einen einzigen Tag wegbleiben dürfen. Stattdessen verstreicht der erste Tag, es verstreicht ein zweiter, und er kommt nicht wieder, wie der heldenmütige Anselm. Taufrisch wie eine Rose erscheint er erst wieder am Ende der Woche.

»Was soll denn das? Ich hab' dir vierundzwanzig Stunden frei gegeben, und du bleibst vier Tage fort; ist das eine Art?«

»Ja, sag mal, du gibst mir doch nicht die Stunden frei, in denen ich esse und schlafe. Wenn einer sechs Stunden am Tag arbeitet, vier mal sechs ist vierundzwanzig, dann sind die vier Tage nicht mehr und nicht weniger als die vierundzwanzig Stunden, die du mir freigegeben hast...«

Sie starben in hohem Alter. Man begegnete ihnen auf den Parkbänken, meistens am Vogelkäfig oder in der Allee der Ammen.

Sie führten ihre Enkel spazieren...
»Grüß dich... wen hast du denn dabei?«
»Das ist der Kleine von Luisina...«
Die Kinder blieben vor allen Schaufenstern stehen.
»Opa, was ist das?«
»Das sind Bonbons.«
»Kauf mir!«
»Das sind Steine!«
...Um noch länger auszuhalten, waren einige aufs Land gezogen. Bolches nach Casin, Canz nach Ghiffa...
Fast blind und stocktaub nahm Canz nichts mehr wahr von der Welt um ihn. Als '15 der Krieg ausbrach, wollten die Neffen, die alle einberufen waren, dem Onkel die große Neuigkeit bringen, ihm, der unter Garibaldi gekämpft hatte.
»Onkel, es ist Krieg!«
»Äh, was?«
»Krieg! Es ist Krieg!«
»Krieg?«
»Ja, Krieg gegen die Deutschen!«
»Die Deutschen? Wer sind die Deutschen?«
Der arme Canz! Es war unmöglich, sich mit ihm zu verständigen!

Zögernd weicht sie zurück und es scheint, als hielte sie bisweilen inne, für einen flüchtigen Blick über die Schulter, ja, sie macht sogar ein paar Schritte rückwärts, dem kommenden Winter entgegen, und damit sind wir beim Martins-Sommer (im November) angelangt; dann kommt die Heilige Katharina mit ihrem Mehlsack (der erste Schnee!), und es ist alles vorbei.
Am fünfundzwanzigsten – am Tag der Heiligen Katharina – wurden bei uns zu Hause die Öfen angeheizt (nicht einen Tag früher, um nichts in der Welt!). In der Via del Fieno wurde ein gemauerter Ofen in Mutters kleinem Wohnzimmer angeheizt, ein alter Ofen, doch seinerzeit eine Neuheit zum Vorzeigen, weil er einen Rauchumlauf hatte. Worin nun die Neuheit eigentlich bestand, kann ich euch nicht sagen, aber meine Mutter verweist noch heute darauf, daß es die Erfindung eines mit uns verwandten Ofensetzers ist. Da soll noch einer sagen, meine Familie sei keine Bereicherung der Menschheit. Donnerwetter, sie hat ihr den Rauchumlauf beschert! In der Via Olmetto wurde dann mit einer *Germanica N. 13* geheizt; ich sehe noch die Nickelplakette vor mir. Zu den größten Sorgen meines Vaters gehörten Kohlevorrat und Wartung der Öfen. In dreißig Dienstjahren wechselte der germanische Ofen nur ein einziges Mal seine gußeiserne Seele! Wenn er angeheizt war, gut zog und die Kohle aus den Glimmerfenstern leuchtete, betrachtete ihn mein Vater voll inniger Dankbarkeit. So freundete er sich schließlich mit Herrn Wulfing an, dem Händler, bei dem er ihn gekauft hatte. Wenn Herr Wulfing, selbst so germanisch wie seine Öfen, ihm auf der Straße begegnete, ergriff er mit beiden Händen die seine, schüttelte sie heftig und sagte:
»Guten Tag, lieber Freund!«

Im November zeigt sich die Sonne nur selten, aber manchmal scheint sie doch. Herrlich!

Sie ruht auf dem fahlen und bereits kalten Grün der Rasenflächen, streckt sich, schmiegt sich an die schlanken Schatten der Baumstämme... Sachte führe ich Mutter auf ihrem täglichen Spaziergang zwischen zwei und drei. Wir gehen in den nahen Park. Wird unsere Bank besetzt sein? Tatsächlich. Ein paar Schritte weiter ist Platz. Setzen wir uns dorthin.

Bevor sie sich setzt, legt die liebe Greisin die richtige Presse unter *(L'Italia)*. Vorsichtshalber (Bekannte?), man kann nie wissen!

Das Publikum, das die städtischen Parks an den Tagen aufsucht, die für die meisten Werktage sind, besteht zum Großteil – ihr werdet es gemerkt haben – aus Kleinkindern und Alten; Menschen, die aufgehört haben zu leben oder damit noch nicht angefangen haben. Dann sind da noch ein paar andere, deren Kopf in kummervollem Schlaf auf die Lehne der Bank gesunken ist, das Gesicht zum Boden gekehrt.

Auf den Rasenflächen, auf den Wegen arbeiten zwei, drei, vier Gärtner... nah und fern schwingen sie lange Besen, häufen die ersten gefallenen Blätter, sorgen noch für makellos grüne Teppiche. Doch bald, mit dem ersten Frost, mit den ersten Stürmen... welch ein Wirbeln!

Ein Blatt...fällt...hier...

Und dann...ein zweites...

Ich denke an Tommy, an Nennele...

Die mild wärmende Sonne, die klare Luft, die weiten, weichen Bewegungen der langen Besen wirken beruhigend, einschläfernd...

Zwei Stimmen. Eine sagt: »Wenn ich die eine Million der Schatzanweisung gewinnen würde...«

Ich schaue auf.

Es ist ein alter Mann mit einer Zeitung in der Hand; er spricht mit einem neben ihm, der still zuhört.

Ich staune: Wie sollen diese alten Leutchen Schatzanweisungen besitzen? Und dennoch reden sie vom Gewinn wie von einem durchaus möglichen Ereignis...

»Wenn ich gewinnen würde, ich würde das Geld nicht wie so viele andere für Autos und Mädchen verschwenden, ich würde auch nicht so sehr den jungen Leuten helfen und denen, die arbeiten können und es allein schaffen, nein, mit der gewonnenen Million würde ich vielen armen Alten was Gutes tun.«
»Genau«, sagt der andere, »so und nicht anders, denn an die Alten denkt nie jemand ...«
Langsam schwingen die langen Besen über den Rasen ... eine Karre, randvoll mit Laub ... entfernt sich ...
Drei Uhr. Gehen wir.
In diesem Park der neuen südlichen Stadtteile sind nicht nur müßige Leute. Der Park hat auch seine Arbeiter. Man sieht sie rittlings auf den Bänken sitzen, einer dem anderen gegenüber. In der Mitte ein Tabakhäufchen. Der eine dröselt die von der Straße aufgelesenen Zigarettenstummel auf, befreit den Tabak von Aschenresten und dem Seidenpapier und legt ihn in die Mitte; der andere dreht wieder Zigaretten daraus.
»Rauchen Sie die selbst oder verkaufen Sie die?«, habe ich gefragt.
»Wir verkaufen sie.«
»Und wie geht das Geschäft?«
»Nicht besonders. Früher war es recht gut, jetzt weniger; auf der Straße liegt nichts mehr herum. Keiner wirft mehr was weg. Die rauchen alles, bis sie sich die Finger verbrennen.«

Hier in der Umgebung habe ich einen Freund. Ich glaube, er wohnt im Nachtasyl, das in einer der Straßen liegt, die zum Park führen. Von Beruf ist er Stadtstreicher. Er gehört der würdigen Kategorie der *barbon de la mura* an. Diese Mauerclochards – notgedrungen ungepflegt – sind keine Bettler im wahren und überkommenen Sinn des Worts. Es sind Leute, die an eine Mauer gelehnt Stunde um Stunde ausharren, ohne je von jemand etwas zu erbitten. Aber Spenden nehmen sie durchaus an. Wenn mein Freund mich von weitem kommen sieht, wird er unruhig und kehrt mir geradezu den Rücken zu, zum Zeichen, daß ich keinerlei Verpflichtung habe. Er

grüßt mich freundlich und hochachtungsvoll. Ich bin in seiner Achtung gestiegen, als er mich einmal unter den Ehrengästen eines Trauerzugs sah, an dessen Spitze eine Militärkapelle marschierte und Soldaten mit blankem Säbel zu beiden Seiten des Sargs.
Am Abend jenes Tages sprach er mich an, um mir anzuvertrauen, daß auch er zu früheren Zeiten im Heer gedient hatte und Leutnant gewesen war.
Er muß ein Mann mit Bildung sein. Einmal habe ich ihn ertappt, als er den *Paris-soir* gelesen hat!

...wir haben den Park hinter uns gelassen und gehen jetzt mit langsamen Schritten die Schule entlang nach Haus.
Mutter ist fast blind. Sie sieht, sagt sie, ein blendend weißes Licht, in dem sich alles verliert.
»Auf der anderen Seite, was ist da jetzt? Was bauen sie?«
»Da ist jetzt eine schöne, schnurgerade Straße, die in die Via Tibaldi einmündet.«
»Und die Gasmauer steht noch?«
»Die steht noch, aber demnächst beginnen die Bauarbeiten für die Bocconi-Universität. Zur Grundsteinlegung kommt der Duce.«
»Hier riecht es nach Benzin.«
»Wir sind an der Zapfsäule. Und ein Auto tankt gerade auf.«
Mutter sieht auf diese Weise, sie weiß, wenn wir am Wurst- und Käseladen vorbeigehen, an einer Metzgerei, am Gemüseladen...
»Wenn es morgen so schön wie heute ist, möchte ich nach Musocco fahren und Vater besuchen. Ich bin mit den Zahlungen für die Grabpflege zwei Monate im Rückstand...«

Drei Katzen, ein Mann

Heute ist ein Tag für Katzen. Seit gestern regnet es, und um vier Uhr ist es schon dunkel. Soll ich das Licht andrehen? Ich denke an den Stromzähler und gehe in die Portiersloge, um von der Pauschale zu nutznießen.
Während die herrlich frischen Vormittage, die sonnigen Nachmittage die Hunde vor Vergnügen mit dem Schwanz wedeln lassen, gehört der Regen, unser einheimischer Regen, der schlichte, graue Herbstregen den Katzen.
In der Portiersloge stehen nur ein paar Stühle, und selbst die sind von den Katzen besetzt. Sie schlafen nicht, sind aber auch nicht wach. Sie warten. Das tun sie seit Jahrtausenden. Allerorts.
Eine rührt sich: »Dankeschön« (jetzt kann ich mich setzen), sie springt auf den Tisch...
Diese Katzen haben vom Sor Pinin eine Art Familiennamen bekommen, der Kosewort und Gattungsbezeichnung in einem ist; sie heißen alle *Angoritt*, Angorakätzchen.
Sie haben schon auch Eigennamen: Schlumpf, Irma und Mariechen, aber die Namen taugen nichts, die Katzen mögen sie nicht oder gebrauchen sie nicht. Bestimmt habt ihr auch festgestellt, daß die Katzen sich untereinander zu einer Art anonymer Gesellschaft mit unbeschränkter Mitgliedszahl zusammengeschlossen haben. Die gesamte Körperschaft kommuniziert mit dem Menschengeschlecht nur in einem Fall, sie leistet nur einem charakteristischen Laut Folge, jenem kleinen Schnalzen, das die Zunge erzeugt, wenn sie schnell vom Gaumen gelöst wird. Für jeden anderen Lockruf, der keine kulinarischen Freuden verspricht, zeigt sich die anonyme Gesellschaft völlig taub.

Zwischen Hecken und Mäuerchen oder vielleicht die Baumstämme hinauf vergessen sich die drei Gesellschafter dieses Hauses allzu gern in Erkundungen der Jagdgründe. Dann wird es Abend,

es wird Zeit für das Abendbrot, und der Sor Pinin sagt zur Sora Erminia: »Und die Katzen? Wo bleiben nur die Katzen?«
Die Frage ist ein Befehl. Die Sora Erminia weiß schon, daß sie alles sofort liegen und stehen lassen und die armen Tiere suchen muß. Im Gehirn unserer Katzen scheint eine geheimnisvolle Verbindung zu bestehen zwischen Scherengeklapper und Freßnapf, denn seht nur, wie die Portiersfrau, mit besagter Schere ausgerüstet – zack... zack...zack... – durch Hof und Garten geht. Man meint in einem Frisiersalon zu sein, überall im Haus hört man dieses schnelle Klappern wie beim Haareschneiden.
Die Angoritt hören es in ihren Verstecken, denken ans Schleifen von Messern, sehen in Scheiben geschnittene Lunge und kommen hervor, da sind sie schon, und die Sora Erminia – zack... zack zack... – geht wieder in die Portierswohnung, hinterdrein die Katzenschar.
Aber nicht immer kehren sie wieder. Manchmal zählt der Sor Pinin zu seinen körperlichen Gebrechen, die vom Alter und der feuchten Wohnung herrühren, auch noch den Seelenschmerz um eine verschollene Katze.
Eine Tragödie! Der Portier wird von einer »Krise« gebeutelt und braucht Digitalis!
Bei Tisch dann... »Räum ab, trag alles hinaus...«
Wer ihn anspricht, bekommt zur Antwort: »Wenn Sie glauben, daß ich einen Bissen runterkriege!«
Und der andere soll dann sofort fragen: Was, keinen Bissen?
»Nicht einen!«
Sie trösten ihn, versuchen ihn zur Vernunft zu bringen: »Sie sind noch immer zurückgekommen, auch diesmal kommen sie wieder...«
»Nein, ich sag Ihnen,« (er ist ein Pessimist) »er hat mich so angeschaut, bevor er weg ist.«
...der Blick eines Sohnes, wenn er geht.
Er geht zu Bett.
Am Morgen fragen alle nach Schlumpf.

Ist er wieder da?
Ja, er ist wieder da, an seinem gewohnten Platz, die Schnauze am Eisengitter, das eigens für ihn und die anderen in den Fensterrahmen montiert ist, damit sie nie ausgesperrt sind.
Nach diesem Vorfall muß der Portier erst wieder genesen. Wer ihm zur Rückkehr von Schlumpf gratuliert, bekommt folgende hermetische Antwort: »Drei Täßchen Milch...«
Jeder sieht ihn genauer an... was redet er für Zeug daher?
»Drei Täßchen Milch...«
Man sucht nach einer Erklärung. Da meldet sich seine Frau zu Wort und erklärt, der Schlumpf sei in einem derart geschwächten Zustand angekommen, daß drei Schalen Milch nötig waren, um ihn wiederherzustellen.
Die willentliche Arbeitslosigkeit ist ein Vorrecht der Katzen. Für sie ist Müßiggang nicht aller Laster Anfang, wie in der Schule gelehrt wird, sondern der Anfang aller Seligkeit.
Ihr Herrchen hingegen... (Herrchen! was für ein unpassendes Wort! Die Katzen kennen keine Herrschaft, nur Gastfreundschaft, und es ist noch die Frage, ob sie in einem bestimmten Haus Gastfreundschaft gewähren oder gewährt bekommen) Sor Pinin hingegen, von Beruf Lautenspieler und mangels besserer Möglichkeiten Gitarrenbauer, hat den allmählichen Verfall dieser edlen Kunst eines Stradivari, Guarneri, Amati miterleben müssen.
»In Deutschland werden die Geigen jetzt heruntergestanzt – zamm... zamm... – als wären's Ravioli!«
Gleichmütig schauen Schlumpf, Mariechen und Irma hinüber zu ihrem bekümmerten, arbeitslosen Gastgeber.
»Was habe ich heute verkauft? Raten Sie mal, was habe ich verkauft? Eine E-Saite! – Au!
Er hat das Reißen!
Das Reißen ist – in etwa – ein Hexenschuß, ein Schmerz in der Lendengegend. Er kann sich nicht umdrehen, ohne ein *Au!*« von sich zu geben, womit sich seine Aufmerksamkeit brüsk dem dritten seiner Lieblingsthemen zuwendet: Katzen, Politik und Leiden, denn

unser Portier beschäftigt sich hauptsächlich mit Katzen, dann mit internationaler Politik und schließlich mit seinen Krankheiten!
Im Gegensatz zum Leiden, diesem nicht näher bestimmten Begriff, der die Plagen des kränklichen Menschen bedeutet, stehen die Tagesrekorde der einzelnen Beschwerden.
Gestern, zum Beispiel, war die Harnsäure dran, die der Mailänder Dialekt konkreter als Rost in den Gelenken definiert. Heute sind die wetterfühligen Hühneraugen an der Reihe, und morgen sieht er vielleicht Asche, das heißt, seine Sicht ist getrübt...
Aber auch von Arbeitslosigkeit und Krankheit geplagt ist Sor Pinin noch längst den Olympioniken überlegen, die sich wegen einer Erkältung ins Bett legen. Der Mann stirbt noch mal aufrecht stehend, schlimmstenfalls im Sitzen.

Mit schlichtem Humor erfreut er sich an makabren Phantasien. Er erzählt: »...und der Soldat im Aufstand von achtundneunzig, der saß in der Kutsche, den Kopf im Schoß, und wollte ins Krankenhaus, um ihn wieder annähen zu lassen...«
Er geht nicht mehr aus dem Haus. In der letzten Zeit war er noch zu Carish oder zu Monzino gegangen, der Gitarren wegen, aber jetzt, wo er arbeitslos ist, sitzt er müßig da und wartet, daß der Tag vorübergeht.

Und dann ist er vorüber.
Wäre ich ein Chinese, ich könnte die Uhrzeit von den Augen der Katzen ablesen. Die Pupillen der Katzen dienen den Chinesen als Sonnenuhr; sie erweitern sich, wenn es dunkel wird, und verengen sich allmählich bei zunehmendem Licht.
Soll ich nach Hause gehen?
Ich kann mich nicht entschließen. Voll Muße höre ich noch die Geschichten der Sora Erminia an von jemandem, den ich nicht kenne und der ins Filmstudium gegangen ist (ins Filmstudio, besser gesagt in die Filmbranche) und von einer Frau (mir ebenfalls unbekannt), die mit ihrem neuen Fuchs den Relock der Eleganz

bricht... (man lese: den Rekord der Eleganz), und noch von einem anderen, der – was sag' ich – »auf den Rum gekommen ist!« Der Portier jedoch macht kurzen Prozeß und rückt mit der üblichen Mahnung heraus: »Denk du nur an deine Katzen!«

Wäscherinnen an der Roggia Gerenzano (der heutigen Via Anfossi)

Piazza Vetra, 1936

Portal einer Villa

Die Villa selbst ist verschwunden. Wo stand sie? Wem gehörte sie? Seit wann ist sie verschwunden und warum?
Gelehrte Männer und eifrige Forscher würden sich sofort ans Werk machen, sie würden die Sachverhalte erkunden, um genauestens Bescheid zu wissen, aber die stillen Ignoranten wie ich begnügen sich mit Phantastereien...
Alle dürfen staunen und versunken träumen vor diesem triumphalen Portal im Halbrund, das in anderen Zeiten Zufahrt gewährte zu einer prächtigen, klassizistischen Villa, die die Zeit inzwischen verschluckt hat.
Keine Gittertore mehr und keine Allee... nur Unkraut ums alte Gemäuer, nichts als Unkraut. Die schlanken Obelisken erheben sich über einer trostlosen Wiese, an deren Ende die Geleise der Nordbahn verlaufen, andere Geleise kreuzen vor ihr.
Von der Straße nach Como muß eine Allee abgezweigt haben, die auf den prunkvollen Eingang zulief, der Entfernung zwischen den beiden Pfeilern nach zu schließen ungewöhnlich breit, und es ist denkbar, daß sich jenseits der Gittertore diese breite Allee lang und gerade fortsetzte, auf die herrlich schöne Residenz zu.
Wer wohnte darin? Wohl ein lombardischer Lebemann in den Stunden lustvoller Muße. Hier – denke ich – lud er seine Freunde ein, gewährte Künstlern seine Gastfreundschaft, fern jedem niederen Geschäft und selig schwelgend im Genuß!
Oktoberfelder, heiter und müde schon, an Goldtönen reich die Wälder im Schmuck ihrer Flammenteppiche!
Der ersten, klaren Frühlingstage strahlend blauer Himmel, hoch über eiszackigem Gebirg!

Heute morgen treibt der Dezembernebel übers Land, wirbelt seine leichten Schleier an den Rändern der Straßen, fällt in sie ein, steht still.

In schwarzen, rasanten Blechkisten sitzen nervöse Menschlein eingezwängt. Kaum tauchen die Blechkisten in den weißen Schleier, werden die Menschlein ungeduldig, weil sie in ihrer Fahrt behindert sind. Der eine muß unbedingt um zehn auf der Piazza Cordusio sein, ein anderer... aber nein, sie tauchen schließlich aus dem Nebel auf, gewinnen wieder an Fahrt, sind schon vorüber und flitzen auf die Stadt zu.
Um diese Uhrzeit schlummerte im menschenfreundlichern Jahrhundert der junge Herr in wohlig weiche Decken eingehüllt, durch seidene Vorhänge dem fremden Blick verborgen, im Dämmerlicht vergoldeter Fensterläden.
Das geschäftige Menschlein auf der Piazza Cordusio – das sich mühsam aus seiner motorisierten Blechkiste befreit hat (zuerst die Beine, dann der Rumpf und zuletzt der Kopf) – wird sogleich an einer zermürbend langen Besprechung teilnehmen, aus der ein einziges Wort immer wieder auftaucht – Lira, Lira, Lira – doch seinerzeit, da hätte sich der junge Herr vielleicht in seinen Kissen aufgerichtet, die Lippen dann zum weichen, vollen Bogen hochgewölbt – welch wonnevoller Anblick! – und ohne den geringsten Ton gegähnt...
An Sonnentagen stehen diese Pfeiler und diese Obelisken allzu sehr den Bildern unserer heutigen Welt entgegen, sie sind dann alter Tand, und wertlos; doch im Nebel, im fahlen Dunst umgibt sie plötzlich Majestät, und sie erwachen zu schemenhaftem Leben. Sie warten... warten auf jemand, der nicht wiederkehrt. Vielleicht ist auch der junge Herr noch fern, er reist noch durch die Hauptstädte Europas. Zur Stunde wechselt er vielleicht in einer entlegenen Poststation die Pferde seiner Reisekutsche.
Und er wird wiederkehren!
Mit Einbruch der Nacht wird er wiederkehren, wenn dunkler die Nebel steigen... Die alten Pfeiler, die steinernen Sphinxe, vernehmen sie etwa schon das fröhliche Klingen der fröhlichen Schellen in der Ferne? Und näher... immer näher... Da, das Rasseln der Räder, das Hufgeklapper der fliegenden Rösser ... Auf einmal

Lichter: rote Lichter, die das Dunkel durchbohren, und vorüber rollt die große Karosse! Aus den Angeln gehoben sind die Tore für sie! Vorüber und fort rollt sie, und es schwindet mit ihr verklingend das Rasseln, das Trappeln, die fröhliche Harmonie...
Verlassen und einsam, ist das prunkvolle Portal zur verschwundenen Villa nichts weiter als düsterer Flutwellen Strandgut in der Nacht.

Hintere Plätze: drei. Vordere: fünf. Galerie... *Schwarze Rosen.*
Wie mag es sein?
Nein, ich entscheide mich dagegen.
Ein paar Schritte weiter...

...glänzt auf dem weiten Meer
silberner Mondenschein...

...da sprudelt aus einem Lautsprecher das Nachmittagsprogramm im Radio.
Auf dem Gehsteig sind Leute stehengeblieben, um zuzuhören.
Drinnen, in der Verkaufshalle des Geschäfts, wo die Sendung aufgezeichnet wird, herrscht Andrang.
Der Gesang scheint keinen bestimmten Ausgangspunkt zu haben.
Er schwingt in der Luft. Wer hier steht, lebt mitten drin.
Inzwischen geht manch einer wieder.
Sobald das nächste Lied ertönt...

...vom Klang deiner Stimme berückt...

bleiben andere Leute stehen, drängen sich heran...

...träumte ich lang vor mich hin...

Verzückte Gesichter!
Träumte ich lang vor mich hin... Das Echo dieser Worte zersprüht, die wehmütige Melodie, die sie beseelt, hält uns gefangen, läßt uns nicht fort. Ich denke an den Gesang der Sirenen. Ist die Stadt etwa kein Meer? Im Vorübergehen kann man kurz anhalten und sich dann fast gewaltsam von der Verzauberung losreißen und gehen, jedoch wer zögert, gerät in den magischen Bann der Musik und kommt nicht mehr los.

Die 13, die 21, die 35... acht Straßenbahnen und ein Autobus fahren über diesen Platz, kreuzen einander. Menschen, Menschen, Autos, Motorräder und wieder Menschen und Menschen... Das aufgewühlte Stadtmeer brandet gegen den Lido dieses Gehsteigs, wo eine weitere Menschenschar sich selbst und alles in der Welt vergessen hat und reglos schweigt.

Wer vorbei möchte, muß sich einen Weg durch die kleine Menschenansammlung bahnen, die langsam weicht und sich zu wundern scheint, daß überhaupt noch jemand vorbei will...

... liebes Traumbild, kehr zurück...

Wer jetzt vorbeikommt, hält inne. Der Zauber des Gesangs, die entrückten Gesichter, die betörten Blicke, sie haben ihn umgarnt, bestrickt. »Nein, es kehrt nicht zurück.« Ein Zeichen, ein winziges Zeichen der Verneinung, »es kehrt nicht mehr zurück«, scheint der eine zu sagen.

... und in der Luft fühlt' ich dich,
im bunten Licht der Blumen...

Das kleine Dienstmädchen mit einem viel zu schweren Kind auf seinem Arm, das sich in ständig neuer Anstrengung verrenkt, es lächelt... lächelt über einen Schimmer Licht, der ihm am grau verhangenen Himmel erscheint. Der Kleine schaut mich staunend an und streckt mir dann den Ring von seinem Dingsda entgegen, an dem er saugt...

... liebes Traumbild, kehr zurück...

Das Lied verlöscht, verklingt, und ist nicht mehr.

Der Laufbursch auf dem Fahrrad, der am Gehsteigrand gehalten hat, macht eine vage Geste, wie um die Schleier eines Traums beiseitezuschieben. Er blickt um sich, wie um sich zu orientieren, und schließlich fährt er los.

Ich sehe, wie die Sorgen wiederkehren, ich spüre, wie der Kummer wieder drückt.

Das Menschenhäufchen strebt wieder auseinander, alles ist wie zuvor. Durch den Lautsprecher verkündet eine Stimme: »Gesungen hat für Sie Tito Schipa...«

Weihnachten läßt sich nur mit Hilfe der Dichter heraufbeschwören, ich meine jener Dichter, deren Erinnerungen im Herzen bewahrt sind, wie geweihte Hostien im Tabernakel der Altäre!

Ich hörte im Schlaf Schalmeien…

Erinnert ihr euch an das Gedicht von Pascoli?

…ich hörte den Klang von Wiegenliedern…

… Die Schalmeien, die Pfeifen, der Dudelsack; die lieben, guten Weihnachtsmelodien voller Dunkelheit und Moosgeruch, mit einem Hauch warmer, feuchter Stalluft… Das war die Atmosphäre, in der die Vorfahren der lombardischen Bauern, und auch noch ihre Nachfahren, die langen Winterabende verbrachten. Ich glaube, heute sitzen sie nicht mehr zusammen in den Ställen, und wenn, dann hören sie Radio.

Wäre die italienische Literatur – laßt mich das nur nebenbei sagen – statt sich über die Klassiker herzumachen und an fossilem Stein zu schaben, in diese Ställe gegangen, um den alten Frauen die Märchen abzulauschen, die sie den Kindern erzählten, hätte sie sich mehr um die Menschen als um Bücher gekümmert, sie besäße heute authentisches Leben, wahrhaftiges Leben, so aber muß sie sich leider begnügen, die andern darum zu beneiden.

In der Überlieferung also erstrahlt die Geburt Christi im Glanz der Poesie.

Zuerst Mariä Verkündigung, dieser große Augenblick voller Verheißung für die Welt, die Engelsbotschaft von der Erlösung der Menschheit; denn der Sohn Gottes werde auf die Erde kommen und sie erretten.

Eine tiefe Verwunderung erfaßte da die Erde – wie die Legende berichtet. Und alle Natur erstarrte; »nichts regte sich am Himmel, der Wind stand staunend still, der Mensch hielt unwillkürlich in seiner Arbeit inne, das Gras hörte auf zu wachsen…«

Es war ein Augenblick, dann begannen sich Lebewesen und Dinge wieder zu rühren.
Um das Geheimnis der Geburt rankt sich dann eine weitere Legende.
Unsere Feldarbeiter gingen in der Christnacht nicht zu Bett. Es war Brauch, die Ankunft des göttlichen Kindes in den Ställen wachend zu erwarten. Schlag zwölf – wird erzählt – fanden die Tiere die Sprache wieder und begannen zu reden. Vielleicht hatten Ochs und Esel in der Grotte zu Bethlehem zusammen mit den Hirten und Engeln in einer einzigen, großen Dankeshymne Gott gelobt. Die einfachen Bauern warteten also gespannt an der Seite ihrer Kühe und Kälber auf das Wunder, wußten aber, daß nur der Unschuldige die Worte der Tiere verstehen könnte. Wie tief Märchen doch sind! Nur denen, die reinen Herzens sind, ist es vergönnt, von der Türschwelle in verbotene Räume zu spähen, mit den niedrigen Wesen in Kommunikation zu treten, ins Jenseits zu horchen. Alle anderen bleiben blind und taub, Gefangene im Turm, den sie mit ihren Sünden selbst errichtet haben und den der Tod erst aufschließt, doch nur, um sie noch härter zu bestrafen.

Während Weihnachten auf dem Land ein vorwiegend religiöses und ernstes Fest war, schwelgte die Stadt in Freuden, die sich vom Fest des Heiligen Ambrosius bis zum Weihnachtsabend von einem Tag zum anderen steigerten, bis hin zum spektakulären Höhepunkt der Nacht des 24. Dezember.
Wer in Mailand merkt heute noch, daß Weihnachten vor der Tür steht? Ein Tag gleicht dem anderen, und welch trauriger Anblick! Doch vor dem Krieg herrschte – wenn Weihnachten näherrückte – tatsächlich eine Atmosphäre vertrauter Herzlichkeit. Die Kinder spürten, daß alles ihretwegen geschah, daß sie der Mittelpunkt aller Bemühungen waren.
In einem überdachten Innenhof des Corso Vittorio Emanuele hatten sie in der mechanischen Weihnachtskrippe ihr Theater, mit einem einzigen Stück im Programm, das halb geistlicher, halb pro-

faner Natur und seit wer weiß wievielen Jahren unverändert war. Der erste Teil des Schauspiels war den komischen Typen der Stadt gewidmet. Da war die alte Frau, die an der Haustür philosophierte: »Auch Ihr, Philomena, behauptet... daß die Arbeit weder voran noch zurück geht?«
Der Scherenschleifer *(el moletta)* kam mit seiner Karre vorbei und rief im Gehen: »Mulitta... mulitta... mulitta...mulitta«, und sein Ruf ahmte das Quietschen der Räder nach.
Dann erschien ein Weiblein mit einem Kännchen:

Wo will die Sciora Caterinin
mit diesem Eimerchen hin?
Wer mitgehn würd', der sähe,
daß ich zur Milchfrau gehe...

Nach dem Auftritt der Typen begann das geistliche Spiel. Zum Entsetzen der Kleinen wurde der Mord der unschuldigen Kinder gezeigt. Zum großen Finale war alles an der mechanischen Krippe in hektischer Bewegung! Die Mütter liefen wie toll durcheinander und hielten ihre Kinder in die Höhe, über ihren Kopf, und die Schergen hinter ihnen her mit gezückten Schwertern; das war ein Brüllen, Kreischen, Eisenklirren! Und schließlich stürzte aus seinem Palast auf dem Berg der König Herodes hervor, auch er vor Schmerz wie toll, denn bei dem Blutbad war irrtümlicherweise sein Sohn getötet worden, und mit einem wilden Schrei durchbohrte er sich vor aller Augen, und der Vorhang fiel!
Weihnachten ist in meiner Erinnerung eng mit der Alexanderkirche verknüpft, der Kirche, wo ich getauft wurde.
Noch bei stockfinsterer Nacht brachen wir dorthin zur feierlichen Frühmesse auf, die vom Propst, Pater Gazzola, gelesen wurde. Die Kirche erstrahlte in festlichem Lichterglanz, Wärme familiärer Vertrautheit breitete sich aus. Beim Sanctus funkelte plötzlich vor dem Hochaltar der Stern der heiligen drei Könige.
Nach der Messe verlangte die Tradition einen Besuch im Café Biffi in der Galleria, auf ein Frühstück mit Milchkaffee und Kuchen.

Bei hellichtem Tag ging es nach Hause. Auf den Straßen – erinnere ich mich – waren merkwürdige Grüppchen am Werk. Eigenartig gekleidete Leute. Sie tanzten herum und verteilten Zettel. Es waren die Salutisten, die vor den Augen der entsetzten Mailänder auf ihre Weise Weihnachten feierten und einfältige Liedchen sangen:

Ja, jetzt sind wir errettet,
errettet durch die Liebe,
Tralalá, tralalá!

Mit ihrem Gehopse inmitten des städtischen Treibens erreichten sie den Gipfel der Lächerlichkeit:

Ja, jetzt sind wir errettet,
errettet durch die Liebe,
Tralalá, tralalá!

In den späten Nachmittagsstunden leerte sich allmählich die Stadt...

Zwischen sechs und halb sieben, wenn die Stunde fürs große Weihnachtsessen schlug, war niemand mehr auf den Straßen außer ein paar verspäteten Gästen, die die Mauern entlang hasteten. Dann wurde spürbar, daß alle ein Heim hatten, einen gedeckten Tisch, eine Familie. Sogar die armen Teufel, die gezwungen waren, das ganze Jahr über in der Pension zu wohnen, waren zu Weihnachten Gäste der Wirtin, tauschten ihr trauriges Tischchen mit einem Gedeck gegen eine fröhliche Tafel in familiärer Runde.

Und eine Zeitlang lebte die Erinnerung an den großen Tag in den Gesprächen der Leute fort.

So hörte ich einmal am Abend des Stephanstages auf der Straße, und zwar aus dem Mund eines braven Bergamasken, der vielleicht bei einem Verwandten in Mailand zu Gast war, folgende Lobesworte über das Weihnachtsessen: »Ich hab' Mostarda gegessen!«

Gespräch mit zwei Herren

... Von wem ist hier die Rede? Na, von den beiden da, den Herren Baldini und Castoldi: wenn ich nicht irre, die ältesten Verleger und Buchhändler von Mailand; zwei komische Käuze, die seit fünfzig Jahren im Geschäft sind und nach so langer Erfahrung sich auf Gedrucktes verstehen, wie ich... wie ich... verzeiht, aber ich habe den Faden verloren; ehrlich gesagt, ich wüßte nicht, worauf ich mich wirklich verstünde, sicher ist, daß ich nichts so gründlich kenne wie die beiden, was sie drucken und verkaufen.

Wenn ihr tatsächlich glaubt, man müsse ein Manuskript lesen, um zu wissen, ob es sich gut verkaufen läßt oder nicht, so seid ihr auf dem Holzweg. Eine gute Nase? Ist die etwa nichts?... Die zwei alten Füchse haben einen Spürsinn!... Meinen neuen Gedichtband zum Beispiel würden sie um nichts in der Welt annehmen. »Lyrik ist überlebt, sie geht heute nicht mehr«, kommentieren die beiden Kompagnons – für dieses eine Mal – im Chor.

Für sie sind die Bücher zum Anfassen da, zum Beschnuppern und Abwägen. Der Titel muß groß und deutlich auf dem Buchdeckel stehen, daß man ihn von der Brücke bis zum Zollhaus lesen kann. Sie über die Krise auszuhorchen, die ihnen durchaus zu schaffen macht, ist nicht einfach. Man muß sich einen nach dem anderen vornehmen. Wenn sie beide zusammen sind, droht das Interview zu platzen. Sagt der eine hü, sagt der andere – sofort – hott. Seit einem halben Jahrhundert vertragen sie sich so.

Im Laden haben sie keinen Angestellten. Nur sie beide sind dafür da, allerdings helfen ihnen beim Verkauf, wenn sie sich ablösen und der im Geschäft Verbliebene mit einem Bedürfnis das andere Ende des Hofes aufsucht, die sogenannten Freunde der Firma, nämlich Patrucco, Momigliano, Baroni, Sassi, Prampolini... ich jedoch nicht, weil ich so schlecht sehe und dann auf den Regalen die Bücher nicht finde und mich beim Herausgeben des Restes irre. Abgesehen vom üblichen Einsatz als Verkaufshilfen bilden die

Freunde der Firma eine Art literarisches Synedrium oder Duma der Bojaren und sind, je nach den Erfordernissen, Lektoren, Korrektoren der Druckfahnen, persönliche Berater, Rechtsanwälte der Firma und Ärzte der beiden Teilhaber.

Es ist viertel vor eins, und Herr Castoldi ist Mittagessen gegangen. In der Buchhandlung bleibt der andere Kompagnon, freundschaftlich *Rauschebart* benannt. Herr Baldini wärmt sich am Heizkörper, dann streicht er sich zufrieden über jenes stolz wallende Symbol der Männlichkeit, dem er Berühmtheit verdankt, dank eines schönen Porträts von Tallone, das der gute Mann versprochen hat – so spät wie möglich – der Stadtgalerie zu hinterlassen. Schließlich kräuselt der liebe, alte Mann seinen Schnurrbart mit einer wunderschönen Geste aus der Zeit von achtzehnhundertsiebzig.

Ich schmunzle: eine Erinnerung. Dieselbe Geste, nur mit beiden Händen auf beiden Schnurrbarthälften ausgeführt, trug Vico Mantegazza einen schlimmen Sturz ein!

Commendatore Vico begab sich mit dem Fahrrad nach Limbiate zu seiner Gemahlin, Gräfin Clara, und zur gewohnten Geste nahm er ohne zu überlegen die Hände von der Lenkstange und kräuselte sich den Schnurrbart.

Plumps! Der Großkreuzritter landete im Wassergraben!...

»Herr Baldini«, frage ich, »haben Sie die Artikel zur Krise des Buchmarkts gelesen? Was sagen Sie zu dieser Krise? Gibt es sie oder gibt es sie nicht?«

Der älteste aller Verleger schüttelt den Kopf, wie über etwas, das ihn nichts angeht. Er beißt nicht an. Ich werfe einen anderen Köder aus: »Also, werden nun Bücher verkauft oder nicht? Gehen sie weg oder bleiben sie liegen?«

»Sie gehen ... und bleiben liegen... je nachdem.«

Es sieht nicht gerade aus, als wollte er auspacken.

Ein sehr biederer Herr betritt den Laden. Mit seinem liebenswürdigsten Lächeln geht Herr Baldini auf ihn zu.

»Haben Sie vielleicht eine Ansichtskarte vom Mailänder Dom?«

»Die hatten wir, mein Herr, aber jetzt dürfen wir sie nicht mehr führen. Sie bekommen welche in der Papierhandlung gegenüber...«

Diese Flaute, die schon ganz andere entmutigt hat, läßt ihn nicht verzagen, sie verleitet ihn sogar zum Optimismus.

»Mein lieber Tessa, Sie können davon halten, was Sie wollen, aber ich habe mehrmals in den vielen Jahren hier auf diesem Platz Höhen und Tiefen erlebt, und eine Krise mehr oder weniger bringt mich nicht aus der Fassung. Sie wird vorübergehen, wie andere auch ...« Ich sehe ihn an. Emilio De Marchi, mein geliebter De Marchi, soll diesen Mann in einem seiner Romane verwendet haben.

Meines Erachtens leitet Herr Ettore seinen hartnäckigen Optimismus nicht aus der Beobachtung der äußeren Umstände und Tatsachen ab, sondern schöpft ihn aus sich selbst, seinem Innersten entsprudelt er.

Sein Lebensabend ist heiter. Das ganze Leben hat er gearbeitet und ist immer der bravste Mensch gewesen, den man sich vorstellen kann, er hat seine Töchter verheiratet und die Kinder seines Kompagnons heranwachsen sehen. Für seine alten Tage bleibt ihm, wie Porta sagt, die Liebschaft mit dem Weinglas.

So wie es steht, was soll ihm da schon ausmachen, ob die Bücher verkauft werden oder nicht? Das mag die großen Betriebe angehen, aber nicht ihn.

»Immer wieder habe ich festgestellt, daß die Ausgaben der Ruin der Leute sind. Unsere Maxime ist: Ruder einziehen.«

Tatsächlich treibt das Boot auch mit eingezogenen Rudern weiter. Der andere Kompagnon aber – Herr Antenore Castoldi – verneint das entschieden.

Er ist pessimistisch. Der Pessimismus ist seine Lebensgrundhaltung. Er ist ein Unheilsverkünder. Im Gespräch mit unbeteiligten Dritten würde ich die Vermutung anstellen, das Ganze sei vielleicht eine Erscheinung seines Stoffwechsels. Er läßt sich die üppigsten Mahlzeiten schmecken und nimmt sich dann keine Zeit zum Verdauen. Statt nach dem Essen einen Spaziergang zu machen, legt

In der Via Vetraschi. Etwa 1930

Innenhof aus dem 17. Jahrhundert in der Via San Vito

er sich sofort ins Bett, verdaut schlecht und schafft damit die Voraussetzung, am nächsten Tag alles schwarz zu sehen.

»Haha!... die Kritik!... die Zeitungsartikel! Ich pfeif' darauf! Früher einmal, wenn eine große Zeitung ein neues Buch besprach, spürte man sofort die Wirkung im Verkauf. Hier bei uns gingen an einem Tag hundert bis zweihundert Exemplare über den Ladentisch; heute aber passiert gar nichts! Das Publikum ist ja nicht blöd und hat schließlich begriffen, daß es nicht mehr üblich ist, zu einem Buch unbefangen Stellung zu nehmen. Das Motto der heutigen Kritik scheint zu sein: *Alle haben das Recht zu leben.* Was ist das denn? Kritik oder Werbung? So kommt es, daß die Leute entweder die Artikel nicht lesen, oder, wenn sie sie lesen, nur ein mildes Lächeln dafür haben und nach eigenem Gutdünken handeln.«

In Analogie dazu fallen mir die vielen Ausstellungen und Miniaturausstellungen ein, in denen die Künstler – arme Teufel – ihre Werke ausstellen und dann derart ausgestellt bewundern.

»Eine Krise des Buchs?... Was heißt Krise, was heißt Krise des Buchs! Sagen Sie lieber Krise der Schriftsteller! Wenn einer auftauchte, wie ich ihn mir vorstelle, und wenn man den Auftauchenden auftauchen ließe, dann würde sich sofort zeigen, ob Bücher gekauft würden oder nicht.«

»Da wird von den Preisen geredet«, fährt Herr Antenore fort, »man behauptet, die Bücher gehen nicht, weil sie zu teuer sind... aber was, Preise, mit der Ware stimmt etwas nicht, sie ist es, die nicht ankommt. Mein Lieber, hier bei uns haben wir 1905 auf einen Schlag fünfzehntausend Exemplare der *Leila* gedruckt und verkauft, um sechs Lire das Stück, was heutzutage etwa dreißig Franken sind.

Doch abgesehen davon, daß *Leila* von Fogazzaro stammt und Autoren wie Fogazzaro nicht wie die Pilze aus dem Boden schießen, war es ein kämpferisches Buch, und Kämpfe finden in der Literatur allemal Anklang. Das Publikum mag keine Dormiol-Bücher, es mag Autoren nicht, denen man immer wieder zurufen möchte: He Freundchen, bist du eingeschlafen?... Von Guido Da Verona, zum

Beispiel, kann man halten, was man will, und das tat man auch seinerzeit, aber er schlief nicht, er döste nicht mit der Feder in der Hand, wie so viele andere! Von *Mimí Bluette* sind fünfzigtausend Exemplare effektiv verkauft worden. Dann ist der Trick mit den Auflagen gekommen, die gleich bei dreißigtausend begannen, man hat den Luftballon aufgeblasen, damit auch alle ihn sehen, und er ist geplatzt, aber als Da Verona noch bei uns war, verstand er mit der Feder umzugehen.«

»Doch Da Verona«, entgegne ich, »lebt ja noch und könnte durchaus wieder etwas schreiben, und jemand anderer könnte auch seine Nachfolge antreten und auf dieselben Erfolge hoffen.«

»Na... ich glaube schon eher, solche Fische sind heute nicht mehr in ihrem Element.«

»Nach dem, was in den Zeitungen steht, sind die großen Auflagen jetzt den Büchern vorbehalten, deren Rechte abgelaufen sind, den kanonisierten Autoren – Manzoni, Hugo, Tolstoj – und alle in billiger Aufmachung, für den Straßenverkauf.«

»Fürs erste ist Vorsicht geboten, wer hat schon Gewißheit über die Auflagenzahlen? Eben weil die Rechte abgelaufen sind und damit jegliche Kontrolle fehlt, kann jeder behaupten, was ihm gerade durch den Kopf schießt. Hunderttausend Exemplare? Aber ja doch! Warum nicht eine halbe Million! Und dann – seien Sie ehrlich – sind das Bücher? Furchtbar schlampig, aus Makulatur zusammengepfuscht, wie sie nun einmal sind, kosten sie den, der sie druckt, zwischen vierzig und fünfzig Centesimi pro Exemplar, und er verkauft sie zwischen siebzig Centesimi und einer Lira! Da kommt mir einer zum Beispiel mit dem glänzenden Absatz von *Anna Karenina* und folgert daraus: Das Publikum liest gern die großen Schriftsteller, es liest gern Tolstoj. Meine Antwort darauf: Es liebt Greta Garbo, aber doch nicht Geschichten! Das Buch haben sie erst nach dem Film verkauft, so wie es uns mit *Ben Hur* erging, der einer unserer Titel war. Wissen Sie, was auf der Straße wirklich verkauft wird? Der Onkel des *Fischers von Chiaravalle*, der *Einsiedler von Piacenza*... das sind die wahren Erfolge!«

In dem Moment betritt rüstigen Schritts der unverbesserliche Baldini den Laden und heitert die Atmosphäre auf, korrekt wie immer im obligatorischen steifen Kragen mit den umgebogenen Spitzen, den auch ich trage, aber nur zu großen Anlässen, wenn ich für einen Gedichtvortrag in gehobenen Häusern eingeladen bin. Der Rauschebart legt die Morgenpost auf den Tisch des Kompagnons und mit ihr ein paar Wechsel als gutes Omen. Herr Castoldi brummt und knurrt etwas, wetzt unruhig auf seinem Stuhl hin und her, und statt sich über die Einkünfte der Firma zu freuen, begrüßt er deren Überbringer, seinen Teilhaber, mit einem mißmutigen: »Ach Sie, Baldin!«

Das Interview ist zu Ende, und der Hahnenkampf beginnt!
In der Galleria werfe ich, bevor ich meiner Wege gehe, zum Abschied einen Blick auf das Schaufenster des alten Ladens.
Ohne Zweifel, es ist ausgesprochen häßlich. Es ist zutiefst häßlich, das Nonplusultra der Häßlichkeit... da herrscht ein Bücherchaos, ein Farbenkunterbunt, man könnte meinen, alles sei einfach ausgeschüttet worden und kreuz und quer heruntergepurzelt.
Dennoch hat es seinen Reiz... es zieht den Blick auf sich wie in der Vorkriegszeit so manche Dame aus der Provinz, die sich bei Bocconi einkleidete, in den *Hundert Städten Italiens.*
Hier prangt Gottas Porträt, und auch seine Bücher sind da, das neueste und auch die letzteren. Seht ihr? Die anderen Buchhändler geben einen Haufen Geld für Reklame aus. Zeitungen, Radio, Broschüren und was weiß ich! Die beiden hingegen gar nichts. Ihre ganze Reklame ist hier, hinter dieser Glasscheibe. Wer kommt nicht durch die Galleria? Halb Mailand und halb Italien kommt vorbei, und alle, die vorbeigehen, sehen dreihundertfünfundsechzig Tage im Jahr gezwungenermaßen das Porträt Gottas und die Buchdeckel seiner Werke! Was kann ein Schriftsteller mehr wollen? Wenn ihr dann zur Dauerreklame den tatsächlichen Wert des Romans und den Ruhm dazunehmt, den sein Autor sich nach und nach erworben hat und den niemand mehr anzweifelt oder ihm

abspenstig machen kann, dann habt ihr den Schlüssel für den Erfolg und für die vielen Auflagen. Liebevoll hätscheln der optimistische Kompagnon und der pessimistische ihren Erretter aus der Krise, der ihnen an der Meinung festzuhalten erlaubt, man müsse sich im Grunde nur darauf verstehen, das Publikum zu interessieren, damit es einen nicht im Stich läßt.

Der Buchbinder

Ich weiß nicht, wie andere es sehen, aber für mich sind die traurigsten Bücher, die ich überhaupt kenne, die *Jurisprudenz*-Bände und die Traktate über Rechtsfragen… so etwas Ödes!
Wenn ich sie in Reih und Glied auf den Regalen stehen sehe, denke ich an meinen Tod und an die Auflösung meiner Kanzlei: Also, sage ich mir, für die wackligen Stühle und den Ledersessel, so abgewetzt er ist, wird sich schon jemand finden, ebenso für die Schreibmaschinen, die jetzt zwanzig Jahre alt sind, aber diese Bücher will doch kein Mensch haben!
Als ein lieber Bekannter, der vor dem Krieg Rechtsanwalt war und heute auf Maler umgesattelt hat, 1915 an die Front ging, ließ er seine Kanzlei in Gottes Obhut zurück, wie Don Abbondio sein Haus, als die Landsknechte einfielen. Während seiner Abwesenheit wurde ihm alles gestohlen, was nicht niet- und nagelfest war – angefangen von den Perserteppichen bis hin zur Sammlung italienischer Autoren. Doch als er nach seiner Entlassung 1920 zurückkehrte, *mit dem Säckel in der Hand*, was sah er da? Treu erwarteten ihn auf einem einzigen Brett seines großen Bücherschranks die Gerichtsmonitore, die *Italienische Jurisprudenz*, der Mattirolo, der Mortara, der Vivante… all seine Juristikbücher waren da, nicht eines fehlte, sogar die Diebe hatten sie verschmäht!
Trotz alledem – was soll's? – ordne ich sie jedes Jahr im Januar, lasse sie binden und stelle sie ins Regal: die Schritte einer Einbalsamierung.
Zum Binden werden sie von einem buckligen Männlein abgeholt, das ist Mi Omo. Wir nennen ihn so wegen seiner toskanischen Aussprache. Bei uns schüttet Mi Omo manchmal sein Herz aus und klagt sein Leid. Er erzählt uns von seiner Wohnstatt im Guasto: alles in allem ein Raum für die ganze Familie! Er erzählt von seinen Enkeln, die bei ihm wohnen, eine hübsche Schar! Und für alle muß er aufkommen!

»Sie wollen Brot!«, schreit Mi Omo.
Und um es ihnen zu beschaffen, läuft er unermüdlich durch die Stadt und holt Bücher zum Binden ab. Er sagt: »Ich kann keine Lederschuhe anziehen, nur welche aus Stoff, denn ich hab's auf dem Herz, und die Füße schwellen mir an.«
Es regnet, und er läuft in Stoffschuhen herum... es regnet, und er schleppt seine dicken, schweren Bücher, in sein grünes Tuch geschlagen, dessen vier Zipfel er verknotet.
»Ich binde sie bei Bodoni...«
Aber wenn meine Monitore und meine *Lex* wieder ins Haus kommen, zeugen sie von mühseliger Heimarbeit auf dem einzigen vorhandenen Tisch, in unmittelbarer Nachbarschaft zum Kochtopf. Auf den Buchrücken und Ecken sind die Fingerabdrücke der Enkel und mancher Spritzer vom Spülwasser...
Ich beschließe, meine Fachliteratur für ihre ergreifenden Stigmata zu lieben.

Keuchend kommt Mi Omo an, mit fliegendem Atem und vorgestrecktem Hals. Wie ein jämmerlicher Köter sieht er aus, der mit Herrchens Zeitung im Maul über den See schwimmt.
Er kommt herein, aber... ach! Die Monitore sind nicht alle beisammen, außerdem fehlt das Inhaltsverzeichnis. Ich kann sie ihm nicht zum Binden überlassen. Mi Omo ist unglücklich. Ich verstehe. Er wollte den üblichen kleinen Vorschuß, aber jetzt fehlt ihm die Voraussetzung, darum zu bitten. Er zögert, und dann... dann legt er eine Hand aufs Herz und bettelt, jawohl, er bettelt um zehn Lire! Die Hand auf dem Herz, beteuert er mehrmals, es handle sich nicht um ein Geschenk, auch nicht um einen Kredit, sondern bloß um eine Anzahlung für den zukünftigen Auftrag.
Wenn die Monitore, so Gott will, alle da sind, wird er telephonisch benachrichtigt, daß er vorbeikommen soll. Erreichbar ist er unter der Nummer eines Spediteurs. »He Sie«, an der brüsken Art, mit der sie ihn ans Telephon rufen, merkt man, daß er dort nichts bezahlt, daß sie ihm einen Winkel überlassen haben, wo er seinen

Kram zwischen den einzelnen Gängen abstellen kann: »He Sie... ein bißchen flott...«

Gestern war's fast schon so weit... Nicht wirklich Frühling, aber beinahe.
Die zarten Pflänzchen hüllten sich in grünen Dunst. Grün juckte es unter der Haut. Die kahlen Zweige hoben sich scharf gegen den klaren Himmel ab.
Was für ein Vogel war's, der dort sein Liedchen vor sich hin zwitscherte?
In einer Anwandlung von Tierliebe nahm Rechtsanwalt Falco eine der drei Katzen des Hauses in den Arm, und aus ihm brach ein vor aufwallender Zärtlichkeit rauhes »miez miez«.
Doch heute ist ein Tag, der dem Sprichwort recht gibt:

März ist ein Bastard,
der bald schneit und bald donnert.

Wolken ziehen auf, eisige Windstöße; Regen oder Schnee?
Am Ende der Via Durini warte ich am Rand des Gehsteigs wie am Ufer eines Flusses zusammen mit vielen anderen, daß die Ampel auf grün schaltet, bevor ich losstürze...
Vor mir der Turm von San Babila. Fünfzehn Stockwerke reckt er sich hoch – ein Maibaum! – und erschlägt förmlich die Häuser, Kirchen und Leute. Höher als der Glockenton hängt längst das Geklapper der Schreibmaschinen, das Schrillen der Telephone, und die braven Frauen können das nicht verwinden...
Grün: auf geht's.
Drüben... sieh mal an, wer da ist? Mi Omo.
Gebückt, vor Wasser triefend, ganz krumm unter der Last seines umgehängten Bündels, mit den Füßen in einer Pfütze, und dazu die Stoffschuhe!
»Oh, der Herr Rechtsanwalt, guten Tag, Sie brauchen nichts von mir?«
»Nein, im Moment nicht.«
»Ja, wissen Sie... bei diesem Wetter... und dann muß ich zu Fuß,

denn sie wollen mich nicht in der Straßenbahn, wegen der Bücher... habe die Ehre, Herr Rechtsanwalt.«
»Vorsicht, es ist schon gelb, Sie riskieren...«
Ach was! Er hetzt los und überquert keuchend die Straße...
Doch mitten auf der Straße löst sich der Knoten des grünen Bündels, und heraus fallen Bücher, Zeitschriften, Hefte... und während Mi Omo sich schnell bückt... track!... springt die Ampel auf rot!
Die Straßenbahn Nummer 22 verdeckt mir die Sicht.
Er taucht wieder auf mit einem dicken Buch unter dem Arm und noch immer gebückt, eine Hand am Boden, zum Einsammeln...
Doch da rast ein Taxi auf ihn zu, Mi Omo macht einen Satz rückwärts, und das Buch rutscht ihm weg.
Ein Bus der Linie O donnert vorüber, und ein halbes Jahr *Jurisprudenz* kommt unter die Räder.
Die andere Hälfte ist überall verstreut.
Wann will denn diese verfluchte Ampel einmal grün werden?
Endlich! Alle helfen Mi Omo beim Einsammeln der Hefte und losen Blätter.
»So ein Malheur! Ich danke Ihnen, dankeschön, die Herrschaften.«
Auf dem Gehsteig packt er die traurigen Reste seines Schiffbruchs ins grüne Tuch, verknotet es, lädt es sich auf die Schulter und geht...

Macachino und Cesarino

In einem für den *Corriere dei Piccoli* geschriebenen Liedchen hieß es:

Macachino ist kein Kätzchen,
auch kein Hund und keine Maus;
wie er heißt? Verrat' ich euch nicht!
Seine Anschrift? Sonst noch was!
Ja, wenn ihr das alles wüßtet!...
Macachino ist Jurist.
Soviel sag' ich und sonst nichts.

Jetzt, da Macachino seit vielen Jahren auf dem Friedhof von Musocco, auf halber Höhe der Hauptallee ruht, und wer ihn besuchen wollte, in Blockbuchstaben auf seinem Grabstein lesen könnte

DOTT. GILBERTO BERTOGLIO
NOTAR

wie früher, als er noch lebte, auf seiner Visitenkarte, jetzt also will ich nicht länger von meinem Zeugnisverweigerungsrecht Gebrauch machen – wie es in der Juristensprache heißt – und euch zusammen mit seinem Namen und Vornamen auch seine Anschrift von damals angeben.

Dieser liebenswürdige Mensch wohnte in der Nummer 93 des Corso Porta Romana, in einer ebenerdigen Wohnung mit Garten zur Via degli Orti hin.

Niemand wußte je mit Bestimmtheit, warum er zu Hause von den Seinen mit dem Kosenamen Macachino gerufen wurde. Vielleicht, weil der Gute es liebte, wie ein kleines Kind verhätschelt und für seine echten und eingebildeten Krankheiten bemitleidet zu werden.

Die Spezies Juristen seines Schlags ist längst ausgestorben. Seine Honorare waren so bescheiden, daß nicht wenige Klienten sich darüber verwunderten. Einer bemerkte einmal:

»Aber Herr Doktor, abgesehen vom Aufsetzen der Dokumente, bin ich doch auch zu Ihnen gekommen, um mich beraten zu lassen, und zwar ziemlich oft; davon steht hier gar nichts.«
»Hören Sie mal«, antwortete er demjenigen, »was sind das denn für Geschichten? Mir ist es ein Vergnügen, mit Ihnen zu sprechen.«
In der Kanzlei half ihm ein wunderlicher Angestellter, wie damals Kanzleigehilfen oft waren, ewige Gehilfen bis in ihr Alter. Wie sah dieser Ceser Capelett aus? Es war ein kleiner Mann mit einem Anflug von Glatze und undefinierbarem Alter, eine weder traurige noch lustige Person. Von der gesamten Familie als Freund betrachtet, nannten sie ihn Cesarino, und alle wußten und amüsierten sich darüber, daß er ein Doppelleben führte:

Cesarino, ein Tragöde,
den der Lorbeer noch erwartet,
wenn die Welt erst anerkennt
ihren Dichter Cesarino.
Großen Ruhm träumt er und ist doch
des Notars Macachino
kleiner Schreiber und sonst nichts.

Er liebte die schöne Literatur, unser Dichter Cesarin, und die Kanzleiakten kopierte er mit einer abwesenden Miene, als ginge ihn das alles nichts an. Es schien, als wollte er sagen: Vorerst bin ich nun mal hier, da kann man nichts machen, aber wartet nur... ihr werdet schon noch sehen...
In Anbetracht seiner Leidenschaft für die Literatur wandte sich der Notar oft in Reimen an ihn. Der Angestellte unterhielt sich zum Beispiel im Nebenraum mit einem Klienten...

Cesarino, wie so frei
mit dem Grafen Panigai?

Oder es kam jemand, und Doktor Gilberto stellte ihn vor mit ehrerbietigem Ton: »Das ist übrigens unser Cesare Cappelletti, ein großer Poet...«
Und bei diesen Worten zwickte er ihn fest in den Arm.
»Aua!«

Dann setzte er hinzu, und es war nicht klar, ob er auf den Dichter oder den Anzug anspielte, »ja, der ist aus besonderem Stoff!«
Bei alledem mochten sie einander, und erst der Tod sollte sie scheiden.
Cesarino lebte von Hoffnungen, Macachino von Erinnerungen. Es waren liebe Erinnerungen, die weit zurücklagen, Erinnerungen an seine Jahre in Pavia, die schönen Jahre seines vergnügten Studentenlebens... Sommerabende, ja die langen Abende am Ufer des Tessin, Ausflüge einer übermütigen Gesellschaft zu den Cà Noeuv und weiter hinauf zu den Cason, lärmender Gesang zur nächtlichen Heimkehr am Fluß! Mondhelle Nächte!
Oh weh! Was war von jenen glücklichen Tagen geblieben?

Die Gitarre des Notars,
frohe Begleiterin schöner Tage,
schläft jetzt still auf einem Speicher,
ohne Saiten – die süßen Gesänge sind
verschallt für immer; denn heutzutage...
gibt's Testamente – unausweichlich –
Beglaubigungen und sonst nichts.

Unser Doktor Gilberto nahm ein kurzes, biegsames Stöckchen von der Wand, mit einem Händchen daran und elfenbeinernen Fingernägeln. Das steckte er zwischen Kragen und Nacken und kratzte sich heftig den Rücken!

Wenn ich die Augen schließe, wenn ich mich konzentriere... dann sehe ich vor mir... die ebenerdige Wohnung in der Nummer 93 des Corso Porta Romana... einen langen, düsteren Flur mit zwei Glastüren an den Enden; eine ist die Eingangstür und führt auf den Hof, die andere in den Garten. Dort war der Käfig mit den Kanarienvögeln, es gab auch einen Falken namens Loubet, und dann war da noch die alte Schildkröte Paolino.
Einmal wenigstens seid ihr bestimmt in einem der winzigen, elenden Stadtgärten zu Gast gewesen. Ihre spärliche Vegetation scheint dem wohlgesinnten Besucher sagen zu wollen: Ihr seht ja,

am guten Willen zu blühen und gedeihen fehlt es nicht... aber was soll schon daraus werden zwischen all diesen Mauern? In der Mitte steht gewöhnlich ein Baum; ein einsamer Stamm, hochgeschossen, dünn und traurig, wie der Sohn eures Portiers. Den zaghaft sprießenden Gräsern, den bescheidenen Veilchen und den paar dürren, schiefen Büschen, die sich um seine Füße scharen und etwas von der Welt da draußen wissen möchten, sagt der spillrige Baum, der seinen Wipfel über die Mauern ringsum hinausreckt: Da ist nichts, absolut nichts Sehenswertes, meine Lieben, alles, aber auch alles ist genauso wie hier.

Doch wenn der Frühling wiederkehrt, wenn ihr zufällig den ersten Schmetterling entdeckt, der ängstlich durch die Straßen der Stadt flattert, wenn der wonnelächelnde Himmel sich der entzückten Erde zuneigt, ach ... wenn unendlicher Friede sich schließlich auch über jene Gärten im Mauerverlies ausbreitet: ... *Ich bin die Auferstehung und das Leben*, singt dann der muntere Sonnenstrahl, der in die Tiefe der Kanzlei vorgedrungen ist, wo der Notar, umgeben von seinen Papieren und Siegeln, sitzt und schreibt ... *Ich bin die Auferstehung und das Leben*, säuselt dann der vom Land herüberwehende Aprilwind der Topfgeranie zu, die ihr auf eurem Fensterbrett zieht... und bei dieser frohen Botschaft, seht, da legt der friedliebende Notar die Feder aus der Hand, greift zu seiner langen Pfeife und geht hinaus, um zwischen den paar Bäumen seines Gartens Luft zu schnappen, und seht nur eure Geranie, eines Morgens ist sie von Blüten übersät!

Und dann prangt rosenbekränzt der Mai mit seinen lichten Abenden! Im lieben, kleinen Garten erglühten Rosen am kalten Gemäuer, winkten Rosen an den Erdgeschoßfenstern, bluteten Rosen am rostigen Gartentor!... und da sitze ich plötzlich wieder auf der Schaukel und lausche. Der Lärm des pulsierenden Lebens gelangt nicht hierher, bis an mein Ohr; an diesem lauen Abend... welche Ruhe!... welche Stille!... und in diese Stille, diese Ruhe hinein ertönt ein dünnes Stimmchen mit einem wehmütigen Lied...

Es ist der Notar in seiner Kanzlei, der sich mit der wohlbekannten Melodie zu *Vater Martins Bütte* seine süße Vergangenheit in Erinnerung ruft…

So leicht ist sie,
ich spür' sie kaum…

Paolino – die alte Schildkröte – kriecht unter einem Blatt hervor und ohne sonderliche Eile folgt sie dem Klang der Stimme durch die Tür nach drinnen…

Der wehmütige Gesang dauert an.

Viele Jahre trennen mich von jenen fernen Zeiten, in denen das Leben nicht immer sorglos heiter war; manchmal überkommt mich, wie eben jetzt, eine seltsame Traurigkeit, eine tiefe Hoffnungslosigkeit befällt mich. Aber wenn ich zurückblicke und halbwegs wiederauflebe in der damaligen Zeit, wird die drückende Last dieses Lebens wie Vater Martins Bütte:

So leicht ist sie,
ich spür' sie kaum…

Der Heilige Georg der Milchhändler

Ich habe ein Rundschreiben des Künstlerverbands an seine Mitglieder gelesen. Da wird ein Wettbewerb ausgeschrieben, finanziert von der Berufsgenossenschaft der Milchhändler, und zwar für ein Bild, das den Heiligen Georg, ihren Schutzheiligen, vorstellt und verwendet wird...
...wofür werden sie es verwenden? Wer weiß! Vielleicht kleben sie Reproduktionen davon wie eine Art Ex libris auf die Milchflaschen oder auf die himmelblauen Lieferwagen der Genossenschaft!

Wie es übrigens kam, daß der Heilige Georg, der in voller Rüstung und mit dem Speer bewaffnet dem Drachen seinen Fuß auf den Nacken setzt, als Schutzpatron des friedlichsten aller Gewerbe und des unblutigsten aller Geschäfte endete, das wird euch wohl jemand anderer sagen.
In Mailand hatte man dafür eine kuriose Erklärung, die ihr zu den vielen anderen Belanglosigkeiten tun könnt.
Solange die *Navigli* existierten, ging man jedes Jahr zwischen März und April einer Trockenperiode entgegen; das heißt, für ungefähr einen Monat wurde das Wasser abgelassen, damit der schlammige Grund gereinigt werden konnte, um daraufhin etwas weniger zu stinken. War die Säuberung beendet, wurden die Schleusen wieder geöffnet, und weil das Wasser gegen Sankt Georg wiederkehrte, sagten die Leute, es komme den Milchhändlern zuliebe, damit sie die Milch taufen konnten. Folglich war der Heilige Georg nicht wegen seiner kriegerischen Tugenden der Schutzpatron der Milchhändler, sondern bloß in seiner Eigenschaft als Wasserspender!
Die alberne Geschichte ist weder witzig noch kurios, aber jetzt steht sie nun mal da.
Wenn ich nicht wüßte, daß es meine Mutter kränkt, würde ich behaupten wollen, daß heute auch auf die Sprichwörter kein Verlaß mehr ist.

Schon seit einer Weile ist die Sonne untergegangen, und ich habe immer noch das Fenster offen. Es ist ein lauer Abend, nichts weist auf den bevorstehenden Georgswinter hin, doch manche versichern, sie hätten Schnee gesehen auf den Blumenstöcken, die die Milchhändler am 24. April vor die Ladentür zu stellen pflegten. Die kalte Jahreszeit, von den Mailänder Sprichwörtern allzu schnell vertrieben, rächte sich also mit heimtückischen Rückfällen. Schon mit dem 21. Januar erwachte die Hoffnung auf hellere Tage:

Zum Fest der Heiligen Agnes
läuft über den Hang die Eidechs'.

Schön ist das volkstümliche Distichon: ich sehe darin einen strahlend blauen Nachmittagshimmel und spüre die Sonne, die gegen drei oder vier Uhr endlich die Steine angewärmt hat…

Dann wird das Frühlingsthema im Lied der Amsel weitergeführt. Nach den frostigen Amseltagen – das sind die letzten drei Tage im Januar – singt die Amsel auf den kahlen Zweigen ihr Spottlied auf den rauhen Monat, der nun vorüber ist:

Januar hast du gesehn?
Fort sind die jungen Amseln!

Und dann ist 2. Februar, Mariä Lichtmeß, und das Fest der Madonna de la serioeula oder serioeura, wahrscheinlich von cera, Wachskerze. Und wenn die Kerzen geweiht werden

zu Lichtmessen
ist der Winter vergessen

Aber nur wenn das Wetter schön ist, denn

bei Wind und Regen
ist der Winter zugegen.

Gleichwohl, ob Winter ist oder nicht, brennt im Februar schon die Sonne vom Himmel und hat einen mörderischen Ruf. Den freiheitshungrigen Ehemännern wird angeraten:

Hat wer sein Eheweib überbekommen,
schickt er sie an die Februarsonnen…

…Amen!

Heutzutage gibt es beim Milchhändler nur sterile, zugekapselte Milchflaschen. Die Kühe in den Ställen strotzen geradezu vor Gesundheit. Trotzdem werden die Leute krank und sterben, daß es eine Freude ist. Wie kommt das nur?
In alter Zeit, lang vor der Pasteurisierung und den Genossenschaften, hatten die Milchläden eine eigenartige Freiluftphysiognomie, die vom Himmelblau der Wände und des Ladentischs, von den Grünpflanzen am Eingang und sonst überall herrührte. In den Regalen waren die Milchkannen aufgereiht, angefangen von den größeren bis zu den kleinen, und hinter dem Ladentisch stand die berüchtigte große Kanne, ehrbares Sommergrab der Fliegen. Die werte Kundschaft fand sie zu Hause in ihren Kannen und holte sie heraus, ohne mit der Wimper zu zucken, so wie sie sich mit stoischer Ruhe der Haare in der Suppe entledigte!
Ich habe den Todeskampf der alten Milchhändler miterlebt. Unserer hatte seinen Laden im Unione-Viertel, an der Ecke zu San Vittorello. Wir desertierten als erste. Die Geschwister Vittadini, denen die Mailänder, wären sie nicht so vergeßlich, einigen Dank schulden, weil auf sie der erste geglückte Versuch einer hygienischen und rationellen Milchproduktion zurückgeht, die Geschwister Vittadini also, gut befreundet mit meiner Familie, gewannen uns sofort als ihre Kunden.
Die Frau unseres alten Milchhändlers, eine mächtige, blasse Frau mit schwachen Füßen, stieg die achtzig Stufen zu unserer Wohnung in der Via Olmetto hinauf, um zu protestieren und uns wieder für sich einzunehmen. Sie wollte ihren *Einsatz* nicht verlieren, und dann beschwerte sie sich über die Herrschaften, »die sich bitteschön wie Herrschaften benehmen« sollten und den Armen die Arbeit überlassen. Denn, wißt ihr, das war eine der Maximen des 19. Jahrhunderts. Die Herrschaft hatte sich als Herrschaft zu benehmen, das heißt, nichts zu tun. Die Arbeit gehörte allein denjenigen, die sie nötig hatten: »Wenn alle arbeiten«, sagte die Matrone, »was kommt dabei heraus? Es ist nicht mehr genug Arbeit für alle da.«

Ich denke, sie hatte recht, dennoch: Ihr Protest nützte nichts, sie verlor den Einsatz.
Bisweilen stehen die Sprichwörter mit den Bräuchen in Widerspruch. So ist es nicht leicht, den sogenannten Georgswinter in Einklang zu bringen mit dem ersten Ausflug der Mailänder aufs Land zum traditionellen Spargelessen. Während Kanzleichef Leoni auf Hasenjagd ging, dort, wo er sich später ein Häuschen baute in der Via Plinio, trafen wir drei uns am Georgstag mit den Angestellten der Sparkasse – den Arbeitskollegen meines Vaters – unter einer Pergola an der Ghisolfa. Die Kutsche irrte auf dem Weg dorthin über Landstraßen; dabei lag die Ghisolfa etwa zwischen dem Bahnhof Bullona und der Via Canonica!
»Hü!... lauf, Pferdchen... wo ist denn endlich dieser Gasthof?«
(Im Jargon hießen die Droschkengäule *Fernrohre*, wegen ihrer Fähigkeit, sich beim Anfahren in die Länge zu strecken.)
... und dann bei Tisch... Spargel mit Sahne und Roggenbrot.
Alfredo Panzini ist ein kühner Spracherneuerer und scheut sich nicht, Dialektwörter ins Italienische einzuführen. Das ist durchaus lobenswert, und ich danke ihm dafür. Dann will mein Freund Patrucco das Wort *barbellare* lancieren, in der Bedeutung: *vor Kälte zittern.* Ausgezeichnet! *Barbell* ist das Doppelkinn, das mitzittert, wenn die Zähne klappern!
Doch bei allem Wohlwollen möchte ich nicht einmal anläßlich des Georgstages einem Begriff, den ein Bäcker zu Reklamezwecken auf einem Karton im Schaufenster benutzte, hochsprachliche Weihen verleihen:

PANE DI MEINO
HIER ROGGENBROT ZU VERKAUFEN.

(Ich halte nun mal nichts vom Lokalkolorit eines respektlos italianisierten pan de mein.)

Gesichter

In seinen besseren Tagen wanderte mein Vater... er wanderte über Landstraßen und Gebirgspfade, und wenn er nach langem Wandern auf ein Hindernis stieß und zu Boden sah und sich dann anschickte weiterzuwandern, sagte er:
»Was, meinst du, habe ich in meinem Leben am häufigsten gesehen?«
»Tja...«
»Steine!... unendlich viele Steine!«
Und die Gesichter? Die Gesichter der Leute auf der Straße? Wer wie ich die unsinnige Schwäche hat, die Stadt zu bewundern und mitten drin zu leben wie in einer Kloake, der sieht keine Steine, sondern Gesichter, Gesichter, und wieder Gesichter.
Entsetzlich! Zum Verrücktwerden!
Nur ein Mal im Leben siehst du sie – viele von ihnen – nur ein einziges Mal.
Sie blitzen vor dir auf... ein jedes entsteht und stirbt für dich im selben Augenblick. Wenn du so willst: du kannst zu jeder Zeit von jemand Abschied nehmen, und für immer.
Schau die mal an.
Lies keine Bücher in der Straßenbahn, was würdest du schon behalten bei all dem Gedränge und der Ablenkung? Statt Kreuzworträtsel zu lösen, dieser zermürbenden Beschäftigung arbeitsloser Notare, schau doch in ein beliebiges Gesicht und versuche, folgende Frage zu beantworten: Wem gehört es?

Die uninteressantesten Gesichter sind am schwierigsten zu durchschauen. Oft handelt es sich um erloschene Gesichter. Manche Leute tragen seit Jahren ein totes Gesicht zur Schau. Es sind verschlossene, vermauerte Gesichter. Wie manche zum Abriß bestimmte Häuser, die an Stelle der Fenster blinde Mauerrechtecke haben. Unzugänglich für Überraschung und Verwunderung, sind sie nicht gleichmütig, sondern gleichgültig. Ihre Augen – fragen nichts. Kaum je haben alte Leute so ein Gesicht. Sie gehören eher den einfachen Frauen aus dem Volk, die zu viel gerackert und gelitten haben. Wie die armen Aufwartefrauen. Gewöhnlich siehst du sie beladen mit großen Bündeln (denn sie waschen auch), und in der Straßenbahn halten sie diese Bündel auf dem Schoß, die groben, knotigen Hände obenauf. Es ist ein Wunder, daß sie überhaupt da sind, denn der Schaffner wollte sie nicht einsteigen lassen. Allzu oft bleiben sie mit ihren Bündeln draußen auf dem Gehsteig. Was tun? Sie versuchen es mit der nächsten Straßenbahn, und wenn sie tatsächlich niemand mitnimmt, sieht man sie aufbrechen, mit ihren Bündeln, und wer weiß wohin...

Und die lachenden Gesichter?
Über die von vorher huscht nicht der Schimmer eines Gedankens, auf diesen liest du in wenigen Augenblicken so viele, daß es unmöglich ist, einen davon festzuhalten.
Es sind Lausbubengesichter.
Wollt ihr eines dieser frechen Gesichter aufleuchten sehen? Steckt ihm einen Franken zu! Das Trinkgeld öffnet den Lausbuben die Pforten zum Kino. Wie es heute ist, weiß ich nicht, aber früher war es so, daß in den toten Stunden des Nachmittags Jungen mit unschlüssiger Miene an der Kasse erschienen.
»Wieviel hast du denn?«
Er griff in die Tasche und zeigte dreißig Centesimi vor (die Eintrittskarte kostete, nehmen wir an, sechzig).
»Na gut... geh schon...«
Wenn er gar kein Geld hat, verliert so ein Lausbub noch lange nicht den Mut, er treibt sich am Ausgang herum und schwindelt sich eben zwischen den Beinen der Zuschauer, die das Kino verlassen, hinein.
Im Kinosaal treibt er's arg! Er trampelt auf Hühneraugen herum, pumm, pamm, rückt mit den Stühlen, sieht sich zwei, drei Aufführungen hintereinander an, wechselt den Sitzplatz, um nicht

erwischt zu werden. Aber schließlich wird er doch erwischt, am Schlafittchen gepackt und...
Luft... Luft...
...da ist er wieder auf der Straße und rennt davon...

Ammen im Parco Sempione. In den Dreißiger Jahren

Der Glöckner von Sant'Ambrogio, 1910

Nocturne

Der Poesie wegen versäume ich manchmal die letzte Straßenbahn...
Ich spüre es, wenn es an der Zeit wäre, aber unter den vielen Leuten wage ich nicht auf die Uhr zu sehen (mein Vater sagte mir, das tut man nicht, wenn man zu Besuch ist).
Ich ahne, daß es schon spät ist, und ich weiß, daß keine Straßenbahnlinie in der Gegend einen Nachtturnus hat...
Und dann ist immer einer darunter, der nicht genug bekommen kann: »...nur ein Gedicht noch... dann ist Schluß, und wir lassen Sie gehen...«
Wenn ich gehe, wenn alle gehen, ist es zwei, und ich steh' dumm da!
Auf der Straße, an der Haustür, sehe ich die schönen, schwarzen Limousinen abfahren, die im Scheinwerferlicht glänzen...
»Dankeschön, Tessa, den allerbesten Dank für den gelungenen Abend, die Unterhaltung...«
»Aber ich bitte Sie! Ich muß mich bei Ihnen...«
»Auf Wiedersehen...«
»Guten Abend!«
...allein auf dem Gehsteig mit meinem alten Schnabelschirm unterm Arm schaue ich mich um...
Dann nehme ich mir die Straße vor und marschiere los.
Fünf Kilometer vielleicht!

Ich mache nicht ungern diesen Spaziergang.
Endlos weit und menschenleer liegt die schlafende Stadt vor mir...
sie erscheint wirklich endlos mit ihren schnurgeraden Alleen, ihren langen Hauptverkehrsstraßen und den Lichterkugeln, die mir nie so zahlreich und ordentlich aufgereiht erschienen waren...
Die Stadt kapselt sich ein im Schlaf, einem strengen, konzentrierten Schlaf, den sie – allerdings nur kurze Zeit – in ihren Mauern beherbergt... drei Uhr... viertel nach drei... vier Uhr und dann...

...bumm!...
schlägt dort ein Eingangstor zu, mit lautem Knall in der Stille...
Ein hastiger Schritt... der erste.
Dann dämmert der Morgen!...
Ich suche über mir nach einem erleuchteten Fenster. Nicht eines!
Blind überläßt sich die Stadt dem Schlaf, nichts rührt sich im Intervall zwischen den zwei Tagen. Nicht einer wacht.
Ich messe meinen raschen Schritt am Rhythmus einer Verszeile.

Et l'homme est las d'écrire et la femme d'aimer.

Im Gehen skandiere ich diesen großartigen Vers auf die Stunden vor Tagesanbruch!

Et l'homme est las d'écrire et la femme d'aimer.

Präludium der Morgendämmerung, aufflackernde Visionen finsterer Städte, in nächtlichen Genüssen schlaflos fiebernd.
Doch hier schläft alles. Beim schwachen Schein der Lampen lodern keine Dichterphantasien mehr hoch, sondern im Schoß der Familie schafft ehrbarer Schlaf Ausgleich für die Mühen des Arbeitstages.
Nicht ein Betrunkener torkelt krakeelend durch die Straßen, um schließlich in einem wirren Selbstgespräch einen Laternenpfahl zu umarmen.
Unheimlich blinken die gelben Lichter an den Kreuzungen.
Verlassen liegen die Gehsteige; geschlossen die Cafés. Die Galleria ein leerer, weiter Saal.
Als ich in der Via Olmetto wohnte und zur Nachtzeit die Piazza Sant'Alessandro überquerte, geriet ich bisweilen in die schaurig-romantische Szenerie eines Hexensabbats. Kältesteif erhoben sich mitten in der Nacht die alten Weiber, die vor den Kirchenportalen schliefen, und um sich zu wärmen, taten sie das Altpapier ihrer Lagerstatt auf einen großen Haufen, zündeten es an und rückten dicht heran. Ich sah den Widerschein des Feuers auf der Fassade der Kirche und dort an der Wand des Palazzo Trivulzio, und all die

geröteten Gesichter im Kreis und gerötete Hände, die sich dem Feuer entgegenstreckten...

Zu jener Zeit wurden in Mailand die ersten Nachtasyle eröffnet, aber sehr wenige machten von ihnen Gebrauch. Doch nicht genug, daß die gutmeinenden Initiatoren ihre Arbeit und ihr Geld in die wohltätige Einrichtung investierten, machten sie sich auch noch die Mühe, nachts auf den Plätzen der Stadt nach Kundschaft zu suchen. Sie rüttelten die Schlafenden wach... und...

Auf! Auf! Warum wollt ihr unter heiterem Himmel schlafen, bei dieser Kälte; kommt doch mit, wo euch jetzt geheizte Räume zur Verfügung stehen, und gratis!

Wißt ihr, was sie darauf zu hören bekamen?

Haut ab, ihr Herumtreiber, ihr Halunken, und laßt schlafende Leute in Ruhe!

Er und sein Brief

Wer weiß, woher er kommt, der alte Ingenieur, anscheinend von weither, denn seine Schuhe sind staubig, und er wirkt müde und erschöpft. Irgendwo in der Stadt hat er gemerkt, daß ihm etwas fehlt, und er hat sich gesagt: Dann geh' ich dorthin. Er kommt in seine frühere Kanzlei, als treibe ihn der Wind. Er kommt angesegelt; kehrt heim in diesen kleinen Hafen, wo er für lange Jahre die Segel gestrichen hatte. Fast ohne daß er es merkt, kehrt er heim, und manchmal ohne jeden Grund. Er tritt ein.
»Frr... frr...«
Nach einer Seite geneigt steht er da, ihm zittert eine Hand... und er gibt diesen schwachen Laut von sich: »Frr...«, ein Flattergeräusch, als wäre's ein Vogel mit gebrochenem Flügel.
Er setzt sich: ist zerstreut. Sie stellen ihm die übliche Frage: Wie geht's denn so?. Und seine Antwort: »Tag!«
Dann steht er auf und geht in das Bureau, das einmal seines war, das letzte hinten im Flur. Dort hört man, wie er mit sich selber redet. Das tut er oft. Am Ende seiner Selbstgespräche steht schließlich eine Bitte, die in ein einziges Wort gekleidet ist. Heute ist es:
»...Gummi...«
Wie bitte? Gummi? Jetzt heißt es raten, doch keiner kommt dahinter, und so geht er wieder nach vorn mit einem Brief und sechs Marken; zwei zu fünfundzwanzig, eine zu fünfzig, zwei zu zehn und eine zu fünf. Ach, er meint Klebstoff, damit er sie festmachen kann, man hat ihm welche ohne Gummierung verkauft. Nachdem er den Klebstoff aufgetragen hat, ist er jetzt damit beschäftigt, sie mit zittrigen Händen in der rechten Ecke fein säuberlich anzuordnen. Der Klebstoff quillt... »Aah... aah... aah...«
... eine Marke verrutscht... sie läßt sich nicht zurechtschieben...
»Aah... aah... aah...«
Er zögert, weiß nicht, wie er es anstellen soll. Jemand bietet seine Hilfe an, und die Sache kommt in Ordnung.

Jetzt betrachtet er unschlüssig seinen Brief. Er ist keineswegs zufrieden. Zu viele Briefmarken. Sechs! Und dann in verschiedenen Farben.
»Aah... aah... aah... es ist 'ne Qual!«
Eine Qual ist es ihm... er kann den Brief nicht länger ansehen, steckt ihn in die Tasche, nimmt den Hut.
»Tag!« Draußen ist er.
Ja, diese Briefe in Französisch fürs Ausland, und wären es fünf Zeilen... welche Müh und Plage für ihn!
A Votre honorée..., ...agréez, Messieurs, mes meilleurs salutations...
Er ist ein halber Franzose, alle in der Familie sprechen französisch, und sehr gut, und dann ist noch Rity da, die auf Akzente spezialisiert ist; die getippten Briefe werden ihr vorgelegt, und tack... tack... tack... läßt sie Zirkumflexe, Akute, Gravis darüberregnen... aber nein, unmöglich, irgendetwas ist immer verkehrt. Von seinen Schriftstücken kann er sich nicht und nicht trennen. Er ist unruhig... und wenn der Brief endlich im Umschlag steckt, und der Umschlag zugeklebt ist, reißt er ihn wieder auf, nimmt ihn noch einmal vor, liest ihn noch einmal, sieht ihn noch einmal durch. Als er hier das Bureau mit mir teilte, ging er aus dem Haus, war schon auf der Straße – aber nein! Er kehrte um...
»Fräulein... dieser Brief...«

Ich folge ihm zwar nicht, aber ich kann ihn mir vorstellen; groß und schwarz segelt er dahin. Den Umschlag in einer Hand strebt er voran... Wo ist ein Briefkasten? Er sieht einen... soll er?... soll er nicht?... Drin ist er!
Aber er bereut es sogleich.
Wird er auch abgehen? Wird er abgeholt werden? Und wann? Er blickt um sich. Wonach hält er Ausschau? Nach dem Postauto? Bekümmert rauft er sich seinen Haarschopf. Die Leerungszeiten stehen hier unten auf dem Schild. Er kann sie nicht entziffern... zwanzig Uhr? Was? Nicht vor acht?
»Aah...aah...aah...«

Ein Schauer überläuft ihn. Er seufzt. Das war ein Fehler, und jetzt kann man nichts mehr daran ändern. Zum Hauptpostamt hätte er gehen sollen und sich nicht auf diese Briefkästen verlassen. Den ganzen Tag wird es ihn drücken...
Eine Weile steht er versunken in die Betrachtung der beiden Eisenkästen, der eine grün, der andere rot, ansonst gleich... *Stadtpost, Briefe* und *Postkarten.*
Dann schüttelt er den Kopf und entfernt sich.

Hymne auf eine Straßenbahn

In Mailand existiert noch eine Straßenbahn, die zehn Centesimi kostet. Es ist ein Vergnügen, so wenig bezahlen zu müssen, schon allein wegen der vielen Erinnerungen, die an diese Münze geknüpft sind: aber dafür läßt die preiswerte Straßenbahn auf sich warten. Ich meine den klapprigen Wagen, der von der Piazza Corvetto, wo die 22 endet, bis zu den sieben Bäumen von Rogoredo zuckelt. Gegen Abend hängen drei, vier zusätzliche Wagen dran, und der Fahrtrhythmus beschleunigt sich in einer Art Endspurt, wie bei Pferden, die Stalluft wittern; doch tagsüber ist er allein und hält an den Endstationen ein ausgiebiges Schläfchen.

Mein Fall zum Beispiel; ich muß zu meinem alten Freund und Klienten, dem Herrn Piani – eigentlich Onkel Piani – dessen Betrieb in der Nähe von Rogoredo liegt. Ich steige aus der Nummer 22 und blicke forschend die breite, hitzeflimmernde Asphaltstraße hinunter. Ist am Horizont die Straßenbahn zu sehen? Nein. Soll ich warten? Soll ich zu Fuß gehen? Ich warte eine Zeitlang. Sie kommt nicht. Eine Sonnenhitze wie am Toten Meer! Ich gebe mir einen Ruck und mache mich auf den Weg. Nach fünf Minuten erscheint winzigklein eine Straßenbahn und kommt mir fröhlich schaukelnd entgegen, als wollte sie sagen: Da bin ich ja, was bist du ungeduldig. Ich beobachte sie, wie sie vorüberrattert. Soll ich an dieser Haltestelle auf ihre Rückkehr warten? Und wirklich bleibe ich stehen und warte. Ob sie gleich wieder abfährt? Eine unsinnige Hoffnung. Ich gehe weiter. An der Kreuzung von Rogoredo kommen wir zur gleichen Zeit an. Onkel Piani, umgeben von der Schar seiner Neffen, die alle bei ihm arbeiten, begrüßt mich überschwenglich wie immer (wir kennen uns schon so lange!), wir erzählen einander, was wir so machen, und dann entschuldigt sich der Onkel, daß er das Auto beim Mechaniker hat und mich nicht zurückfahren kann. »Aber wo denken Sie hin! Da ist doch die Straßenbahn!«, und er: »Der gefällt mir!« – »Sie werden schon sehen, diesmal klappt es!«

Ich verabschiede mich und gehe. An der Kreuzung, wo die Straße nach Lodi zur Überführung ansteigt, ist eine Haltestelle, und nicht einmal eine bloße Bedarfshaltestelle. Diesmal gebe ich nicht auf; ich bin fest entschlossen, die Straßenbahn zu nehmen. Etwa zehn Minuten schmore ich unter der glühenden Sonne. Dann ist die Straßenbahn da. Verzweifelt gestikulierend versuche ich sie anzuhalten. Vergeblich. Wie blödsinnig stehe ich zwischen den Geleisen, nicht anders als die Kühe, wenn sie den Eilzug vorbeibrausen sehen. Ohne anzuhalten ruft mir ein Radfahrer des Rätsels Lösung zu: »Das ist die Haltestelle beim Hochfahren, für die Rückfahrt ist die da drüben!«

Was bleibt mir anderes übrig, als zu Fuß zu den Bäumen von Rogoredo zu gehen und dort auf den nächsten Wagen zu warten, es sei denn, ich nehme gleich den Zug bis zum Hauptbahnhof. An der Endstation führt eine schmale Brücke zu einem Restaurant mit Pension.

Wie wär's mit einem Sodawasser? Haben sie nicht; mir wird erklärt, daß Soda nicht mehr Mode ist; aber als ich erst ein Bier vor mir stehen hatte, ließ ich noch zwei weitere Straßenbahnen abfahren, und das heißt, eine gute Stunde verstreichen.

Das ist die Lobeshymne auf die Straßenbahnlinie Nr. 32.

Vicolo Scaldasole. In den Dreißiger Jahren

Blumenfrau an der Säule von San Babila. Etwa 1930

Die attraktive Frau tritt aus dem schmalen Flur in den Garten, und mit einer Mischung aus Freude und Verlegenheit verkündet sie: »Paolo hat bestanden, bei Vittoria hat es in Latein nicht gereicht...«
Am Fenster im ersten Stock erscheint die Großmutter und seufzt: »Du liebe Güte, was hat sie denn bekommen?«
»Fünf.«
Offensichtlich hat die schlimme Nachricht eine größere Wirkung als die gute.
»Dann muß sie im Oktober wieder antreten.«
»Leider!«
Die Großmutter verschwindet wieder im Inneren. Schade! Jetzt sind die Ferien kürzer. Dann kommt sie wieder ans Fenster und fragt: »Und die übrigen Fächer?«
Während sie den Hut abnimmt, sagt die Frau die Noten her, wie sie sie auf dem Aushang gelesen hat, die Betragensnote am Schluß...
»...Betragen: zehn.«

Genau wie ich: brav, aber sonst schon gar nichts.
Mein werter Herr Direktor Colombi gab es mir jedesmal zu verstehen, wenn er zur Zeugnisverteilung in die Klasse kam:
...Tessa, Tessa... nicht berühmt, gar nicht berühmt... aber in Betragen immer Zehn!
Das vorbildliche Betragen ist dann im Leben mein Ruin gewesen. Die Schüler, die in Betragen immer eine Zehn hatten, werden meines Erachtens zu guter Letzt ihren Platz im Ochsenparadies bekommen!
Direktor Colombi jedoch mochte mich trotz meinen mangelhaften Leistungen und erinnerte sich noch an mich, als ich schon vom Gymnasium zur Universität übergewechselt war. Zu jener Zeit

ging meine Cousine Livia ins Beccaria-Gymnasium, und bei der Zeugnisverteilung stutzte der Direktor beim Familiennamen...
»Tessa, Tessa...«, sagte er, »freut mich, die Schwester vom Delio!«
»Nein, Herr Direktor, die Cousine...«
»Ah, die Cousine...sehr gut...«
Was für ein gewissenhafter Mensch! Von acht bis neun sah man ihn am Portal des Gymnasiums, sein hausgesticktes Käppchen auf dem Kopf. Im Winter hatte er seinen haselnußbraunen Mantel wie einen Umhang übergeworfen, dazu Stutzhandschuhe, im Sommer trug er einen Frack.
Ihm mißfiel, daß sich die Schüler um den Karamellenverkäufer auf dem Platz scharten, und so forderte er alle zum Eintreten auf, indem er in die Hände klatschte und sie beim Namen rief. Unterstützt wurde er darin von einem Pedell, der sie am Arm packte und hineinführte.
Kurz vor Weihnachten wimmelte es von Eltern, die Glückwünsche und Trinkgelder überbrachten. Mein Vater präsentierte sich mit zwei Lira für Demetrio, den alten Pedell, in der Hand und ehrerbietigen Phrasen für den Direktor. Einmal hätte er sich um ein Haar in der Person geirrt; beinahe hätte er das Trinkgeld dem Direktor zugesteckt und die Glückwünsche an den Pedell gerichtet!
Ein kreuzbraver Mensch, unser Direktor Colombi, dieser arme Kerl; außerdem patriotisch gesinnt und Garibaldi-Anhänger! In jenen Jahren etwa kamen die Gedenkmärsche zu den Schlachtfeldern der Umgebung auf. Wir gingen zum Beispiel nach S. Fermo. Die Nachhut bildete jeweils der Pedell mit den Medikamenten im Quersack, für den Fall, daß jemandem schlecht würde. Ich sehe noch vor mir die große Tafel auf dem Marktplatz von S. Fermo. Jeder hatte sein Fläschchen Wein vor sich mit einem Laubzweig im Flaschenhals. Über dem Gedenkstein für die Gefallenen in der Schlacht vergoß unser Direktor Colombi tief empfundene Tränen. Auch der Mathematiklehrer Ravazzoni zeigte deutliche Anzeichen der Rührung.

Und als wir 1899 mit der ganzen Schule die Ausstellung von Como besuchten! Ausgestellt waren Hagelkanonen – eine absolute Neuheit. Diese Kanonen waren große, umgekehrte Kegel, deren Zweck darin bestand, Salven in den Himmel zu schießen. Die Hagelwolken sollten erschrecken und die Flucht ergreifen!
Aber danach kamen die gräßlichen Tage der Abschlußprüfung. Meine Mutter lief von einem Lehrer zum anderen, um ein gutes Wort für mich einzulegen, und sie hörte Messen, um das Schicksal günstig zu stimmen. Auch ich ging zur Kommunion!
Die Koffer waren schon fertig gepackt für die Abreise nach Moltrasio, zur Tante, doch alles hing von diesen verflixten Prüfungen ab. Ich hatte immer Nachhilfestunden in Latein, und Herr Tocci, mein Mentor, saß ebenfalls auf glühenden Kohlen. Zum Glück fehlte es in unserer Klasse nie an Solidarität, und Abschreiben wurde als ein Recht angesehen. Auf diese Weise kam ich immer davon. Ich weiß nicht recht, ob es gut ist, diverse Hintergründe zu enthüllen, aber da die dreißig Jahre Verjährungsfrist abgelaufen sind, kann ich euch wohl erzählen, daß im Hinterzimmer eines Milchladens der Geschwister Vittadini die von der Prüfung Freigestellten versammelt waren und Aufsätze schrieben oder Übersetzungen anfertigten für alle, die drinnen saßen und darauf warteten. Sobald die Aufsätze geschrieben und die Texte übersetzt waren, übernahmen andere die Aufgabe, sie über die verbotene Schwelle zu schmuggeln.

Und Brianzi, der Französischlehrer, wer würde sich nicht an ihn erinnern? Wer bereits sein Blatt abgegeben und draußen in kürzester Zeit alles nachgeprüft hatte, schrie von der Piazza S. Alessandro durch die geöffneten Fenster den Schulkameraden die richtige Übersetzung hoch.
Herr Brianzi, der sich immer des Mailänder Dialekts bediente, weil der Mailänder Dialekt – behauptete er – »die einzige Sprache ist, die dem Französischen am nächsten kommt«, hörte die Lümmel auf dem Platz und dröhnte seinerseits durchs Fenster.

»Schrei nur, ich hab' dich schon erkannt… und ich werd's dir schon zeigen! Du kommst mir im Oktober wieder, im schönen Monat der Weinlese!«

Wenn der Wirbel der schriftlichen und mündlichen Prüfungen überstanden war, schickten sie mich eines schönen Morgens vor acht Uhr aus, um eine Kutsche vom Droschkenplatz auf der Piazza San Giovanni in Conca zu holen. Der große Reisekoffer oben auf dem Kutschbock, Mutter, Vater und Gepäck drinnen und ich auf dem Klappsitz mit einer strohgelben Decke über den Knien.

»Hü…«, wir fuhren los.

Von der Via Olmetto zum Nordbahnhof ging es immer denselben Weg. Via Palla, Via Moriggi, Piazza Borromeo, Corso Magenta und Corso San Nicolao…

Am Bahnhof löste Papà die Fahrkarten und verabschiedete sich mit den immer gleichen Worten: »Paßt auf eure Sachen auf!«

Wir reisten ab, und er trollte sich… – zur Sparkasse.

Wie üblich führe ich beim Gehen Selbstgespräche, ohne jemand wahrzunehmen, ich laufe umher wie die Kutscher im Nebel, die ihre weiten Mäntel zwei-, dreimal um sich wickeln und den Zylinder in die Stirn rücken.
An der Kreuzung der Porta Romana halte ich vor dem Fußgängerweg, weil ich auf die andere Seite muß.
Sobald ich anhalte, werde ich wieder wach.
Von irgendwoher dringt eine klagende Stimme an mein Ohr:
... *Vere quia dignum et justum est, aequum et salutare...*
... sie jammert, die singende Stimme...
... *nos tibi semper hic et ubique gratias agere...*
Ach, ich weiß! Es ist das Hochamt, das jeden Sonntag um diese Zeit aus Florenz übertragen wird...
... *Domine sancte, Pater omnipotens, aeterne Deus...*
Ich schaue in die Runde, um festzustellen, woher genau der Singsang kommt. Aus der Bar? Aus den Fenstern im ersten Stock? Unmöglich festzustellen. Hic et ubique, hier und überall, ist die Luft von lateinischen Worten erfüllt.

Statt die Straße zu überqueren, stehe ich auf dem Gehsteig still und höre die Messe. Eigentlich habe ich schon eine gehört, aber ich horche trotzdem hin, obwohl ich weiß, daß sie nicht zählt.
... *Per quem Majestatem Tuam laudant Angeli, venerantur Archangeli...*
Zerstreut lese ich die Plakate an den Wänden:

MOTORBOOT-RENNEN

Und weiter vorn, neben der Apotheke:

WEGE DES RUHMS

Ein schokoladenbraunes Mädchen mit nackten Armen und Beinen und einem roten Käppchen läßt in einem aufreizenden Lachen ihre blendend weißen Zähne blitzen. Darunter steht:

LEVANTO
PRIVATUNTERNEHMEN

...Principatus et Potestates adorant...

Im Stimmengewirr der Straße schnappe ich einen Gesprächsfetzen auf...

»Stell dir vor, er hat hundertzwanzig Franken den Meter verlangt...«

»Und wie viel war's?«

»Siebzig...«

»So ein Räuber!«

...cum quibus et nostras voces...

Der Schutzmann dreht sich und breitet die Arme aus. Er ist ein weißes Kreuz mitten auf der Straße!

...supplici confessione dictus...

Giovanni Pascoli hat geschrieben:

meng unter die Ideen keinen Staub

Mir kommt es so vor, als vermischten sich hier die Worte des Sanctus mit dem Schmutz der Straße.

»Nur das Nötigste«

Was soll ich heute abend unternehmen?
Ich mag Jean Harlow in ihren letzten Filmen nicht mehr sehen. Sie scheint mir jetzt zu blond, zu nackt, da sie doch tot ist. Vor meinen Augen zerbröckelt nun ihre blühende Jugend, und in den Küssen, die sie ihr aufdrücken, spüre ich eine Kälte ... *la fraîcheur du tombeau*, würde Baudelaire sagen.
Mit siebzig Centesimi gelange ich in die Vororte; ich steige in den Trolleybus, der vom Piazzale Susa über den Hauptbahnhof der anderen, mir unbekannten Endstation entgegenfährt. Ein schöner, großer Wagen, komfortabel, leise und schnell, der an der Schwelle zum offenen Land durch die breiten, baumbeschatteten Alleen huscht, in denen es schon dunkelt. Wo bin ich? Ach, wer weiß! Nie gehörte Straßennamen... eine mit Glühwürmchen übersäte Wiese, die vielleicht recht groß ist... dann Häuser und wiederum Wiesen... Glühwürmchen und Grillen...
Eine Haltestelle.
Wieviele Leute zu dieser späten Stunde hier noch warten! Mit Sicherheit könnte ich mich wieder zurechtfinden, wenn ich nur ein mailändisches Wort vernähme, doch keiner sagt etwas, und ich fühle mich allen fern und fremd... ich studiere sie, versuche sie einzuschätzen. Sie kommen vom Bahnhof, sind auf dem Weg nach Hause. Im Wagen befinden sich auch drei Frauen ohne Begleitung, hier eine, da die andere, ganz hinten die dritte, recht fesche, mollige Frauen zwischen vierzig und fünfzig. Eine steht auf, sie muß aussteigen. Mit einiger Anstrengung hievt sie ihre Leibesfülle aus dem Sitz. Die drei Stufen am Ausgang nimmt sie immer mit demselben Fuß. Dann geht sie mit schwerem Schritt eine verlassene Seitenstraße hinunter...
Diese anschmiegsamen Geschöpfe wohnen vorzugsweise in den Außenbezirken, der Vorstadtmärkte wegen. Vor zwanzig, dreißig Jahren waren sie vor Lebenslust sprühende Mädchen, die sorglos in

den Tag hinein lebten, wie die Spatzen auf dem Dach. Heute stekken sie bis über die Ohren in Schwierigkeiten und wissen nicht aus und ein, sie haben Schwielen an den Füßen, erhöhten Blutdruck und schleppen schwere Bürden... die alte Mutter... ein uneheliches Kind im Internat...

Aber noch haben sie den einen oder anderen Freund aus den alten Tagen. Sie rufen ihn in der Bar vom öffentlichen Telephon aus an:

Hallo Nino...

...aber ja... ich komme... laß mich nur machen...

Und manchmal kommt er tatsächlich, aber nur auf ein Stündchen, das ist alles.

Die armen *Sternchen* – wie sie von allen, wer weiß warum, genannt werden – wohnen am liebsten in Neubauten. Sie übernehmen die Wohnungen direkt vom Bauherrn. Klein sind sie, zwei oder drei Zimmer, mehr nicht.

Endlich kommt der Freund aus alten Tagen, nachdem er in die falsche Straßenbahn gestiegen ist, sich in der Straße geirrt hat, im Hof umsonst nach der Portiersfrau gesucht und schließlich nach ihr gerufen hat.

Gewöhnlich ist nur der eine Flügel der Eingangstür geschlossen. Er klopft an, weil die Klingel noch nicht funktioniert.

Drinnen, jenseits der Mattglasscheibe, sieht man einen rosa Morgenmantel wallen, dann vernimmt man die ängstliche Frage:

Wer ist da?

»Ein Freund!«, antwortet er.

Die Tür öffnet sich einen Spalt breit, gerade so viel, daß eine Person sich durchzwängen kann, und wird sofort wieder geschlossen.

Sobald sie auf dem Diwan sitzen, beginnt das arme Sternchen sein Klagelied. Die Ausgaben für die Wohnungseinrichtung... die Teuerungen... die alte Mutter... und alles endet im Refrain: *Hilf mir, mir fehlt's am Nötigsten!*

Die Katze miaut, der Hund bellt, und auch das Sternchen hat seinen Schlag: Hilf mir, mir fehlt's am Nötigsten! Jetzt ist sie schon zufrieden, nur zu leben. Im Haus macht sie alles selbst; waschen, bügeln... kleine Nebenbeschäftigungen, wenn sich die Gelegenheit bietet; die eine schreibt Adressen, eine andere retuschiert Photographien, eine dritte näht Kleider für die Nachbarinnen. Sobald wie möglich will sie ein Telephon anschaffen, mit Teilhaber natürlich, aber wer kann sich das leisten!... Bei diesen Installierungskosten!...

Der Autobus ist am Ende seiner Fahrt. Ich bin der einzige Fahrgast. Der Schaffner gibt mir zu verstehen, daß ich aussteigen soll, aber da ich mich nicht rühre, verkauft er mir einen neuen Fahrschein. Der Fahrer kommt hinter seinem Vorhang hervor, um sich mit seinem Kollegen zu unterhalten:
»Weißt du, was mir mein guter Vetter hier im Betrieb gesagt hat? Wenn ich mich nicht um eine Frau umschau', mache ich nie und nimmer Karriere.«
»Und du möchtest gern Kontrolleur werden...«
Da haben wir einen Junggesellen, dort ein paar ledige Frauen zur Wahl, aber es liegt mir fern, den Kuppler zu spielen.

Der Propst schlägt das Buch auf und liest: »Es war aber ein reicher Mann, der kleidete sich mit Purpur und köstlicher Leinwand und lebte alle Tage herrlich und in Freuden. Es war aber ein Armer, mit Namen Lazarus, der lag vor seiner Tür voller Schwären und begehrte, sich zu sättigen von den Brosamen, die von des Reichen Tische fielen, doch keiner gab ihm davon...«

Woran denke ich? An etwas recht Handfestes. Dieses Gleichnis wird heute, am vierten Sonntag nach Pfingsten, in allen katholischen Kirchen vorgelesen und kommentiert, und so wie heute geschieht es seit fast zweitausend Jahren; mit wieviel Nutzen für die Menschheit, könnte ich nicht sagen.

Mir scheint, daß nach wie vor Reiche und Arme durch die starre Trennwand des Geizes geschieden sind, und daß keine Verbindung zwischen ihnen möglich ist, so wie das Gleichnis berichtet, daß ein tiefer, unüberbrückbarer Abgrund die Höllenbewohner von Abrahams Schoß trennt. Es scheint, als erwarte immer schon den Reichen die Verdammung und den Armen die Erlösung.

Die Zehn-Uhr-Messe in San Celso wird zum Großteil von älteren Herrschaften besucht, die nicht so früh aufstehen und erst um diese Zeit fertig sind. Leider muß ich feststellen, daß sich das wohlhabende Bürgertum in der Kirche weit mehr um seine Stühle kümmert als um den Gottesdienst. Gewöhnlich haben sie zwei: einen zum Sitzen und einen als Garderobe. Sie legen Hut, Schirm oder Handtasche darauf... Zusammen stehen sie auf, und zusammen setzen sie sich. Verstohlen betrachte ich meine Nachbarn und stelle fest, daß sie geschickt zu verbergen wissen, wieviel sie in den Klingelbeutel tun; aber mich täuschen sie nicht, ich habe ein feines Gehör und erkenne die Münzen am Klang.

Die alten Damen kommen in Begleitung ihrer wenig überzeugten Ehegatten. Es sind Männer des vorigen Jahrhunderts. Wahrscheinlich setzten sie damals, als der Positivismus in vollem Schwange war, keinen Fuß in eine Kirche. Heute, da der Zeitgeist ein anderer ist und bis zu einem gewissen Grad auch aus Angst vor dem umstürzlerischen Treiben des Kommunismus, klammern sie sich an den Altar. Doch während der Messe gähnen sie, warten auf das erlösende *Ita missa est* ... Ihre Gattinnen haben mehr Übung im Kirchgang und zeigen keinerlei Ungeduld. Doch alle, zumindest die meisten, scheinen das Unerläßliche gutwillig über sich ergehen zu lassen, zumal es nützlich sein könnte.

Kaum sind sie draußen und haben die üblichen Höflichkeiten ausgetauscht, unterhalten sich die alten Damen über ihre Beschwerden:

... und ich erst! Das ist ja gar nichts gegen meinen Schnupfen, den schleppe ich jetzt vierzehn Tage herum und werde ihn nicht los.

Sie legen ein Stück Weg gemeinsam zurück, bevor sie auseinandergehen:

... verstehen Sie? In den Füßen ... ich spür's in den Füßen, das Wetter!

Langsam und gemächlich folgen die Ehemänner, ins Gespräch vertieft.

... Und Spanien? Wann dort wieder Ruhe wird? Was meinen Sie? Tja, das ist schon verrückt!

Ein Händedruck und sie gehen ihrer Wege.

Der eine kommt am Zeitungskiosk vorbei und kauft den *Corriere*. Zu Hause liest er gewissenhaft alles, was darin steht, und nur das ist für ihn heilige Schrift.

Zuerst muß man durch Splitt, Schutt und Ziegelscherben stapfen, die Gleise der Feldbahn überqueren.
Hier stand vor nicht mehr als einem Monat das alte Fatebenefratelli-Krankenhaus. Heute ist es abgerissen. Am Ende des Terrains ist vor einer hohen, kahlen Wand ein Park zum Vorschein gekommen, der früher von Mauern umschlossen in einem Innenhof des Krankenhauses lag. Die Bäume mit ihrem trockenen, staubigen Laub machen einen verschüchterten Eindruck, als wäre ihr Zartgefühl verletzt, sie scheinen sich aneinanderzudrängen, um nicht gesehen zu werden, denn sie sind ans Getöse der Stadt nicht gewöhnt; nur gedämpft drangen die Geräusche zu ihnen. Unter ihren Zweigen... flüsterten Nonnen, schritten Krankenpfleger, genasen Patienten, nichts weiter. Kommt man näher an den Park heran, entpuppt er sich als kleiner Wald. An einem Stamm lehnt eine Sprossenleiter. Verstümmelte Statuen warten in einer Ecke, daß jemand über sie entscheidet, ob sie besser aufbewahrt oder weggeworfen werden. Dahinter die ebenfalls erst seit kurzem entblößte Rückwand eines Mietshauses, die hoch in der Luft rechteckige Tapetenstücke von bis dahin bewohnten Zimmern der Neugier preisgibt. Ich glaube, am Boden die Spuren abgerissener Steinbänke zu erkennen. So weit sind die Arbeiter gegangen, aber sie haben den Wald verschont, da sie keine besonderen Anweisungen hatten. Doch so können diese Bäume nicht weiterleben, früher waren sie vom Gemäuer wie von einem Mantel umschlossen, und jetzt stehen sie vor aller Welt nackt da. Wie kann man Nutzen aus ihnen schlagen, wenn man sie stehen läßt? Das Terrain, auf dem sie wurzeln, ist weit mehr wert als ihr Leben. Man wird sie fällen. Ihr Laub ist dicht, tiefer Schatten herrscht darunter und die Luft ist stickig.
Der beißende Staub der Trümmerlandschaft tut in den Augen weh. Kann einer an die Luft gesetzt werden und zugleich bleiben, wo er

war? Durchaus, es braucht bloß das Haus zu verschwinden, und man selber bleibt.
Schaut sie nicht so an, die armen Bäume, sie warten, daß die Nacht sie umhüllt und den zudringlichen Blicken entzieht, sie können sich dann wieder der Illusion hingeben, zu Hause zu sein in ihrem abgeschiedenen Hof, im Traum hören sie dann wieder die leisen Schritte in den Sälen, die gedämpften Stimmen auf den Fluren. Die Lichter verlöschen... bis auf zwei, drei, die Wache halten. In einem Krankensaal... da jammert es...
Doch das alte Krankenhaus ist tot, und seine Bäume sind wie Ordensschwestern, die ihrer Gelübde gewaltsam entbunden wurden.

Sie wohnt nicht mehr in Mailand. Seit langem schon ist sie ins Dorf in der Ebene zurückgekehrt, wo die kranke, achtzigjährige Mutter lebt. Zweimal im Jahr fährt sie in die Stadt und kommt mit den paar Zinsscheinen ihrer Rendite zu mir, damit sie ihr prompt ausgezahlt werden, außerdem muß sie »in Rente gehen«. Nach Margheritas Auffassung bedeutet *in Rente gehen* sich zum Markenamt zu begeben, das heißt, zu jenem Prachtbau voller Statuen, Säulen und Marmor, der auf der Piazza Missori entstanden ist. Dorthin geht sie, um die fehlenden Stempelmarken auf ihrem Rentenversicherungsausweis vorschriftsmäßig zu ergänzen. Dieser Ausweis ist für Margherita Hoffnung und Erinnerung. Sie hofft, wenn sie erst berechtigt und nicht früher gestorben ist, auch einmal eine Zeitlang auf Kosten anderer leben zu können, und dann sind diese orangefarbenen Märkchen die Verbindung zu ihrer Vergangenheit, ihrem langen Bedientendasein.

Bei uns in der Via Olmetto war sie dreißig Jahre lang.

Sie gestaltete die Welt auf ihre Weise, und so auch ihren Wortschatz. Lesen und schreiben brachte sie sich selbst bei, hatte nie einen Lehrmeister und ließ sich weder raten noch berichtigen. Für sie war die Möglichkeit eines Irrtums ausgeschlossen. Die Welt war ihre Welt, eine andere lehnte sie ab. Für die Bücher, die ihr unter die Finger kamen, erfand sie oft neue Titel, doch nicht willkürlich, sondern nach einer gewissen Logik. Statt *Tristi amori* las sie *Tristi a morir.*

»Das ist falsch«, erklärten wir ihr, »hier steht etwas anderes; hier steht: Tristi amori.«

»Nein, nein«, beharrte sie, »die Liebe ist doch nichts Trauriges, aber der Tod, der schon...«; also: Tristi a morir!

Während des Weltkriegs wurde die Konsolidationsanleihe für sie zur *Konsoldatsanleihe.* Konsolidation? Das Wort gefiel Margherita nicht, es war nicht klar. »Die Anleihe«, behauptete sie, »ist dazu da, daß es weitergeht...«, für den nationalen Widerstand, für die Soldaten; von daher also die richtige neue Bezeichnung: Konsoldatsanleihe!

Zur selben Zeit kämpfte ihr Bruder am Carso. Als er die ersten deutschen Kriegsgefangenen sah, staunte er nicht schlecht, und so schrieb er und erzählte es später auch:

»Das sind Menschen wie wir.«

»Natürlich! Was sollen sie denn sonst sein?«

»Na, wo sie uns doch gesagt haben, daß es Dickköpfe sind.«

Seht ihr? Er hatte *Dickkopf* wörtlich genommen!

Margherita sollte einmal ein Billett an Frau Ada Torre in der Via Carlo Alberti überbringen. Sie ging, blieb eine Viertelstunde aus und kam dann wieder:

»Der wohnt nicht da!«

»Ja wer denn?... Wer wohnt nicht da?«

»Der Herr Doktor!«

»Der Herr Doktor? Sag mal... nach wem hast du denn gefragt?«

»Nach dem Herrn Doktor!«

»Aber das Billett? Was steht denn auf dem Billet?«

Tja! Statt Ada Torre hatte sie: A Dottore gelesen!

Und dann ist da noch eine Geschichte:

In unserem Haus, und zwar uns gegenüber im dritten Stock, wohnte ein alter, schon hochbetagter Mann. Es war ein gewisser Herr Lainati, der seit Jahren dahinsiechte, so daß sein Tod eher heute als morgen erwartet wurde, und der doch nie starb. Eines Abends... nein, nicht der Herr Lainati... wer? Was ist los? Ein Telegramm. Onkel Ignazio ist gestorben. Meine Mutter sagt zu Margherita: »Lauf schnell zu Onkel Cecco und sag ihm, daß Onkel Ignazio gestorben ist!«

Niemand wird je genau wissen, was auf dem Weg von der Via Olmetto zur Piazza della Scala in Margheritas Kopf vor sich ging. Soviel steht fest: Vor der Wohnungstür des Onkels angekommen, läutet sie, platzt wie eine Bombe ins Eßzimmer – sie saßen gerade bei Tisch – und sprudelt ihre Nachricht heraus:

»Der Herr Lainati ist tot!«
»Der Herr Lainati?!«
Onkel Cecco sieht hinüber zu Tante Rosa, die Tante zu Livietta…
»Lainati? Wer ist denn das?« …und dann prusten alle los!
Margherita weiß nicht, wie ihr geschieht. Ja so was! Da stirbt ein Verwandter, und sie lachen dazu?!

Als sie eines frühen Morgens mit ihrem Bündel zu uns kam, setzte sie es erst nach einer Vorwarnung ab: »Ich bleib' hier, bis ich das Alter hab', um Pfarrersköchin zu werden.«
Zwanzig Jahre verstrichen, und auf den Tag genau, da sie das kanonische Alter erreicht hatte, machte sie mit ihrem Versprechen ernst. Aber beim Pfarrer blieb sie nur kurze Zeit; sie kam zu uns zurück. Sie hatte sich mit der Pfarrschwester nicht vertragen.
Lediglich zum Abschluß all dieser Ungereimtheiten will ich noch erwähnen, daß der Circolo d'alta Coltura in der Via Amedei für eine Frau vom Land wie sie nichts anderes sein konnte als *Agri-Kultur*; eine Sammlung von Gemälden des Malers Mosè Bianchi avancierte aufgrund ihres Wissens, daß Kunstwerke im Museum landen, zu einem Bianchi-Museum, und eine mit uns befreundete Malerin wurde von Margherita *Firnis-Dame* benannt!
Jedesmal wenn sie nach Mailand kommt, um – wie sie sagt – *in Rente zu gehen* und die Zinsscheine einzulösen, und mich nicht zu Hause antrifft, macht sie einen Besuch in der Portiersloge. Wahrscheinlich wissen fünf Minuten später sogar die drei Katzen wunder was für Geschichten über mich, und ihr werden dafür Sorgen und Geheimnisse des ganzen Hauses anvertraut. Dann gehen wir gemeinsam zur Banca Ponti wegen der Zinsscheine. Dort bekomme ich sie ausgezahlt, ohne mich ausweisen zu müssen, und Margherita kompensiert die Kulanz der Bank, indem sie mich in einer neuen Rolle vorstellt: »Das ist mein junger Herr!«
Ich habe weißes Haar und fürchte, in dieser Rolle bin ich ziemlich lächerlich.

Auskunft

Es ist der vierte oder fünfte Schalter von links im großen Saal des Steueramts.
An ihm sitzt gewöhnlich ein sehr distinguierter Herr, der das Publikum überaus zuvorkommend behandelt, wenn es mit den verschiedensten Fragen zu ihm kommt.
Die Leute, die sich vor ihm drängen, sind zum größten Teil arm. Es sind einfache Frauen aus dem Volk, die fieberhaft in ihrer Handtasche kramen und in der Aufregung immer die falschen Dokumente herausziehen.
»Nein, das ist nicht das richtige.«
»Dann halt das!«
»Das ist es auch nicht!«
»Ah! Warten Sie, da ist es!... nein... aber ich hab's doch eben noch gehabt...«
»Schon gut, dann machen Sie jetzt einen Schritt zur Seite und suchen, während ich mich um den Herrn hier kümmere...«
Die Frau wühlt in ihrer Tasche, wirft alles durcheinander. Eine andere redet ihr gut zu: »Lassen Sie sich doch Zeit; schauen Sie, Sie haben ein Dokument verloren...«
»Ach je, das auch noch!«
Jemand hebt es auf, drückt es ihr in die Hand. Die Frau sucht immer weiter, bis sie endlich zu dem Schluß kommt:
»Ich hab's zu Haus gelassen!«
Inzwischen sagt der distinguierte Herr dem Steuerzahler, der mehrere Steuerforderungen vor ihm ausgebreitet hat:
»Jetzt zahlen Sie...«
»Aber ich habe doch schon bezahlt!«
»Nein, mein Herr, Sie haben die zwei vorhergehenden Raten bezahlt, die zwei hier, nicht diese.«
»Das verstehe ich nicht...«
»Aber ich habe Ihnen doch erklärt...«

In der wartenden Menge legt ein Geschäftsmann einem anderen, der genau so viel weiß wie er, seinen Fall dar; der läßt ihn zuerst ausreden und beschränkt sich dann darauf, die Arme auszubreiten wie der Priester nach dem Sanctus und zu sagen: »Hier heißt's zahlen!«

Jetzt ist eine Frau an der Reihe, die in der Familie einen Todesfall gehabt hat.

»Zwei Jahre sind's jetzt, daß mir der Hund gestorben ist, und da kommt ein Steuerbescheid heraus!«

Herauskommen!... ich stolpere über die kuriose Ausdrucksweise der Mailänder und bemühe mich um eine Auslegung.

Da beschwert sich zum Beispiel der Geschäftsmann von vorhin, der jetzt am Schalter steht, daß die Gerichtsvollzieher »mit der Steuerforderung herausgekommen sind«.

Seht ihr? Das heißt doch, daß in der Regel die Steuerunterlagen und die Gerichtsvollzieher drinnen sind, also in den Schubladen und in den Bureaus, und nur zu bestimmten, unglückseligen Anlässen kommen sie heraus. Man drückt den Gerichtsvollziehern die Papiere in die Hand und läßt sie damit auf die Bevölkerung los; rette sich wer kann!

Aber es gibt keine Rettung.

Der höfliche Herr wiederholt soeben zum hundertsten Mal das Leitmotiv der Steuerbehörde: »Vorerst müssen Sie zahlen.«

»Aber ich bekomm' das Geld rückerstattet?«

»Später, das versichere ich Ihnen, aber zuvor muß der Steuerzahler – wie es sich gehört – mit den Zahlungen auf dem laufenden sein.«

»Und wenn ich kein Geld hab'?«

Diesmal breitet der überaus zuvorkommende Herr nicht die Arme aus, sondern zuckt mit den Schultern.

Der säumige Steuerzahler packt seine Dokumente zusammen, steckt sie in die Tasche und bemerkt dazu: »Das Bett muß man mir aber lassen!«

Stimmt. Wenn der Betreffende nicht das Gesetzbuch kennt, so kennt er doch die unveräußerlichen Rechte des Menschen, die seine Grundlage sind. Das Bett ist für den lebendigen Menschen wie für den Toten der Sarg; es darf ihm nie genommmen werden. Seht ihr, auch der Schlaf ist staatlich gewährleistet, wie der Tod.

Meine Monate kommen jetzt erst. Wir stehen gerade an ihrem Beginn. Es sind August und September, die Monate der geschlossenen Fensterläden, und zwar sind sie ständig geschlossen, weil die wohlhabenden Familien auf dem Land in Sommerfrische sind. Besonders lieb sind mir die Sonntage im Sommer der vollgepfropften Züge wegen, die ungeheure Menschenmassen aus der Stadt befördern und diese ausgestorben zurücklassen, so ausgestorben wie damals im Oktober 1918, als halb Mailand mit Grippe zu Bett lag. Erinnert ihr euch an Pinocchios Wunschtraum von einer Woche, die aus sechs Donnerstagen und einem Sonntag bestünde? Seht ihr, ich wünschte, es gäbe immer nur faschistische Samstage. Ich sperre die Tür hinter mir zu, ja ich verschanze mich hinter der verriegelten Eingangstür und hebe nicht einmal den Hörer ab, wenn das Telephon schrillt. Ich genieße die Einsamkeit, die Stille um mich beglückt mich.

Dann sinkt die Sonne, der Abend bricht an, die feierliche Stunde der Spaziergänge unseres Herrgotts. Der Liebe Gott verließ das Paradies, um sich am stillen Schauspiel der irdischen Sonnenuntergänge zu ergötzen, er traf sich mit den Patriarchen und unterhielt sich eine Weile mit ihnen, auf einem Baumstamm oder Felsen sitzend. Das waren die Gelegenheiten, um Ratschläge und Gebote zu geben.

Nicht den Lieben Gott sehe ich jetzt im Fensterausschnitt vor dem Hintergrund des Parks erscheinen, sondern das Gesicht eines Kollegen. Er bleibt stehen, reicht mir eine Zeitung und sagt: »Ich bin wieder einberufen!«

Er bedauert, daß er seine alte Uniform nicht mehr hat und sich eine neue anschaffen muß. »Und das heutzutage und für bloß zwanzig Tage!«

Ich aber bleibe aus Gründen des Alters und anderer Unannehmlichkeiten. Hier bin ich wie begraben. Alle Jahre gleichen einander.

Daß sie vergehen, erkenne ich nur am Wachstum des Efeus, der sich allmählich über die Mauer des alten Nachbarhauses rechts ausbreitet. Letztes Jahr reichte er bis zum ersten Stock, jetzt ist er im zweiten angelangt. Er umrahmt alle Fenster, bald wird er sich über die geschlossenen Läden hochranken, die sich vor Anfang Oktober nicht wieder öffnen. Gegen Ende September wird das Haus mit seinen ländlichen, efeuverwachsenen Fenstern, dem leicht verwilderten Garten, den tief hängenden, ernteschweren Ästen der Bäume tatsächlich ausgestorben wirken, als läge es verlassen seit wer weiß wie langem...
Hier werde ich in gar nicht allzu langer Ferne die zunehmende Schwüle der Augustnachmittage erleben: ...hör doch – sage ich dann – es regnet...

Regen im August
belebt Feld und Busch

und die Natur lebt nach diesem Regen langsam wieder auf, der Sommer liegt in den letzten Zügen.
Im August wird es früh dunkel, doch die Abende sind nicht klar und schön, sondern trübe.

Im August
ist die Sonn' im Dunst.

Auf einen Dreisilbler folgt ein Fünfsilbler; die Paarung der beiden Verse ist durch keinen Reim legitimiert, sie leben einfach so zusammen, in assonanter Wahlverwandtschaft einander zärtlich zugetan. Wenn du das traurige Distichon öfter wiederholst, wirst du sehen...

...Im August
ist die Sonn' im Dunst...

...dann wirst du sehen, wie sich vor deinen Augen immer früher die Nacht einstellt...
Das Volk liebt keine regelmäßigen Verse und keine echten Reime in seinen Schöpfungen. Beides überläßt es den Berufsdichtern, und diese versuchen sich bisweilen in der Nachahmung, sie mühen sich, das Geheimnis der volkstümlichen Metrik zu entdecken, das

dem Geheimnis der Wege von Herde und Hirt nicht unähnlich ist. Es gibt sie durchaus, aber man muß sie zu entdecken wissen und dann nicht aus dem Blick verlieren, denn manchmal verlieren sie sich, um weiter oben wieder aufzutauchen. Dem literarischen Tourismus sind asphaltierte Straßen und R.A.C.I.- Straßenkarten zu empfehlen. Mit deren Hilfe gelangt man mühelos von Strophe zu Strophe, als wären es Kilometer. Himmel reimt sich auf Schimmel und Stern auf fern.

Die beiden Tabakhändler

Wieder einmal kommt der Wachtmeister in den Laden zur ewig gleichen Verwarnung. Er setzt das Protokoll auf, dann liest er es vor. Der andere läßt ihn schreiben, er läßt ihn vorlesen, und endlich bemerkt er in aller Seelenruhe:
»Ja aber…«
»Was denn?«
»Sehen Sie… Sie haben da Maggioni geschrieben, aber der Maggioni ist oben.«
»Und Sie… Sie heißen doch auch Maggioni!«
»Ich nicht.«
»Sind Sie nicht der Bruder von dem, der gerade oben ist!«
»Bin ich nicht.«
»Wer sind Sie dann?«
»Ich bin ich!«
Der Beamte korrigiert das Protokoll, während der andere erklärt:
»Sehen Sie, wir sind von Kind an immer zusammen gewesen, und dann haben mich die Leute Maggion gerufen, aber Maggion heißt nur der andere…«
Ich bin zu glauben geneigt, daß sich der Wachtmeister nicht mit Gesichtern auskannte. Der Ordnungshüter wußte wohl nicht, daß alle Menschen zwar mit einem beliebigen Gesicht geboren werden, daß sich aber jedes Gesicht von Jahr zu Jahr verändert und formt, bis es unmißverständlich das Gesicht des Menschen ist, der es durch die Welt trägt, wenn nicht sogar das Gesicht zu seinem Namen. Zu Beginn des Lebens gehört zum Gesicht nur ein Träger, später gehört ein Name dazu.
So hätte dieser Wachtmeister wissen müssen, daß einem Herrn namens Maggion ein breites Mondgesicht zusteht mit markanten, doch gutmütigen Zügen und einem buschigen Schnurrbart, der so dicht und schwarz ist wie die Tuschschnörkel auf alten Instrumenten.

Herrn Maggions Gesicht ist das Gesicht eines redlichen Arbeiters, das Gesicht eines Ehrenmanns, der heute nichts weniger als eine Lizenz für Bar und Tabakhandlung an einem großen Corso besitzt; das andere Gesicht hingegen ist blaß, ewig erstaunt und nicht besonders ausdrucksvoll; es trägt nicht die Stigmata des Maggionismus.
Ob die beiden Tabakhändler Teilhaber sind oder nicht, ist uninteressant. Beeindruckend und beispiellos ist hingegen ihre Waffenbruderschaft in den Schlachten des Lebens.
Das staunende, ausdruckslose Gesicht belebt sich manchmal und beginnt zu strahlen, wenn es sich an dreißig Jahre zurückliegende Ereignisse erinnert.
Gemeinsam arbeiteten die zwei Maggions für Cafés und Bars, an Theke und Tischen, als Kellner und Piccolo. Man konnte den einen nicht ohne den anderen anstellen, und wurde dem einen gekündigt, ging auch der andere.
Heute sind sie zwei Austern in einer Schale. Unter keinen Umständen lassen sie je ihre Tabakhandlung im Stich. Wenigstens einer von beiden ist immer da.

Der Maggion, und zwar der standesamtlich belegte, ißt aus der Schublade. Man bringt ihm den Teller mit dem Mittagessen, und um ihn nicht auf die Theke zu stellen, wo er für alle sichtbar ist, öffnet er die Lade und tut ihn hinein. Im Stehen ißt er und bedient gleichzeitig die Kunden zwischen den einzelnen Bissen. Gewöhnlich bekommt er Geschmortes und manchmal Pasta asciutta.
Der Wahl-Maggion ist dem Laden nicht einmal am Hochzeitstag ferngeblieben. Am Vormittag hat er geheiratet, und am Nachmittag stand er schon da.
»Was machen Sie denn hier? Und die Braut?«
»Die ist zu Haus.«
»Ja, und Sie haben sie einfach allein gelassen?«
»Ich bin nun mal da, was wollen Sie mehr?«
Er ist ein Simpel.

Einmal wurden ihm vor seiner Nase Steuermarken für dreitausend Lire gestohlen:
»Es ist meine Schuld... ich hab' da mit einem geredet... und sie waren gar nicht vom Handwerk... sie haben sie gesehen und mitgenommen...«
Am Abend haben die Mädchen aus den Bureaus des Viertels das Monopol für die Marken. Eine möchte eine Anstecknadel:
»Suchen Sie sich eine aus!«
Am darauffolgenden Abend händigt der Maggion demselben Fräulein zusammen mit weiteren Marken eine weitere Anstecknadel aus.
»Eine Brosche? Wieso denn?«
»Ja, haben Sie gestern nicht eine Brosche verlangt?«
»Gestern schon, aber heut' nicht.«
»Nehmen Sie nur... eine Brosche, ein Küßchen!«
Und er schmunzelt dabei.
Der Maggion, der echte nämlich, ist ein todernster Mensch... Schweigend steht er an einem Tisch und beobachtet den Spielverlauf einer Scopa. Wenn mal nur drei Spieler da sind, setzt sich auch der Maggion dazu und spielt als vierter.

Ein Scherz

Wollt ihr euch tausend Lire verdienen? Dann sucht einen entflogenen Papagei. Wenn auch zerfetzt und verblaßt, findet ihr vielleicht noch die Zettel an den Anschlagtafeln. Solltet ihr einen Papagei mit der üblichen zerstreuten Miene auf einem Dach sitzen sehen, der euch außerdem entgegenschreit: »Barbesti Strümpfe, Barbesti Strümpfe«, dann zögert nicht, sondern sagt euch: Das ist er! Bringt ihn seinem Herrchen wieder, das ihn vermißt, und tausend Lire gehören euch.
»Barbesti Strümpfe« scheint sein ganzes Repertoire zu sein. Das ist zwar recht wenig, aber dafür deutlich und reizvoll wegen seines Rätsels. Welche Beziehung mag zwischen dem Herrn Barbesti und Strümpfen bestehen? Viele Papageien-Menschen haben ein viel umfassenderes Programm auf den Schallplatten ihrer Erinnerung gespeichert, aber wenn sie auf dem Grammophon der Stimmbänder abgespielt werden, erweisen sie sich als bedeutungslos. Diese Leute sind – vom künstlerischen Standpunkt aus betrachtet – weit weniger als tausend Lire wert! Stellt euch nur vor: Wenn der Papagei heimkehrt zu seinem früheren Herrchen, hat alles wieder seine Ordnung, weil zwischen den beiden Einverständnis herrscht; der eine weiß, warum der andere »Barbesti Strümpfe« sagt. Sollte sich aber ein neues Herrchen finden, stünde dieser und seine Sprößlinge Stunde für Stunde, Minute für Minute vor einem Rätsel: »Barbesti Strümpfe!« – Was will der Papagei? Daß Herr Barbesti ihm Strümpfe kauft? Der Mann würde seine Gattin fragen: Kennst du eine Strumpffirma namens Barbesti? – Nein, würde die Frau antworten, andere schon, aber die nicht.

Selbst die Papageien sind Hermetiker geworden, Poeten in der Nachfolge Ungarettis … Barbesti Strümpfe … Ich erleuchte mich durch Unermeßliches …

Früher waren sie einfache Loreti ohne Umstände, die sich mit den Jungen des Viertels zankten:
»Loreto!«
»Geh zur Schule!«
»Loreto!«
»Geh zur Arbeit!«
»Loreto!«
»Depp!«
Die Jungen lachten sich alle halb tot, tanzten vor Vergnügen und umjubelten den giftgrünen Redner, der sich in würdevolles Schweigen hüllte.
Doch würde heute – stellt euch das mal vor – ein Papagei vor einer Jungenschar in irgendeiner Straße *Barbesti Strümpfe* herauskrähen... was würden die Jungen sagen?
Nichts würden sie sagen. Das wiederholte *Barbesti Strümpfe... Barbesti Strümpfe* würde sie traurig und nachdenklich stimmen, und einer nach dem anderen würden sie schließlich gehen...
Auf dem Platz spricht mich ein Freund an und sagt:
»Hast du die Papageireklame gelesen? Die ist originell!«
»Was? Das war Reklame?«
Ich bin etwas schwer von Begriff und hatte nichts gemerkt. Sie haben mich hereingelegt! Dafür möchte ich jetzt sie hereinlegen. Wenn ich nun einen alten Papagei nähme, einen von den schlagfertigen mit gutem Gedächtnis, und ihm den Refrain *Barbesti Strümpfe* beibrächte, und wenn ich dann vor die Herren der Reklame hinträte und sagte: *Da ist Ihr Papagei!* – würden sie mir die tausend Lire auszahlen oder nicht?
Wollt ihr – ganz umsonst – meine Ansicht als Rechtsanwalt hören? Ich bin sicher, sie würden es tun.

Sieben Tage im schönen Mailand

Das ist der Titel einer Reklameschrift, die auf den Tischchen eines Cafés im Zentrum ausliegt.

Wenn ich auch annehme, daß es noch Ausländer gibt, die in Mailand verliebt sind, kann ich doch nicht glauben, daß sie der Stadt eine ganze Woche widmen würden. Für wen ist also diese Broschüre gedacht? Für uns, für die echten Ambrosianer, die den Verlockungen von Adria und Südtirol hartnäckig widerstehen.

Wenn es stimmt, daß man im Unglück die wahren Freunde erkennt, dann haben diese hier ihre Freundschaft zur Stadt bewiesen, weil sie sie in den Monaten der Sommerhitze nicht im Stich lassen, ja eigens in sie zurückkehren, um sie durch ihre Anwesenheit über die gähnende Leere hinwegzutrösten. Genau das tat mein Vater in den Tagen um Ferragosto.

Für uns alle entwirft das Reklameheft ein Programm. Demnach könnt ihr den ersten Vormittag dazu verwenden, den Domplatz zu besichtigen: »Ihn überragt der Dom«, so lese ich, »durch seine wuchtige Baumasse, seine stattliche Höhe, mit seinen unzähligen Fialen und seinen dreitausend Statuen...«

Warum bleiben wir nicht stehen, um ihn zu bewundern? Bisher habt ihr ihn nie besonders beachtet. Bewundert ihn doch diesmal. Während ihr eure Nase in die Luft streckt, nähert sich unauffällig ein Herr: »Monsieur, voudrait-il visiter la cathédrale?...«

Ihr dachtet soeben: Wann wird der Dom einmal fertiggestellt?...

Der diskrete Herr wagt einen zweiten Versuch: (Derselbe Satz auf deutsch).

...und wann wollen sie sich entschließen, die bronzenen Seitenportale in Auftrag zu geben?

Da ihr nicht antwortet, versucht es der Herr mit noch einer anderen Sprache: (Derselbe Satz auf englisch).

Jetzt seht ihr euren Gesprächspartner an, als ob ihr ihn erst in diesem Moment bemerktet, dann zückt ihr eure Uhr und gebt euch als

Spaziergang auf dem Dach des Doms. Postkarte, etwa 1900

Galleria Vittorio Emanuele II., etwa 1890

Einheimischer zu erkennen: »Verflixt noch mal, schon halb zehn! Da erwisch' ich noch die 22...«
Aber lesen wir weiter: »Nach der Besichtigung des Doms sollte niemand versäumen, zur Madonnenstatue hinaufzusteigen, von dort schweift der Blick weit über die Poebene, bis zu den Voralpen in der Ferne...«
Man müßte aber zu Fuß auf die Domterrassen steigen und nicht wie heutzutage im Aufzug hochfahren:

...hoch und wenden
und wenden und hoch
und hoch und wenden...

und bei jedem Stiegenabsatz fällt aus einem Mauerspalt ein Streifen hellen Lichts in den Treppenschacht...

...und hoch und wenden
und wenden und hoch...

wie auch vor zwanzig Jahren zur alten Galerie der Scala.
Wie viele Stufen? Ähm... Ihre Unmenge war sprichwörtlich. Wenn zum Beispiel jemand auf sein Alter zu sprechen kam und einem weismachen wollte, ... *ich bin fünfunddreißig*..., obwohl er offensichtlich älter, aber schon sehr viel älter war, dann sagte man, allerdings so leise, daß er es nicht hörte: ... *aber sicher, und so viele Jahre dazu, wie der Dom Stufen hat.*
Mit den letzten Stufen tauchte man wie ein Schornsteinfeger aus dem Kamin zwischen den Marmorplatten der Terrasse auf. Und die Ausflügler packten ihre Brote aus, wie in dem volkstümlichen Liedchen nach der *Traviata*-Arie:

Aus Provenza die Birnen und Äpfel,
Die Kastanien aus Venegonn,
Und wenn wir dann Hunger hätten,
Gingen wir zwei auf den Dom,
Und dort äßen wir Brot und Salam'.

Und sie gingen tatsächlich hinauf! *Wir haben gegessen! Wir haben gegessen!* Das war das Gloria, in dem alle Loblieder Mailänder

Ausflügler gipfelten. Ob es nun nach Bistino oder auf den Mont Bar, auf den Resegone oder die Grigna ging, nach einer knappen Schilderung schloß der Bericht unveränderlich mit einem triumphalen: Wir haben gegessen!

Mit Rücksicht auf die Gebräuche empfiehlt die Broschüre zum Ausklang des ersten Tages in Mailand: »Kehren wir nun zurück zur Galleria, und verbringen wir einen fröhlichen Abend in unseren schönen Cafés und Restaurants, den lebendigen Wahrzeichen der Stadt.«

Offen gestanden habe ich Mailand schon besichtigt, ich glaube 1908 oder neun, und längst bewohne ich die Stadt, ohne sie anzusehen, wie es uns mit Familienangehörigen ergeht, von denen wir erst wieder Notiz nehmen, wenn sie sagen: Heute ist mir gar nicht gut.

Ich war wie gewöhnlich in den Ferien in Lugano. In Montarina wohnte im zweiten Stock über uns mein Freund Pier Giorgio mit seiner Mutter. Die Mutter war Französin, er ein halber Franzose und alle Verwandten lebten in Frankreich.

Zu der Zeit sollte einer von ihnen aus Orléans auf Besuch kommen: Monsieur Pichon, clerc de notaire. Frau Lucie hatte einen Brief erhalten: »Chère cousine, Je suis enchanté de faire ta connaissance et celle de Pierre Georges. J'arriverai à Lugano...«

In Orléans war folgende Antwort eingetroffen: »Cher cousin, Nous seront à la gare à te rencontrer. N'oublie pas que nous y serons tous les deux, Pierre Georges et moi.«

Aber Pier Giorgio war damals verlobt, und einem Ruf seiner Josette konnte er nicht widerstehen, ließ also den erwarteten Cousin Cousin sein und reiste ab. Frau Lucie bat mich, an seiner Statt mitzukommen, damit das Erkennungszeichen nicht hinfällig würde. Am Bahnhof sehe ich ein schmächtiges Männchen mit halb leerem Rucksack aus dem Zug klettern. Sein Blick sucht nach einer älteren Dame und einem jungen Mann. Dann entdeckt er uns und wirft sich mir an den Hals: »Cher cousin... cher cousin!«

Ich bin plötzlich Pier Giorgio!

Zu Hause serviert Frau Lucie Tee und Croissants von Forster. »Cher cousin...« Ich bin noch immer und mehr denn zuvor Pier Giorgio. Schließlich klärt sich alles.
Monsieur Pichon ist enttäuscht. Ich war ihm sympathisch.
Ein paar Tage später, es war etwa Mitte August, brach ich mit ihm zusammen auf, um Mailand zu entdecken. Da unser Stadthaushalt aufgelöst und die Möbel mit Tüchern verhängt waren, bezogen wir im Croce Bianca der Via Lupetta Quartier.
Als erstes führte ich ihn auf den Domplatz und zeigte ihm mit überzeugter Miene das siebte Weltwunder: »Voici notre Dôm.« Ich weiß nicht, ob Monsieur Pichon die anderen sechs gesehen hat, jedenfalls kam es mir nicht so vor, als hätte ihn das siebte sehr beeindruckt.

Wäre *Sieben Tage in Mailand* vor dreißig Jahren erschienen, es wäre mir sicher nützlich gewesen. Es erlaubt sogar eine gewisse Freiheit bei der Auswahl der Sehenswürdigkeiten. Zum Beispiel schlägt es für den Nachmittag des sechsten Tages vor: »Ein Besuch des Monumentalfriedhofs oder« (je nach Stimmung, füge ich hinzu) »in der Galerie für Moderne Kunst.«
Ich weiß nicht, wofür ich mich entschieden hätte. Wenn ich an manche Bilder denke, die ich nicht nenne, um mir nicht unnütz Feinde zu machen, dann hätte ich vielleicht dem Grabmal der Kunst die Kunst der Grabmäler vorgezogen.

Ich sage euch frei heraus, was ich denke; es ist ohnedies nur die Meinung eines Inkompetenten. Ich bin in Mailand in der Via del Fieno geboren und in der Via Olmetto aufgewachsen, und läge es an mir, ich verließe endgültig meine Vaterstadt, um nicht die systematische Verunstaltung mitansehen zu müssen, der sie die Kompetenten aussetzen.
Einer, der etwas davon versteht, hat in diesem Blatt* das Fehlen eines wie auch immer gearteten organischen Bebauungsplans in Mailand beanstandet, und daß schon immer alles kurz und klein geschlagen wurde, weil man viel mehr am Zerstören als am Wiederaufbauen interessiert war.
Hat man zum Beispiel je daran gedacht, daß jede Stadt in einer von Entstehungs- und Standort bestimmten Atmosphäre lebt? Durch ständiges Bohren war es geglückt, den armen Cesarino – den Angestellten des alten Notars Bertoglio – zu einer kleinen Reise zu bewegen. Er fuhr nach Venedig. Als er nach ein paar Tagen der Abwesenheit wiederkehrte, waren sie ihm entgegengelaufen und hatten gefragt: Na also? War's schön? Was hast du gesehen?
»Nichts als Navigli!«
So definierte Cesarin Cappellett also Venedig: eine Stadt, in der es mehr Kanäle als in Mailand gibt. Mit seiner Definition traf er zugleich unbeabsichtigt das Kennzeichen seines geliebten Mailands.
Das Wasser! Ja sicher, das Wasser! Die Königin der Reisfelder lebte wie die Königin der Adria von diesem Element. Sie hatte einen König mitsamt Hofstaat, und man hat sie seiner beraubt. Wißt ihr, wer es war? Der Grabenkönig Redefossi! Und mit ihrem Monarchen sind die Gräben, die Kanäle, die *Navigli* verschwunden; alles zugeschüttet.

* Die Mailänder Zeitung *L'Ambrosiano.*

Die Hygiene-Spezialisten sagen, sie waren ein Graus, der zum Himmel stank. Aber stinken nicht auch die stehenden Gewässer Venedigs – und zwar erbärmlich? Ihre Aufgabe wäre gewesen, sie zu erhalten, ohne daß sie Unannehmlichkeiten bereiteten. Man hat stattdessen das Kind mit dem Bade ausgegossen.

Ich meine – und mache daraus kein Hehl – daß alles bereits verpfuscht ist. Verpfuscht von dem Tag an, als der Coperto de' Figini auf dem Domplatz abgerissen wurde, um der Galleria Platz zu machen, die ich zu meinem tiefsten Leidwesen nicht bewundern kann.

Die schnöde Manie des Kolossalen – das nicht mit dem Monumentalen zu verwechseln ist – hatte hier ihren Ausgangspunkt. Den alten Stadtkern innerhalb des Rings der Navigli hätte ich so belassen, wie er war, aufgrund des Gedankens, daß mit der Zeit auch das Alte antik und schließlich verehrungswürdig wird. Zwischen dem Ring der Navigli und dem der Bastionen und noch darüber hinaus hätte ich unter Nutzung der sich anbietenden Ebene die Neue Stadt mit ihren Banken, Bureaus und allem Drum und Dran erbaut. In einer großen Stadt findet sich immer eine Anzahl Sonderlinge, die den großen baumbestandenen Alleen die engen Gäßchen vorziehen; die bigotten, alten Frauen hätten in ihren Dachstuben im Schatten der Kirchtürme ungestört weiterleben können. Kurzum, innerhalb des Rings der Navigli hätte ich mir eine Art Ghetto der alteingesessenen Mailänder vorstellen können. Für die Lufthungrigen wäre Platz gewesen, soviel sie nur wollten, doch außerhalb. Im sancta sanctorum wohlgemerkt hätte ich nichts verändert, am allerwenigsten die Straßennamen. Alle Heiligen des Kalenders, wo sie hingehören: San Giuseppe... San Vittore ai 40 Martiri... San Celso... Wer sind denn diese Heiligen schließlich? Sind nicht die Zeugen, die Bekenner, die Helden der Kirche ebenso erinnerungswürdig wie die Helden aller anderen Kriege? Warum sie dann entthronen? Was nützt es schon unserem Land, wenn irgendeine Stadt eine ihrer Straßen *Corso Italia* benennt?

Doch bis hierher ist der Schaden gering; die größeren und nicht wieder gutzumachenden Verluste verursacht die Spitzhacke des Sanierungsplans in ihrer Henkersrolle, während der Bebauungsplan gewissermaßen das Todesurteil für die alten Stadtmauern ist. Vor gar nicht allzu langer Zeit zerstörte Meister Spitzhacke die Kapelle San Giovanni Laterano, wo Pater Gazzola seine letzte Fastenpredigt hielt, bevor er nach Livorno ging, wo er bußfertig seinen Tod erwartete.

Wenn ich über den Domplatz gehe, überläuft mich jedesmal ein Schauder. Wer mit dem Rücken zum Dom auf den Stufen stehenbleibt, sieht links die frostigen Hochhausklötze der Piazza Diaz emporragen, die sich mit den Flügeln des Palazzo Reale absolut nicht vertragen wollen und die südlichen Portici in Mitleidenschaft ziehen. Wenn man dann die Steinwüste des Kirchplatzes durchquert bis zum Denkmal des großen Königs auf dem Waschzuber und sich dort umdreht und den Dom vor sich sieht, müßte man eigentlich sofort ein unangenehmes Gefühl verspüren, als wäre das siebte Weltwunder plötzlich gestaucht, zu Boden gedrückt. Wahrscheinlich spielen mir meine Augen einen Streich – sie sind nachweislich miserabel – doch mir kommt's vor, als hätte der Dom seit der Neugestaltung des Vorplatzes und wegen der Anhebung des Straßenniveaus um ein paar Zentimeter an Grandiosität eingebüßt. Ein Stück Stufe ist ihm abhanden gekommen, und es ist, als hätte man einer großen Dame die Absätze abgehackt. Ja, fragt man sich, war sie denn nicht größer?

Der Dom ist dabei noch ganz gut davongekommen! Sein Glück, daß er von vornherein frei stand, sonst würde man jetzt schon seine Absonderung besorgen. So wurde mit Sant' Ambrogio verfahren, so verfährt man zur Zeit mit San Lorenzo. Die Kirchen aus dem Baukomplex herausschälen! Was heißt das genau? Es heißt, daß man der Henne ihre Kücken nimmt! Der Abriß der alten, windschiefen Buden, die sich um die Basiliken scharen, die sich in frommer Demut eng an sie schmiegen und durch ihr eigenes elendes Äußeres die Majestät der Kirche noch feierlicher und großartiger

hervortreten lassen, erscheint mir als Verleugnung, als widerwärtige Verleugnung der von Christus heiß geliebten kleinen Herde. Ich wohne in der Nähe von San Celso, und sooft ich daran vorbeigehe, stelle ich fest, daß nun aus lauter Liebe zur Vielfalt und aus Gründen der Absonderung die Kapelle eingesperrt worden ist! Früher hob sich die Kirche gegen den Himmel und den zum Priesterhospiz gehörigen Park ab. Heute sind die alten Priester in Monza untergebracht, und die Bäume – selbstverständlich! – alle umgehauen. Neben der Basilika und der historischen Kapelle sind als Windschutz neue, malerisch strohgelbe Mietshäuser in die Höhe geschossen.
Sein Schicksal teilt der Garten des Priesterheims mit vielen anderen, also kein Wort mehr davon! Doch jetzt rücken sie auch noch den wenigen Bäumen zu Leibe, die stehengeblieben sind. Eine böse Zunge hat mir versichert, das Gemeindeamt lege Brennholzvorräte an, damit die Kinder in der Grundschule nicht frieren. Gewiß ist das ein löblicher Zweck, der mir also verbietet, gegen die Mittel zu protestieren. Mir und allen Gesinnungsgenossen bleibt nichts als ein vages Bedauern ästhetisch-sentimentaler Natur, das als solches von sich zu weisen ist.
Ohne ihre Kanäle, ohne Bäume, und ohne einen nennenswerten Plan zur Regelung der neuen Straßenzüge und neuen Konstruktionen ist die sogenannte lombardische Metropole, die nie eine Schönheit war, auf dem besten Weg, schlichtweg häßlich zu werden.
Manche glauben an eine Rettung, aber ich habe da meine Zweifel. Die Chancen sind bereits verspielt.
Was dann? Wie läßt sich diese verwickelte Lage noch in den Griff bekommen?
Ich sage es euch, doch nur ins Ohr: wir rufen Barbarossa!

Frisch vermählt

Ich gebe den Hut ab, und man reicht mir eine Nummer.
Dann trete ich ein.
Die schönen Räume im Erdgeschoß, in denen ein edler und gediegener Geist wertvolle Gemälde, seltene Bücher und Kunstobjekte gesammelt hat, liegen im Dämmerlicht. An der Schwelle halten die Gäste einen Moment lang unentschieden inne. Träten sie mit geschlossenen Augen ein, sie würden meinen: Hier ist ein Toter aufgebahrt. Denn die Luft hat etwas Schwüles, das keine Sonnenwärme, sondern Verwesung ist...
Blumenkörbe, Vasen, Gebinde... so viele Blumen! Ringsum an den Wänden verzehren sie sich auf ihren hohen Stielen... Eine Stichflamme ist das kurze, intensive Leben der Schnittblumen, ein Aufflackern schwacher Lämpchen im Moment des Erlöschens. Ich betrachte sie. Seltsam! Wie jemand an ihnen Gefallen finden kann! Auf unnatürliche Weise werden sie zugerichtet, mit hellblauen und rosa Bändern durchflochten, in künstlichen Rasen gesteckt, *arrangiert* – wie es makaber heißt – wie kleine Leichen geschmückt und geschminkt. Unter Glas gezüchtet, leben die luxuriösen Blumen in der lauen Luft der Gewächshäuser für nichts als ihren inszenierten Tod.
Durch Veredelung und Kreuzung überträgt man auf eine Gattung die Eigenschaften einer anderen. Da sind fast schamlos offene, rote Rosen und unschuldig weiße Blüten auf ihren stolzen Stengeln. Schau sie nur an: wie dumm sie sind. Sie mahnen: rührt uns nicht an! So wie die Kinder, die als weiß gekleidete Pagen oder Brautjungfern in Rosa weder spielen noch ausruhen dürfen, um ihre Kleider nicht zu verderben. Ich schaue genauer hin. Sie wirken wie erstarrt; in ihrer anmutigen Verschnürung stehen sie aufrecht da, die armen Kleinen, wenn auch mit Mühe. Sie werden aushalten, solange das Fest dauert. Gegen Abend werden sie endlich gelöster und viel schöner anzusehen sein.

Auf Zehenspitzen schleicht jemand von Blumenkorb zu Blumenkorb (schlafen die Blumen?), sucht die versteckten Billetts, liest flüsternd die Namen. Dann geht er hinaus, und im Garten atmet er auf.

Im Garten sind die zahlreichen Gäste. Unter ihnen fehlt nie der Herr in voller Gala, der unterwegs im Auto bereut hat, sich so feierlich gekleidet zu haben. Er liest noch einmal die Einladung: *... das Brautpaar begrüßen...* (er schüttelt den Kopf)... und vormittags... – tja, hätte ich bloß, sagt er sich, hätte ich mich bloß nicht wie für ein Begräbnis angezogen... und wenn ich der einzige bin? Sie werden mich für einen Trauzeugen halten...

Wenn er ankommt, läßt er seinen Blick in die Runde schweifen, entdeckt ein paar andere, die mit derselben Gründlichkeit vorgegangen sind wie er, und atmet erleichtert auf.

Mehrmals habe ich festgestellt, daß der Gefeierte auf einem Fest der einzige ist, der mit alldem nichts zu tun hat, und der, ehrlich gesagt, gern auf die Feier verzichten würde. So kann ich mir vorstellen, daß die Brautleute ohne unsere störende Anwesenheit ein paar Stunden früher abgereist wären.

Ich möchte sofort auf sie zugehen, aber mir fehlt die geeignete Anrede, eine der üblichen Floskeln. *Herzlichen Glückwunsch?* (wie banal!) *Noch hundert solcher Tage?* (Hilfe!)

Schließlich fällt mir nichts Besseres ein, als den Sitz der Uniform des Bräutigams und die Farbe der Schärpe zu loben. Dann ziehe ich mich zurück, und das ist ein Fehler; ich hätte dort bleiben sollen, um zu hören, was die anderen sagen.

Die Hände am Rücken verschränkt, inspiziere ich das Büffet. Ich weiß aus Erfahrung, daß den Schüsseln nicht zu trauen ist. Was mag hier drin sein? Schokolade mit Sahne? Ich kitzle meinen Gaumen mit dieser Vorstellung. Aber was! Wolgakaviar!

Das feine Teegebäck und die garnierten Brötchen sind wie die Blumen im Haus. Die Rosen duften wie Nelken.

Ich treffe einen Kollegen. Er sieht mich, breitet die Arme aus und ruft: »Mir ist, als wäre es gestern gewesen, daß Camillos Kinder hier im Garten herumtollten, und jetzt... drei sind schon aus dem Haus, und die vierte geht heute...«

...mir ist, als wäre es gestern gewesen!... Ja, mein Lieber, das ist zwar eine gängige Bemerkung, die aber nicht auf jeden zutrifft. Du hast mich auf eine Idee gebracht, was ich dem Brautpaar wünschen werde. Wenn man nach zwanzig Jahren sagen kann: Mir ist, als wäre es gestern gewesen, dann ist uns die Zeit verflogen, ohne daß wir es gemerkt hätten, so wie man eine Nacht verschläft. Vielleicht ist Glück nichts anderes ...

Die Mutter ist von Damen umringt. Sie lächelt, ist richtig glücklich. Der Vater scheint mir etwas traurig zu sein.

»Siehst du«, sage ich zu ihm, »auch die Vollkommenheit hat ihre Schattenseiten. Das Haus leert sich schneller.«

Wie spät ist es? Gehen wir? Geht sonst noch jemand? Soll ich mich verabschieden? Oder soll ich nicht? Ich könnte mich »auf englisch verabschieden«, wie man früher einmal sagte, denn hier besteht nicht einmal die Gefahr, das Zeichen zum allgemeinen Aufbruch zu geben, da wir alle stehen. Ich verfalle wieder in dieselbe Unsicherheit und Verlegenheit, die mich beim Eintritt erfaßt hatte. Auf der Bühne eines Salons, wie auf der des Lebens, sind Auftritt und Abgang gleich beschwerlich.

Jemand bricht auf, ich folge. Im Vorübergehen stehle ich ein Brötchen.

An der Tür fragt mich eine Dame:

»Wollen Sie einfach so weggehen? Ohne die Hochzeitsgeschenke anzusehen?«

»Gut, aber nur, wenn Sie mir versprechen, daß Doubletten dabei sind. Erinnern Sie sich an die große Hochzeit vor ein paar Jahren? In allen Räumen des oberen Stockwerks standen dicht gedrängt die verschiedensten Gegenstände, wie auf einem Wohltätigkeitsbasar. Die Familie hatte dafür gesorgt, daß die Doubletten nicht ins Auge fielen, indem sie sie weit auseinander gestellt hatten; trotz allem ist es mir geglückt, acht Silbertabletts für Visitenkarten zu zählen!«

Wenn man statt dessen den Mut besäße, sowohl Geschenke als Schenker nach Klassen anzuordnen? Oben – jeweils vereint – die Teeservice, die Schreibsachen, die Silberteller, und unten an einem Tisch, wer sich fürs Teeservice entschieden hatte, an einem anderen die mit den Tellern und an einem dritten die Herrschaften mit den Tintenfässern und Schreibfedern.

Unter derlei Geplauder sind wir auf die Straße gelangt. Wir sind nicht die einzigen. Die Fahrer kommen angelaufen. Sie reißen sich die Mützen vom Kopf und halten Wagentüren auf. Früher stiegen die Herrschaften in ihre Karossen. Heute – ich würde fast sagen – zwängen sie sich ins Auto. Denn mühsam krümmen sie ihren Rükken, als beugten sie sich unter ein Joch; die roten Millionärsschädel laufen vor Anstrengung ganz blau an.

Wenn alle gegangen sind, wird man im Haus wieder Ordnung herstellen. Weg mit den Flaschen, Schüsseln, Tischen und Tischtüchern. An den seltsamsten Orten wird man die Kerne der Likörkirschen finden. Einige Leute wissen nie, wohin damit, und suchen halbe Stunden nach einem Versteck.

Gegen Abend wird der Herr Papà zur Frau Mamà sagen: Und was machen wir jetzt? Essen wir?

Und sie begeben sich zu Tisch.

Drüben in den Empfangsräumen stehen die vielen Blumen noch an den Wänden, jetzt lassen sie langsam die Köpfe hängen. Etliche sind verschenkt worden, aber der größte Teil ist ihnen geblieben.

Die Frau Mamà sagt zum Herrn Papà: Morgen bringen wir welche aufs Grab.

Aber was soll mit den anderen geschehen?

Im Friedhof wird das Gras verbrannt, aber die Blumen landen auf dem Abfall.

Dann erst wird alles, wie es vorher war.

Es ist halb sieben, und da niemand mich aufsucht und niemand anruft, nehme ich meinen Hut und gehe.
Draußen bleibe ich kurz stehen und werfe einen Blick in den Hof. Überall schießt das Gras in die Höhe, sogar zwischen den Steinen stehen Halme. Fräulein Bozzolo könnte hier mindestens eine Ziege halten. An der Portiersloge begegne ich zwei Personen, die anklopfen und fragen:
»Wohnt hier der Albertin, der die Gitarren repariert?«
»Der Gitarrenbauer, das bin ich! Sie wünschen?«
Sehr gut; Verdienst in Aussicht.
Kaum bin ich auf der Straße, mache ich neuerlich halt, diesmal vor einem winzigen Fenster am Boden; mich umweht kühle Luft aus der Kellertiefe. Sie hat etwas Modriges, Dämmriges, erinnert an Spinnnweben und herumhuschende Ratten.
Bei längerem Schnuppern erschließt sich mir eine ganze Welt.
Ich sehe die großen Kellerschlüssel und höre sie klirren, wenn sie gegen den Messingleuchter schlagen... ich sehe die Regale mit ihren schmutzigen, alten Flaschen; in Reih und Glied, mit ihren Etiketten, wann sie eingekellert wurden... ich sehe die Fliegenfänger am Draht vom Ziegelgewölbe hängen: hinter den staubigen Gitterstäben sind undeutlich die weißen Teller zu erkennen, die Schüssel mit der Suppe vom Vortag, ein Hühnerschenkel und Lasagne...
Auf dem Corso Roma, auf der Höhe von San Nazzaro hat ein Glaser seinen Laden, in dessen Schaufenster Spiegel ausgestellt sind. Auch dort bleibe ich fast immer stehen, um zu prüfen, wie ich aussehe. Dieses Vorurteil gegen die Sommerfrische, sage ich mir, ist reiner Wahnsinn. Mein Gesicht ist abgespannt. Und außerdem tut's der Hut nicht mehr; ich muß einen neuen kaufen.
An der Kreuzung mit der Via Santa Sofia schallt mir aus der Menschenmenge eine laute Stimme entgegen:

Via Francesco Sforza, am Ponte S. Maria Annunciata,
um die Jahrhundertwende

Via Piopette in den Dreißiger Jahren

»Guten Abend, Scior Cavalier!«
Er ist's! Er läßt es sich nicht nehmen, mich so zu grüßen. Was müssen die Leute denken, die ihn hören? Der ist so einer, werden sie denken, der darauf hält.
Und da steht er auf dem Gehsteig, der gute Alte, wie immer in Schwarz, seit seine Frau gestorben ist.
»Wie geht's, Signor Righelli?«
»Recht gut... man lebt... man lebt.«
Aus einer Jackentasche stehen die Ladungen und Unterlagen für die morgige Verhandlung. Der liebenswerte Alte hat ein verbindliches Lächeln. Das hatte er, der Verteidiger Righelli, schon 1911, als ich in der Kanzlei des alten Schnauzbarts meine Anwaltstätigkeit begann.
»Gehen wir doch über die Straße, Signor Righelli! Dann haben wir ein Stück Weg gemeinsam. Sie wohnen doch im Corso Roma an der Crocetta?«
»Das schon, aber ich muß warten.«
»Sie erwarten jemand?«
»Nein, nein, ich wart' nur bis sieben...« und er deutet auf die Elektrouhr, wo es zwanzig vor sieben ist.
»Ja aber... warum denn?«
»Ach, Sie wissen schon!... die Frauen... meine Schwägerin...«, jetzt fällt mir ein... Signor Righelli lebt seit dem Tod seiner seligen Gattin mit der Schwägerin im selben Haushalt, »also... meine Schwägerin will mich nicht im Haus, bevor der Tisch gedeckt ist.«
»Ach so!... und was machen Sie nach dem Essen, Signor Righelli?«
»Ich gehe wieder fort, an der Ecke schnappe ich ein bißchen Luft und schaue den Leuten zu... ach, diese Frauen... diese Frauen, mein Lieber, die Männer schon auch, aber die Frauen... aber die Frauen...!«
»Na dann, auf Wiedersehen...«
»Guten Abend, Scior Cavalier!«
(Schon wieder!... ach, was soll's!)

Ich gehe durch die Via San Calimero. Aus einem Fenster im Erdgeschoß der Nummer 3 steigt ein appetitlicher Duft nach ... wonach wohl? Ein Gericht an seinem Aroma zu erkennen, ist genau so schwierig, wie aus einem Motiv auf die Oper zu schließen. Ich habe leider keine gute Nase, wie auch kein Ohr für Musik. Dennoch möchte ich wetten, daß diese Gerüche aus einer Portierswohnung kommen. Wahrscheinlich ist der Hausherr zur Zeit auf dem Land und hat vor sich vier Scheiben Salami!

San Calimero ist geschlossen. Auf hohen Leitern stehen Arbeiter, die die Dekoration für das Begräbnis, das heute stattgefunden hat, von der Fassade entfernen. Am Boden liegen schon die rot-goldenen Paramente für das morgige Fest. Mir schießt ein Gedanke durch den Kopf: wenn die Leute es den Kirchen nachmachten? Ich meine, wenn sie den anderen ein äußeres Zeichen ihres täglichen Gemütszustandes gäben? Heute – nehmen wir mal an – seid ihr fröhlich, und ihr zieht ein helles Gewand an; seid ihr traurig, zieht ihr ein dunkles Gewand an. Wenn sich alle an diesen Brauch hielten, könnte er erhebliche Wirkungen in der Gesellschaft zeitigen. Man würde solche Telephongespräche hören:

Was trägt der Commendatore heute morgen?

Schwer zu sagen, vielleicht eher helle Töne ...

Na, dann komme ich und spreche mit ihm ...

Sollte jedoch der Anzug des Commendatore zu dunklen Farben tendieren, ginge man ihm aus dem Weg ...

Ich gehe zügig, und in meinem Kopf schwirren die Gedanken. Einer meiner Freunde konnte nirgendwo anders als in der Straßenbahn Gedichte schreiben. Als er ein Buch veröffentlichen wollte, besorgte er sich ein Jahresabonnement für alle Linien, um sein Problem zu lösen!

Allmählich werde ich ruhig. In dieser Straße, die keine Läden hat und keine Menschenmassen anzieht, die friedlich daliegt mit ihren blühenden Vorgärten, und von der man meinen möchte, sie führe in ein stilles Viertel, werden die Gedanken zu ungewissen Schatten ... bevor sie ganz verschwinden.

Um mich vollends auszusöhnen, begegnet mir, wie schon öfters, eine seltsame Equipage. Es ist ein Korbwägelchen, das von einem kleinen, grauen Esel in flottem Trab gezogen wird. Ein munterer Greis spornt sein Eselchen an: »Hopp… hopp… hopp!«
Immer um dieselbe Zeit ist das Wägelchen unterwegs, um den Alten durch die Straßen zu kutschieren. Er meidet die großen Alleen und folgt einer Route durch halb verlassene Gassen: »Hopp … hopp … hopp!«
Das ist die einzige menschliche Stimme von San Calimero bis zur Allee.

Geht hin und seht sie euch an, bevor sie abgerissen werden. Sie blicken – eine nach der anderen – auf das Krankenhaus und seine montägliche Fassade. (Wer Aufklärung wünscht, dem sei gesagt, daß montäglich das Kolorit der verheerenden Nachwirkungen sonntäglicher Zechgelage ist!)
Dachstuben haben immer etwas Fröhliches, und auch diese erscheinen mir keineswegs beeinträchtigt durch eine so wenig erfreuliche Nachbarschaft. Die Hausdächer tragen die Mansarden wie eine Zierde, sie halten sie der Morgensonne entgegen und bleiben immer jung, auch wenn das ganze Haus hinfällig ist. Der einsame Besucher, der bis ins letzte Stockwerk und auf einem steilen Treppchen noch weiter hinaufklettert, braucht nur eine Tür aufzustoßen und den Kopf in eines der reinlichen Zimmer zu strecken, um mit dem traurigen Menschendasein ausgesöhnt zu werden...
Als ich noch an der Universität war und Philosophievorlesungen hörte, hatte ich einen Pedell als Klienten. Da er wußte, daß ich Dr. iur. war, betraute er mich mit einem kleinen Fall. Ich mußte mich, ausgestattet mit einem Dokument, in die Via Ospedale begeben, um eine Unterschrift einzuholen.
Der Pedell hatte mir gesagt: »Sie wohnt ganz oben unterm Dach, aber Sie brauchen nur nach der Sciora Savina zu fragen.«
Tatsächlich erklärte mir die Portiersfrau der Nummer 12:
»Gehen Sie einfach hoch, solang Treppen da sind, dann ist es die dritte Tür auf dem Gang.«
»Und wenn sie nicht zu Hause ist?«
»Die ist immer zu Haus.«

»Gestatten?...«
»Herein!«
Die Sciora Savina lag im Bett, weil sie seit Jahren, erzählte sie mir später, leidend war. Ich erklärte ihr den Grund meines Besuchs

und zeigte ihr das Dokument, doch die Greisin winkte ab: »Ich hab' doch keine Tinte«, fügte aber hinzu: »Versuchen Sie's bei der Delina an der nächsten Tür...«
Delina setzte eben ihren Hut auf, um auszugehen, aber sie nahm ihn sofort wieder ab und eilte herbei: »Oma... Oma!«
Das hübsche Mädchen – das erkannte ich gleich – gehörte zum Haus. Sie streichelte die Alte, schüttelte das Kissen für sie auf... Und sie hatte Tinte, aber keine Feder.
Die Sciora Savina mußte ein Dokument unterzeichnen! Die Nachricht verbreitete sich wie Lauffeuer über den Gang. Weitere Türen öffneten sich, bis schließlich das Benötigte beisammen war, Federhalter, Feder und Tinte, aber als sie nun ihre Unterschrift leisten sollte, bekannte die Sciora Savina, des Schreibens unkundig zu sein. Also setzte sie unten auf das Blatt, als feierliches und beinahe heiliges Zeichen ihrer Zustimmung zum schriftlich Festgehaltenen, ein Kreuz, das seinerseits beglaubigt wurde durch die Unterzeichnung zweier schreibkundiger und vertrauenswürdiger Zeugen: der Modistin Delina und des Scior Carlo, Priesters zu San Bernardino dei Morti...

Welche Glückseligkeit in dieser kleinen Welt, die nichts besitzt und nichts fordert! Eine Freikolonie, die zusammen mit den streunenden Katzen, den Blumentöpfen und den Kanarienvögeln im Käfig über den Dächern der Stadt, zwischen Himmel und Erde angesiedelt ist!
Die großen Ereignisse, die Völker in Aufruhr versetzen, stören den Frieden der Niedrigen nicht.
Unter stürmischem Beifall defiliert das vaterländische Heer mit wehenden Fahnen und klingendem Spiel an einem Maitag durch die Straßen der Stadt.
Die zittrige Greisin erblickt sie, als sie gerade den Wurstladen verläßt, und fragt:
»Was ist denn los?... Was ist passiert?...«
»Es ist Krieg! Krieg!«

»Ach die armen Kinder...«, sagt sie dazu und wackelt mit dem Kopf.
Es kommen harte Jahre, Jahre voller Kummer, Not und Bange, bis schließlich an einem Abend im November sich Ströme von Menschen auf Straßen und Plätze ergießen, und singen und jubeln, und die Stadt lebt auf voller Freude und Licht!
Noch lebt die Greisin aus der Mansarde, nur tiefer gebeugt nach der vielen Not; sie drängt sich dicht an die Mauern, um nicht in den Wirbel gesogen und niedergerannt zu werden von den Scharen herbeieilender Leute...
An einer Straßenecke trifft sie ihren Nachbar, den Scior Carlo, und sagt zu ihm:
»Sehen Sie's?... Sehen Sie's?... Gott sei's gedankt!«
Und verschwindet mit ihm in der Kirche.

Ein Lausbub aus der Brianza

»Peppino! Lausebengel!« Meinen Sie, er hat etwas angestellt und wird deswegen gescholten? Ach was! So groß ist die Sympathie, die er bei allen erweckt, daß sie den Kopf verlieren und ihm Grobheiten nachwerfen, ihn mit Schimpfwörtern überhäufen, so wie Frau Carla den armen Sergino so fest umarmte, daß es weh tat.
Aus Villa Daverio, seinem Heimatort, ist er nach Mailand gekommen, die Herzen zu erobern. Hier hütet seine Mama für die Herrschaften das Haus. In Villa betreiben Peppinos Großeltern eine Gastwirtschaft, die ihm in guter Erinnerung geblieben ist; so fragt er jetzt noch in der Portiersloge, ob er nicht wieder einen Marsalino bekommen kann!
Mit vier Jahren ist Peppino ein stämmiges Bürschchen, doch immer steht ihm der Mund halb offen, aber nicht etwa, um zu sprechen, sondern in Erwartung genießbarer Dinge. Sein ganzes Leben dreht sich nur ums Essen. Damit zwischen dem Frühstückskaffee und den Nudeln zu Mittag keine Lücke entsteht, verzehrt er um halb elf zur Schokolade ein Brot; um vier verschlingt er dann einen Grießbrei, der so fest ist, daß der Löffel darin stecken bleibt. Die Mandeldragees des Brautpaars Giussani hat alle er aufgegessen, eins nach dem anderen. Als keine mehr da waren, wurden seine Blicke forschend und zudringlich, und da sie weder durch Worte noch durch Gesten im Sinne eines *consummatum est* zu besänftigen waren, entschied ich mich, der einmal angenommenen Gewohnheit Dauer zu verleihen, doch angesichts eines Mangels an weiteren Neuvermählungen ersetzte ich die Hochzeitsdragees durch Bonbons aus dem Laden.
Sobald Peppino das Tütchen in der Hand hielt, verschwand er eiligst in der Wohnung und kam erst zwei Stunden später wieder zum Vorschein, mit einer ziemlich angewiderten Miene. Vor dem mütterlichen Strafgericht wußte er dann über den Verbleib des Tüteninhalts keine Rechenschaft abzulegen, worauf …

Nach Ablauf des Strafvollzugs stand Peppino wieder vor meinen Fenstern und sprang in die Höhe, um durch einen Blick ins Innere festzustellen, ob jemand da war:
»Ist mein Rechtsanwalt da?«
Ich war da und verstand den Wink, doch das zweite Tütchen Bonbons wurde der Erziehungsberechtigten zur Rationierung ausgehändigt.
Peppino hat im Gras eine Schnecke gefunden und bringt sie mir. Ich setze sie auf die Zivilprozeßordnung und warte darauf, daß sie sich rührt. Sie rührt sich nicht. Das Tierchen kommt nicht und nicht aus seinem Haus. Also singe ich ihm das französische Liedchen

Bête, bête aux cornes,
montre moi tes cornes
si non
je te casse
ta maison

Peppino sieht mich verblüfft an: Was, so reden die Leute in Mailand?

... Bête, bête aux cornes,
montre moi tes cornes...

Der Singsang, der sich pausenlos wiederholt und ihn auf melodischer Welle wiegt, erschließt ihm langsam einen möglichen Sinn. Seine Augen werden hellwach. In den Wörtern *cornes* und *si non* errät Peppino eine Aufforderung und Drohung... dann strahlt er; er hat endlich begriffen, daß die Hörner und das Gehäuse gemeint sind! Genau in dem Moment streckt die Schnecke den Kopf heraus und beginnt gemächlich über den Buchdeckel zu kriechen.

Die Nordbahn

Von zu Hause bis zum Bahnhof von Camerlata an den Häusern von Rebbio vorbei schimpft Linati vor sich hin: »Rebbio! Rebbio! Und immer diese Häuser, diese Leute ... ich hätt' doch auch anderswo zur Welt kommen können ...«

Ich versuche – allerdings ohne Erfolg – ein gutes Wort für seinen Geburtsort einzulegen:

»Und der Pfarrer? Der scheint doch ein liebenswürdiger, fröhlicher Mensch zu sein!«

»Ja gut, der Pfarrer mag angehen ... aber Rebbio ... dieses Rebbio! ...«

Der kleine Nordbahnhof liegt einsam und verlassen am Ende eines kleinen Tals. Nach siebzig Jahren seines Bestehens machen sich erste schüchterne Modernisierungsversuche bemerkbar. Die Fassade des Wartesaals wird gerade gestrichen. Zum Sitzen wurden die gepolsterten Bänke aus der ersten Klasse aufgestellt, es fehlen nur die Spitzenbezüge auf den Rückenlehnen mit dem Monogramm F.N.M. Die Waggons wurden ausrangiert, aber die Bänke hat man zu schätzen gewußt.

Draußen ist alles beim alten geblieben, abgesehen von den Stromdrähten. Nicht eine Stimme, nicht ein Schritt.

»Tack-tatatack-tacktacktack« (das Morsealphabet) und dann – sofort – weiter drüben ... »bim ... bim ... bim ... bim ...« (die Glocke, die die Ankunft eines Zuges meldet), fast unmerklich werden unsere müden Schritte vom monotonen Zirpen dieses Läutwerks angezogen, das leicht und vibrierend wie ein Flügelschlag ist. Wir bleiben darunter stehen.

Jetzt, bei Nacht, ist es eine Bahnhofsgrille, aber das Dunkel ist nicht sein wahres Licht:

»Weißt du«, sage ich zu Linati, »wir müßten wieder in den Wartesaal gehen und uns auf den Bänken aus der ersten Klasse ein Nickerchen genehmigen, weil wir ohnedies einander nichts mehr

zu sagen haben, wir haben alle Themen bereits angeschnitten... Pastonchis Ankunft in Cantù, Luzzanis Unternehmungslust, Bernasconis großer Preis, Delias Verlobung, der Hungerlohn, den wir als Schriftsteller bekommen... und dann haben wir uns auch schon voneinander verabschiedet. Im Schwebezustand eines vom Gebimmel eingeschläferten Bewußtseins – bim... bim... bim... bim... es kommt und geht, schrillt und verstummt – sähen wir ein anderes Dorf, zu einer anderen Stunde... Caravaggio! Ich weiß nicht, warum ausgerechnet den winzigen Bahnhof von Caravaggio, oder den von Melzo, der einsam zwischen weiten Feldern liegt...«
Die Nordbahn ist die modernste unter den Eisenbahnen; sie hat die zweite Klasse aus ihrem Angebot gestrichen, die vor dem Krieg dem fleißigen, ehrsamen, wohlhabenden Bürgertum diente, welches für die Dauer eines Jahrhunderts Angelpunkt der ganzen Gesellschaft war. Heute sind die damaligen Bürger in die erste Klasse aufgestiegen oder zur dritten abgesunken.
Ich, wohlgemerkt, befinde mich in der dritten. Da fühle ich mich trotz allem wohl, auch wenn ich hart sitze, und gäbe Gott, daß alle Härte des Lebens sich auf diese Bank beschränkte!
Die größere Geschwindigkeit dank Elektrolokomotive beutelt die alten Waggons ganz bedenklich, sie scheinen sich aneinander festzuhalten, um nicht aus dem Gleis geworfen zu werden. Oasen des Friedens sind die Haltestellen und ihre vertrauten Namen. Ich lese: *Caslino al Piano* und atme freier; und ich schmunzle beim Anblick einer qualmenden Dampflokomotive à la Stephenson mit dem heimischen Namen *Turbigo* auf einem Verschiebegleis.
Der Bahnhof von Rovellasca Manera gibt dem Reisenden ein Rätsel auf. Warum steht der Name der Ortschaft nicht in der Mitte? Eine Lisene durchbricht die Symmetrie. Vielleicht ist der Bahnhof vergrößert worden? Fragen ohne Antwort.

In Saronno fehlt etwas. Zuerst kann ich nicht erkennen, was es ist, doch dann... ach ja... sicher, es fehlt der Junge mit seinem Ruf: *...Amaretti aus Saronno, Mandelkeks aus Novara...* Jener Ruf bedeutete für mich, der ich im Herbst aus Moltrasio zurückkehrte und mich auf die Wiederholungsprüfungen im Oktober vorbereitete, das jähe Ende der Freiheit. Bis Saronno sah ich noch die Silhouette der Berge. Um sie ja nicht aus den Augen zu verlieren, kehrte ich der Ebene den Rücken und fuhr rückwärts, aber die Amaretti aus Saronno verkündeten mir, daß für dieses Jahr endgültig alles vorbei war. Ich hatte schon Nachhilfestunden bei Professor Fasanotti in Moltrasio genommen, und in Mailand sollte ich weitere nehmen. Eines muß man mir zugute halten. Schulbänke, Lehrer und Lehrbücher habe ich nie ausstehen können. In der ersten Gymnasialklasse hatte Professor Retali für Mathematik von allem Anfang an sein Auge auf mich geworfen. Zuerst mißfiel ihm meine Brille: »Puh, diese gräßliche Brille...«

...und dann beschuldigte er mich öffentlich des mangelnden Interesses an seinem Fach:

»Tja, Tessa befaßt sich mit Literatur...«

...so gab er mir lächerliche vier Punkte im ersten Bimester, in allen weiteren ebenfalls vier Punkte, vier im Juli und vier im Oktober. Mein leidgeprüfter Vater, der eine erhebliche Anzahl von Fünf-Lire-Stücken für Privatstunden ausgegeben hatte, vertraute sich nach der letzten nichtbestandenen Prüfung dem Doktor Candian, seinem alten Freund, an und meinte in aller Seelenruhe: »Er hätte ihm wenigstens fünf geben können!«

In der Bovisa kündigt sich die Stadt im Gifthauch ihrer Fabriken an.

Meine Mutter hatte in den ersten Zeiten dieses bestialischen Gestanks ein Gerücht in Umlauf gesetzt, dem man im Familienkreis bis zu einem gewissen Grad Glauben schenkte. Sie gab vor, eine der Fabriken verarbeite die Gebeine der Toten von Musocco nach Ablauf der Zehnjahresfrist nach ihrer Beerdigung und schloß mit den Worten: »Sie machen Knöpfe daraus.«

Ihre kategorische Behauptung verblüffte mich. Ich erinnere mich, daß ich im Zug mein recht durchschnittliches Gegenüber musterte und dachte: Womöglich trägt er zufällig, und ohne es zu wissen, eine Reliquie seines Urgroßvaters an der Jacke!

Der König der Wüste an der Porta Ludovica

Er schlief!
Ich besuchte ihn gegen vier Uhr nachmittags, schon bei Einbruch der Dunkelheit. Er ruhte. Da stand ich nun vor ihm mit aufgespanntem Schirm und betrachtete ihn, wie er schlief, sein stattliches Haupt geneigt, die rötlichen Pfoten aus dem Gitter des Käfigs gestreckt.
Weitere zwei Löwen in einem weiteren Käfig jagten ängstlich auf winzigem Raum hin und her. Ein vierter weiter hinten gähnte müde, vielleicht wegen der Reise, vielleicht aus Langeweile, oder weil die veränderte Kost ihn drückte. Was hatte man ihm heute morgen vorgesetzt? Sieben Kilo knochenloses, mageres Fleisch?
Sind noch andere Raubtiere zu sehen? Nicht eines! Stattdessen laufen mir zwei reizende Kinder über den Weg, die sich eng umschlungen entfernen. Ich behalte sie eine Zeitlang im Auge; sie steigen ein Treppchen hoch und verschwinden im Wagen Nummer 65.
Wie unendlich traurig stehen die weißen und hellblauen Wagen zwischen den Pfützen! Wie müde und leer liegt der Zirkus vor Beginn der Vorstellung! Mit offenen Kleidern wäscht sich ein Mädchen an einem Bottich. Ob sie heute abend übers Seil tanzt? Wo sind zu dieser Stunde die Clowns? Sie kommen in eine fremde Stadt, schlagen mit ihren kleinen Heimen auf Rädern ein Lager auf, wo die Stadt an der Grenze zum offenen Land sich verliert, und es ist Herbst, und es regnet... Wie werden sie es fertigbringen, nachher zu lachen? Aber vielleicht hat kein Clown je gelacht?...
Ich möchte gern mehr sehen, um mir die Zeit bis zur Galavorstellung am Abend zu vertreiben, aber ich weiß nicht, an wen ich mich wenden soll. Ich kehre um, und am Eingang spreche ich eine Art Türwächter von beeindruckenden Dimensionen an: Aber nach wem soll ich bloß fragen? Na... warum nicht nach dem Direktor? Doch der betreßte Riese kann kein Italienisch. Ich krame mein Deutsch hervor: »Herr Direktor, bitte...!«

Den Direktor!! Der Türwächter ist verblüfft. Wer ist denn dieser kleine Mann mit den Füßen im Kot, der mit dem Herrn Direktor sprechen will? Dann macht er eine weit ausholende und unbestimmte Geste, wie um zu sagen, er sei nicht hier, er sei weit weg, unerreichbar, und ich solle mir das besser aus dem Kopf schlagen. Gedemütigt ziehe ich ab und gehe nach Hause. Innerhalb der arg lädierten, aber noch stehenden Einfriedungsmauer des Gaswerks, das selbst schon lange abgerissen ist, wird in der Mitte des Nomadenlagers der hohe Kegel des Zirkuszelts sichtbar. Eine Schar von Jungen aus dem Viertel betrachtet es in Verzückung!

Welcher Andrang! Massenweise strömen die Leute herbei, wo der Zirkus seine Zelte aufschlägt. Ihn umweht ein Hauch von fernen Ländern, Wanderleben und Abenteuern. Im Herzen des Menschen ruht immer der verborgene Wunsch fortzugehen, das Bekannte hinter sich zu lassen und nach neuen Ufern aufzubrechen, und neidisch blickt er auf das Geschick der Nomaden!
Hierher kommen sie keineswegs lustlos und verspätet wie ins Theater. Bereits um neun Uhr sitzen alle auf ihren Plätzen. Ich schaue ins Publikum. Hier fehlen nicht einmal die Alten; sogar einen früheren Sparkassenangestellten entdecke ich, einen Kollegen meines Vaters, und noch am Leben! Mit seiner zufriedenen Miene sitzt er da, in Erwartung des Löwengebrülls!
Sie kommen!
Der Schauder springt über von einer Bank zur anderen. Dafür zahlen die Leute ja auch.
In geringem, ja wirklich bescheidenem Ausmaß, doch spürbar, keimt die stickige Atmosphäre der gräßlichen und zugleich großartigen Gladiatorenkämpfe auf. Was sucht die Menge? Etwas, das sie aus ihrer Stumpfheit aufzurütteln, an ihre fernen Ursprünge zurückzuführen vermag. Das Unterbewußte in jedem erwacht und erinnert...
Auch der strenge Raubtiergeruch gefällt. Abstoßend wirkt er und verlockend: ein Suchtgift.

Dann fällt alles wieder in sich zusammen. Die Löwen brüllen ein bißchen und reißen ihre Mäuler auf, aber sie kauern sich schließlich doch auf ihre Hocker. Das Publikum applaudiert.
Wahrlich zahm sind sie, diese braven Raubkatzen; sobald ihre Nummer zu Ende ist, huschen sie leicht und flink durch den Gang auf ihre Käfige zu. Was ist Freiheit für sie? Wo könnten sie heute noch in Freiheit leben? Überall auf der Welt wohnen Menschen, überall hat sich die Zivilisation ausgebreitet, sie sehen nichts als Käfige. Zwischen den einzelnen Darbietungen balgen sich die Clowns und schlagen ihre Purzelbäume. Das Unterbewußte jedes einzelnen liegt wieder in tiefem Dunkel. Beim Spiel der Clowns sieht sich die Welt im Spiegel, und alle biegen sich vor Lachen!
Dann sind die Elefanten an der Reihe, höchst würdevolle Tiere; sie erfüllen ihre Pflichtübungen mit einer Bereitschaft, die keine Spur von Unterwürfigkeit enthält. Mir sind sie weitaus lieber als die sogenannten Raubtiere. Selbst elend geknechtet, wie sie sind, und während sie jetzt im Kreis herumtrotten, der eine den Schwanz des anderen im Rüssel, meine ich ihren starken Charakter erkennen zu können. Aber ich merke, sie kommen nicht besonders an.
Dann habe ich herrliche Paradepferde gesehen, wendige Reiter und fliegende Akrobaten, leicht wie die Geister der Luft! Doch fehlt es diesem sonst so reichen Zirkus an weiblicher Grazie. Wo sind die Amazonen geblieben?
Das große Finale ist eine Art Pantomime von recht archaischem Geschmack, wenn auch zu einem hochmodernen Thema. Die Hetzjagd nach dem Staatsfeind vom Äquator zum Pol ist ein Stück Variété, das den Feinden dieser »Nummern« recht gibt. Ich weiß nicht warum, aber wenn das Variété die Alpen überschreitet, wird es banal und provinziell, während es im Ausland, besonders jenseits des Ozeans als Augenweide durchaus geschätzt ist. Wo hat der Zirkus Busch nur seine vielen Tänzerinnen hergeholt? Wer hat die Tänze für sie kreiert? Die Vorstellung endete mit Eisblöcken und bunten Kaskaden im Packeis und verursachte mir ein Kältegefühl, das nicht nur thermometrisch war.

Ihr Glück beschämt meine Einsamkeit.
Von Spanien bis China blutet und brennt die Welt; sie aber turteln allerliebst:
»Magst du Grießbrei?«
»Ja, mein Schatz.«
Rita sagt zu ihrem Wassili:
»Wir werden immer Blumen haben in unserem kleinen Heim. Vielleicht nur zwei, vielleicht sogar nur eine, wenn wir uns mehr nicht leisten können... einen Strauß Veilchen... eine Nelke... eine Dahlie, je nach der Jahreszeit, doch eine Blume werden wir immer haben, nicht wahr?«
»Ja, mein Schatz.«
Am Tag der Verlobung sind Mina, Pina und Tina, die Dienstmädchen vom ersten, vierten und fünften Stock, mit ihren hübschen Blumensträußen zu Besuch gekommen. Rita hat sie umarmt und geküßt.
Mina betrachtet die kleine, festlich geschmückte Wohnung und stößt einen Ruf der Bewunderung aus: »Wie schön, nein, wie schön!«
Gegen Abend ist ein Telegramm für Wassili aus Shanghai eingetroffen. Es ist von seiner Familie, die dort lebt, und bringt gute Nachricht. In einem grünverzierten Körbchen und mit einer Rose ist es ihm überreicht worden.
Pina, ein empfindsames Mädchen, schwört, nie wieder in ihr Dorf zurückkehren zu wollen, wo man zur Feier der Hochzeit die Braut hochleben läßt: *Ein Hoch der Braut, der alten Sau!*
Die Revolution und die Nachwirkungen des Krieges haben alles, was die beiden besaßen, hinweggerafft, aber warum sollen sie nicht hoffen, da sie einander lieben?
Die Liebe ist im Leben, was die Poesie in der Kunst ist: sie besiegt alles!

Das eine oder andere Stück hat sich aus früheren Glanzzeiten herübergerettet, zum Beispiel dieser weißlackierte Empire-Tisch mit den dünnen, hohen Beinen und den Blattgoldornamenten, die nicht verblassen. Aber wo ist denn der Spiegel? Ach ja! Er ist drüben im Schlafzimmer. Auf dem Tisch steht eine Photographie der schönen Piermarini-Villa in der Brianza, aus der die Möbel stammen... Wer nichts mehr besitzt, dem gehört die ganze Welt. Die Güter dieser Welt sind ein Ballast, sie binden dich an einen Ort. Warum sollen die beiden nicht nach Marokko gehen? Oder ans Kap der guten Hoffnung? Oder nach Brasilien?

»...wir könnten aber vielleicht auch hier bleiben!«

»Ja, mein Schatz.«

Nach dem Essen setzt sich Wassili ans Klavier. Seine Rita sitzt neben ihm unter dem Vorwand, die Noten umblättern zu müssen. Das Piano quietscht wie ein alter Karren. Das Pedal muß geölt werden. Manche Leute meinen, daß Seife besser wirkt als Öl. Sofort ist eine Hahnenfeder da, in Nähmaschinenöl getaucht. Chopin nimmt sein Klagelied wieder auf. Er klagt allein; hier herauf in den fünften Stock hat er sich geflüchtet, in dieses Zimmerchen zu zwei Verliebten, zu ihnen hat er sich gesellt, weil sie ihn noch verstehen können. Draußen tost die neue Welt mit ihrem Kampf- und Sportsgeist, die der Klage des Einsamen fremd und gefühllos begegnet. Heute ist alles zum Massenbetrieb geworden: Ausflügler lastwagenweise und Autobusladungen Trauernder! Selbst die Krankheiten gehen mit der Zeit. Die romantische Schwindsucht der Musiker, Patrioten und Poeten hat dem Krebsgeschwür der Industriellen Platz gemacht.

So still, wie sie um das Klavier versammelt sind, scheinen Gäste und Gastgeber eine Verschwörerbande. Ihre gesammelte, schlichte und fast finstre Haltung hat etwas Gegnerisches und ist schweigende Mißbilligung der modernen, aufdringlichen Großtuerei in der Kunst. Niemand kann mir ausreden, daß die Publikumsmassen mit derselben Einstellung zu den Klavier-Assen strömen, mit der sie sich beim Fußballmatch ins Stadion zwängen.

Sie interessieren sich für das Spektakuläre, die Musik kommt an zweiter Stelle, wenn überhaupt. Dem durchschnittlichen Konzertvirtuosen, dem gewissenhaften Pianisten, dem aufmerksamen Interpreten, der die Komponisten vorstellt, ohne sie überzubewerten, ist das Glück nicht länger hold. Er kann sich um einen anderen Beruf umsehen!

Die nächtliche Szenerie im Ausschnitt des Fensterrahmens zeigt die Hinterhoftristesse zivilisierter Wohnkultur. Badezimmer und Toiletten!

Verliebt schaut Rita ihren Wassili an... Küchen... Treppen... Toiletten... ja, die Toiletten... Ich weiß, wie viele es sind. Sechsunddreißig!

Via Manzoni, in den Zwanziger Jahren

Mailänder Hinterhof in den Dreißiger Jahren

Der kleine Bucklige

Da ist der Meister, dann der Gehilfe des Meisters und schließlich der Gehilfe des Gehilfen des Meisters. Der letzte ist der kleine Bucklige.
Wenn es Arbeit gibt, zahlt der Meister – mit Mühe und Not – seinen Gehilfen.
»Und wer zahlt den Buckligen?«
»Den Buckligen zahlt keiner.«
Wenn es aber nichts zu tun gibt, hagelt es Schimpfwörter; am Abend zuvor haben sie sich furchtbar geprügelt; wieder versöhnt stehen sie jetzt da und warten, mit ihren Papierschiffchen auf dem Kopf. Habt ihr keine Tür, keinen Türstock zu streichen?
Der Bucklige ist sein eigener Herr. Er beteiligt sich weder an den Schimpftiraden, noch an den Schlägereien. Er kommt von auswärts, mit seinem Kasten legt er etwa vier Kilometer zu Fuß zurück, um dann womöglich gesagt zu bekommen, daß für ihn keine Arbeit da ist.
An solchen Tagen der Flaute sieht man ihn gegen Mittag auf der Steinbank in der Einfahrt sitzen, den Kopf in den Nacken gelegt, um die Balkendecke zu betrachten, von der man ihm erzählt hat, sie sei ein Nationaldenkmal.
»Worauf wartet denn der Bucklige?«
»Daß die Mittagspause vorbeigeht.«
... und um eins ist sie vorbei ... Dann macht er sich wieder auf die Beine, hält Ausschau, ob es ihm gelingt, einen kleinen Auftrag von den Hausbewohnern zu ergattern. Heute hat er geholfen, die Einrichtung einer Kanzlei von einem Raum in den anderen zu tragen. Den kleinen Umzug hat er fabelhaft erledigt. Er lud sich einen Stapel Bücher auf die Schultern, und nicht eines fiel herunter. Nach beendeter Arbeit bekam er zehn Lire. Ein wahres Fest für den Buckligen! Er hat sich die Münze vors Auge geklemmt wie ein Monokel und ist in die Portiersloge gelaufen, um sie herzuzeigen:

»Was haben Sie denn da, zwei Franken?«
»Zwei Franken? Aber was sagen Sie da? Zehn sind's! Zehn!...«
Als ich aus dem Haus ging, sah ich ihn vor einem Anschlag stehen. Da ich neugierig war, was er so aufmerksam studierte, wartete ich, bis er weg war, um ihn dann auch zu lesen. Zwischen der schönen Traube auf dem Reklameplakat für die Weinlese jenseits des Po und den roten Rosen der Kreuzfahrt nach Rodi hängt eine Bekanntmachung des Bürgermeisteramts, das hiemit

6 Totengräberstellen

ausschreibt. Ich überfliege die Ankündigung des Gemeindeamts. Nein, der Bucklige kann sich nicht bewerben. Gefordert ist eine Körpergröße von nicht weniger als 1,69 und nicht mehr als 1,72. Auch ich darf nicht auf die Stelle hoffen; mir fehlt ein Zentimeter. Schade. Dann stelle ich zu meiner Überraschung fest, daß die Stelle auf der Grundlage von Zeugnissen und einer Prüfung vergeben wird. Die Prüfung mag noch angehen, aber Zeugnisse? Welche Zeugnisse kann man vorlegen, um sich als Totengräber zu qualifizieren? Ich frage mich, ob die Publikation eines Gedichtbands – wie in meinem Fall – mit dem Titel *Freut euch, heut' ist das Fest der Toten!* als brauchbares Zeugnis gelten darf; frage mich auch, ob meine seit Jahren anhaltende Trauer darüber, daß fast die gesamte Auflage bei Mondadori im Magazin verstaubt, als zusätzlicher Pluspunkt gewertet werden kann. Was würden die Mitglieder der Kommission erst sagen, wenn ich den Beweis erbrächte – wozu ich durchaus in der Lage bin – daß ich im Zeichen des Skorpions geboren bin? Also, ein paar Voraussetzungen brächte ich schon mit, auch eine besondere Neigung, wenn ich aber wegen des einen fehlenden Zentimeters ausscheiden und der Weltuntergang über uns hereinbrechen sollte, wißt ihr, was ich dann machen würde? Nicht Gräber, sondern den toten Mann!

Als die alte, renommierte Schneiderei liquidiert wurde, tauschte sie die geräumigen Lokale am Domplatz gegen meine kleine Kanzlei. Sie schickte eine traurige Ladung Hauptbücher, Kopierbücher, Tagebücher voraus. Dann traf das Herz und das Juwel der Firma ein.

Das Herz war in einen Karton verpackt. Der war ziemlich groß, mit Gardinenschnur zusammengehalten und enthielt das gedruckte Briefpapier, die Umschläge, die Stempel, die Quittungsblöcke, die kleine Kasse und ein Handtuch. Darunter ... *tick-tack, tick-tack, tick-tack* ... eine der kleinen Pendeluhren für fünf Lire ...

Nach dem Karton, den der Bote im Vorzimmer abstellte – und ich erinnere mich, es war zu später Stunde an einem Novemberabend, das Lämpchen draußen warf seinen Schein gerade noch bis in die dicken Äste eines Baums, alles übrige lag im Dunkel, in regentriefendem Dunkel – nach dem Karton erschien das Juwel der Firma Martinenghi.

Die kleine Ines trat ein, und als erstes wußte sie nicht, wohin mit dem Schirm. Früher einmal hatte ich tatsächlich in der Ecke einen Schirmständer aus Keramik stehen, doch war er unter dem Gewicht eines Klienten, der sich darauf setzte, zusammengebrochen, und derjenige war inmitten der Scherben gelandet:

»Drüben, Fräulein Ines, stellen Sie ihn drüben im Flur ab.«

In meinem ganzen Leben habe ich keinen kälteren, dunkleren, öderen Flur als unseren gesehen. Wir nennen ihn *Taubenschlag*. Bestürzt wandte sich die arme Ines ab.

Sie öffnete den Karton, viertelte die Papierbögen, ordnete mit Sorgfalt die Stempel, Umschläge, Quittungsbücher und die kleine Kasse auf dem Schreibtisch, und schließlich blieb ihr nur noch das Handtuch ...

»Wenn Sie möchten, können Sie es in die Toilette tun, am Ende des Gangs.«

Dort schon wieder? war die stumme Frage.
Sie ging dennoch (eine Glastür … ein hoher Vorraum … ein niedriges, fensterloses Kämmerchen und schließlich ein häßlicher Winkel mit Blick auf einen winzigen Innenhof …), aber danach war Ines niedergeschlagen … den Tränen nahe.
Ich glaube nicht, daß Pinetto in *Meine Zöglingsjahre*, der zum Studieren in die Stadt gekommen war, nachdem er seine Kindheit unter der Obhut von Großmutter und Stasia auf dem Land verbracht hatte, betrübter war als sie … in eben dem Moment begann der Sakristan von Santa Eufemia das Ave Maria zu läuten, und *denke daran*, tönten die Glocken, *wieder endet ein Tag … denke daran!*
»Kann ich«, fragte sie mich zögernd, »kann ich vielleicht telephonieren?«
»Warum denn nicht?«
»… aber … ein persönliches Gespräch …«
»Aber sicher doch … auch ein persönliches Gespräch …«
Ines wählte eine Nummer.
»Bist du's? … grüß dich, Carlo …«, sie sprach leise, ganz nah an der Muschel, in der Illusion, so nicht gehört zu werden.
»Sind Leute da? … Kannst du reden? … Ja, ich bin hier, seit einer Stunde … Na ja, es geht … und du? Hast du an mich gedacht? … Sag mir was Liebes … Jetzt nicht, jetzt kann ich nicht, später, später … Bis dann, Lieber!«
Der Kohlenhändler, der sich um unsere Heizung kümmert, rächt sich für sein geringes Entgelt, indem er uns frieren läßt, doch in diesem Moment erschien es mir, als breite sich eine wohlige Wärme um uns aus, als zerteilten die Glühbirnen der Deckenleuchte ihre Spinnweben, die für jeden Besen zu hoch hingen, und erstrahlten in hellerem Licht …
Es schneit! Gehen wir in Gedanken die Jahre zurück. Es schneit wie damals, als die alte Ratta in *Arabella* lang und steif auf dem Totenbett lag, den Kopf in ihr schäbigstes Häubchen gehüllt und Seidenstrümpfe an den alten Füßen: »Was soll's … auch das geht vor-

über!«, sagte unterdessen der Portier Berretta, der im Zimmer nebenan Totenwache hielt...

Rotwangig und fröhlich kommt unsere Ines von draußen mit dem Firmentagebuch. Sie schüttelt den Schnee ab, wie junge Hunde ihre Flöhe. Sie kommt vom Buchhalter, bei dem sie zur Rechnungsprüfung war.
»Schauen Sie, was ich gekauft habe!«
Aus einem Päckchen hat sie einen Filzhut geholt, und den probiert sie jetzt – mangels Spiegel – vor dem dunklen Glas des Drucks *Cassina di Pomm.* »Gefällt er Ihnen? Steht er mir?«
Trrrrrrrr... das Telephon! Ich hebe ab.
»Ist das Fräulein Ines da?«
»Das ist sie, sie kommt gleich.«... »Ines!«
Lieben oder geliebt haben ist alles; was kann man vom Leben mehr verlangen?
Das Lied fängt wieder von vorne an:
»Hallo, Carlo... Sind Leute da?.. Hast du an mich gedacht?...Sag mir was Liebes...bis bald!«

Heute, an diesem strahlenden Märztag, seht ihr, da gehen mir acht Verse nicht aus dem Kopf. Vor dreißig Jahren hat sie – zusammen mit weiteren acht – mein Freund Fortunato geschrieben, der die Lyrik längst zugunsten der Malerei aufgegeben hat. Damals verließ er die kalten Höfe des Internats von San Francesco in Lodi, um durchzuatmen und dichtete eine kleine Hymne an den Frühling! Die zwei kleinen Strophen verfolgen mich, wohin ich auch gehe; auf der Straße und hier an meinem Schreibtisch zwängen sie sich zwischen die Zeilen eines Schriftstücks: »Möge das hohe Gericht...« ...nein!... nein!...

Der du die Nester dem Leben
wieder schenktest, oh Frühling,
komm und lächle auch mir
meiner hoffenden Seele,

meiner sterbenden Seele
in dieser neuen Zeit,
oh Frühling in voller Blüte,
Frühling, du kehrst wieder!

Auch in der kleinen Ines ist die Sehnsucht nach einem Nestchen wach geworden, und in Erwartung des großen – nicht mehr fernen – Tages hat sie Geschirr für ihren künftigen Haushalt gekauft. Töpfe, Schalen und Schüsseln, und dringend telephoniert sie ihrem Carlo:

»Hallo, Liebling... Bist du allein?... Kannst du sprechen?... Ich war einkaufen, weißt du?!...es war so günstig!...«

Im sanften Märzwind zwitschert ein seltsames Vögelchen, das sich am Anfang und Ende der Saison zeigt, mit zartem Stimmchen: »fitt... fitt... fitt...«, und das erinnert mich an die Miete [*fitt*] und die Hausbesitzerin...

An einem Augustnachmittag rütteln mich näherkommende Stimmen und Schritte aus meiner Mattigkeit auf. Zu dritt kommen sie durch die Tür. Die Tante rechts und Ines links, so stützen sie die Mama, die sich laut schluchzend ihrem Kummer überläßt.

«Kind, Kind... deiner Mutter bricht es das Herz...«

Die Großmutter ist gestorben.

Die arme Frau sinkt auf einen Stuhl, aber derart an die Tochter geklammert, ist sie jetzt zu klein...

»Warte... warte... ein Kissen... wo ist es nur?«

»Wie furchtbar!... Kind, Kind!«

Wie kann man sie trösten? Ich schweige besser und ziehe mich zurück.

Etwas später verabschieden sich Mutter und Tante von Ines, die einsam und verlassen zurückbleibt wie an jenem Novembertag, als sie zum ersten Mal herkam.

Drückende Hitze, Stille... Wie soll sie das ertragen? Sie braucht ein gutes Wort, und wer kann ihr das sagen, wenn nicht ihr Carlo?

»Hallo Liebling... bist du allein?... Hast du auch an mich gedacht?...«

Die Schweigepausen während des Telephongesprächs skandiert das *tick-tack… tick-tack… tick-tack…* der Pendeluhr aus dem Bestand der Kommanditgesellschaft in Liquidation.

Alte Lastautos

Wie müde sie heimkehren! So müde, daß sie kaum mehr vorankommen! Eines steht auf der Allee etwa hundert Meter vor dem Depot; es ist an der Zapfsäule liegen geblieben, aber sie nützt ihm nichts, denn es wird von Akkumulatoren angetrieben, und seine Akkumulatoren sind leer.

Ich frage den Fahrer, der oben im Führerhaus sitzt und geduldig wartet.

»Und jetzt? Muß es abgeschleppt werden?«

»Aber nein, gleich geht's weiter...«

»Ja wie denn? Wenn kein Strom mehr da ist, wird es doch nicht losfahren...«

»Nein, nein, gleich hat's noch mal Saft, man muß es nur in Ruh' lassen...«

Wie abgezehrte Pferde, die eine kurze Pause, ein paar Minuten zum Verschnaufen brauchen.

Noch andere Lastautos in dieser Gegend schleppen sich so langsam nach Hause, daß sie einem leid tun könnten. Sie schaffen nicht einmal die leichte Steigung an der Einfahrt zum Depot. Dann kommt jemand heraus und hilft den armen Lastautos, die Schwelle zu überwinden.

In ihrer extremen Erschöpfung, in ihrer erbarmenswürdigen Schwäche sind sie schmerzlich lebendig. Alles an Bord hat seine Beschwerden, zittert und klappert, ist kaputt und krumm... eiernde Räder mit abgenutzten Reifen, kraftlose Stoßdämpfer, von unbedachten, maßlosen Ladungen plattgedrückt... Kaufwert haben sie keinen mehr, aber nützlich sind sie noch immer. Ihr Kapital ist verbraucht, aber sie bringen noch Zinsen. Ihr Nachtquartier ist ein riesiger Schuppen, teils gemauert und teils aus Holz, der unter Nutzung eines unbebauten Terrains zwischen der Allee und dem äußeren Ring aufgeführt wurde. Die alten Lastautos stehen dort in Reih und Glied wie Pferde an der Futterkrippe; die

hochgeklappten Bleche ihrer Motorhauben sperren die ganze Nacht über ihre Mäuler auf. Sie fressen im Schlaf.
Die Akkumulatoren laden sich auf, sie fressen. Ihr Erneuerungsschlaf ist wie der unsere. Auch wir sind dann durch einen Draht, der unsichtbar in uns einmündet, mit einer unbekannten Welt verbunden, dem Kosmos. Strom fließt und gibt uns neue Kraft.
Wenn du am Morgen früh aufstehst, kannst du erleben, wie das Tor des Schuppens aufgeht, und hervor kommen eines nach dem anderen•die alten Lastautos, torkelnd und verschlafen wie aus einem Nachtasyl für Bettler. Sie zerstreuen sich in alle Winde, suchen nach ihrer Ladung, ihrer Arbeit, hüpfen und stoßen, solange sie leer sind, und traben leichtherzig flott dahin.
Begleiten wir sie.
Am Ende ihres Tagewerks kehren sie trauerschwer hierher zurück zur nächtlichen Speisung am Draht, um Kräfte zu sammeln für ihre nächste Ausfahrt.

Beerdigungen sind allen gleichgültig; einer zieht den Hut, ein anderer grüßt römisch, und damit hat es sich. Schließlich ist es der Tod der anderen.
Aber das Signalhorn des Rot-Kreuz-Wagens jagt jedem einen Schauer über den Rücken; seinetwegen drehen sich die Leute um, bleiben stehen, halten den Atem an ... Platz, Platz da ... was hier in Erscheinung tritt, ist das namenlose Unglück.
Stürmisch braust es vorüber. Es durchpflügt, zerteilt den Stadtverkehr, ein schnelles und verhängnisvolles Boot. Eine Welle der Bangigkeit schwappt über die Passanten.
Es hat einen Menschen getroffen. Die Gedanken aller, die ihn sehen – als einen langen, dunklen Schatten jenseits der Mattglasscheibe – sind bei diesem einen, einem aus unseren Reihen, der hingestreckt liegt.
Unsere Angst gründet sich auf die Ungewißheit. Könnte man doch sofort im ersten Augenblick wissen, wie es gekommen ist und warum und alle Einzelheiten über den Unfall. Aus dem einen oder anderen Grund würden viele sagen: Mir hätte das nicht passieren können ... und sie wären erleichtert. So aber lasten auf allen alle erdenklichen Möglichkeiten, keiner ist ausgenommen.
Obwohl die Via Francesco Sforza nicht auf meinem Weg liegt, zieht es mich oft dorthin, mit Vorliebe treibe ich mich zwischen der Aufnahme und der Leichenhalle herum. Vor Jahren war die Straße viel eindrucksvoller mit ihrem Kanal. Und nachts erst lag sie unheilschwanger im roten Schein der wachenden Lampen; eine spiegelte sich – ein blutroter Streifen – im schwarzen Wasser.
In einer jener Nächte, als ich aufs Steingeländer gestützt hinuntersah und träumte, da schien mir, als sänge der alte Naviglio, der damals schon in den letzten Zügen lag und plötzlich von der Ankunft eines Krankenwagens aufgeschreckt wurde, das folgende Lied:

Gott, die Sirene! Nicht einmal
im Morgengrauen find' ich Schlaf!
von Stund' zu Stund' – als wär's ein
Wecker!
da wär' ich gerade eingenickt,
und die Gedanken wären verflogen,
da schrillt heimtückisch die Sirene!

Die Via Barnaba trennt heute nichts mehr vom Krankenhaus; das berüchtigte Rad, auf dem das Kind der einen oder anderen zum anderen Ufer gelangte, habe ich nie gesehen. Ich erinnere mich aber an die niedrige und schmucklose Mauer am Naviglio, gegenüber dem Krankenhaus, in der ein kleines, blindes Fenster eingelassen war.

Das Rad ist verschwunden. Ein sprechendes Register von Müttern und Töchtern ist an die Stelle der alten, verschwiegenen Freundin in Liebessünden getreten.

In derselben Straße, jenseits des Wassers, das stumm und dunkel und träg dahinfloß wie die Zeit, überlebte für einige Zeit in ursprünglicher Nacktheit eine tragische Schwester: die *Morgue.*

Dann kamen bessere Tage, und auch das Leichenhaus schmückte sich mit einem Vestibül, mit einem Raum für Trauergäste, und ließ mehr Licht durch größere Fenster ein; sie war nicht mehr dieselbe. Jedoch in früheren Zeiten, als beide noch diesseits und jenseits des Naviglio im Dienst der Liebe und des Todes standen, da wechselten die beiden Gefährtinnen der Armut Blicke des Einverständnisses. Die eine schimmerte durch alle Nächte, die andere drehte sich bisweilen, wenn jemand rief... *krk... krk... Deo gratias...*

Deo gratias... mit einer halben Drehung in den Armen der einen Schwester begann ein Menschlein seinen traurigen Lebensweg, irrte durch eine trostlose Welt. Deo gratias... in derselben Straße, nur jenseits des Wassers, das stumm und dunkel und träg dahinfloß wie die Zeit, kam er schließlich ans Ziel. In den düsteren Mauern der Leichenhalle hielt das müde Menschlein eine letzte Rast.

Rad und Leichenhalle, die wohltätigen Töchter der Cà Granda, spannen für viele, viele Jahre – als schweigende Parzen – den Lebensfaden unzähliger Armer. Die eine empfing sie namenlos und vertraute sie dem Vater aller Kreatur an, Gott; die andere nahm sie müde auf, um sie der Mutter aller Kreatur, der Erde, wiederzugeben.

Fiera Campionaria, 1929

Via Rugabella 11. Hier befand sich seit 1922 Tessas Kanzlei, der Mittelpunkt seines Mailänder Lebens

Vielleicht habt ihr eure Kinderbücher schon längst weggeworfen, und das wäre wirklich schade; zwar nicht für eure Kinder, unsere heutige Jugend, deren Interesse sie unmöglich mehr wecken können, sondern für euch selbst, denen beim nochmaligen Lesen eine weit zurückliegende Vergangenheit wieder lebendig würde.

Ich selbst habe noch den einen oder anderen der damaligen Geschenkbände. Heute morgen suchte ich überall nach den *Frechen Kobolden*; ich muß sie noch besitzen, aber ich habe sie nicht gefunden. Ich erinnere mich, meine Mutter schenkte sie mir eines Morgens auf dem Rückweg vom Zahnarzt der Familie, dem Doktor Mazzucchelli, als Belohnung dafür, daß ich mir ohne das übliche Gezeter einen Zahn ziehen ließ. Im Schaufenster bei Treves war folgende Reklame für das Buch:

Habt ihr ein liebes, braves Kind,
kauft ihm »Freche Kobolde« geschwind.

Dann war noch ein anderer Spruch für die schlimmen Kinder, der wiederum auf einen Kauf hinauslief, aber daran erinnere ich mich nicht mehr.

Statt der *Frechen Kobolde* sind *Meine Zöglingsjahre* von Anna Vertua Gentile zum Vorschein gekommen. Das Buch ist in rotes Leinen mit goldenen Ornamenten gebunden und kostete drei fünfzig.

Ich schlage es auf und lese auf der ersten Seite zunächst ein Datum: »Juni 1895«, und dann die Widmung: »Von deinen Freunden am Tag deiner Firmung als Zeichen der Zuneigung zur Erinnerung und mit dem Wunsch, daß der Geist des Herrn dich in allen Lebenslagen begleiten möge.« Und darunter die Unterschrift: »Deine Freundin Settimia samt Eltern.«

Meine Firmung! Ich ging in die dritte Klasse der Grundschule an der Porta Romana, und meine Lehrerin war Frau Grange. Großmutter Amalia, die schon bei Tante Angelina und Erminietta in

Moltrasio war, beauftragte die in Mailand Verbliebenen, mir Manzonis *Verlobte* zu schenken. Ich besitze sie noch, und es ist die einzige Ausgabe des Buchs, die ich immer wieder zur Hand nehme. Wenn mir vor dem Zubettgehen der Kopf schwirrt, und ich fürchte, nicht einschlafen zu können, suche ich die Nähe Alessandro Manzonis, und mit ihm werde ich ruhig und still. Die von Paolo Carrara besorgte Ausgabe (Verlagsbuchhandlung für Erziehung und Bildung) zeigt in Golddruck auf dem himmelblauen Grund des Buchdeckels Lorenzo Tramaglino, der ärgerlich die Kapaune auf den Tisch wirft, als er von seiner Unterredung mit dem Doktor Linksverdreher zurückkommt.

Zur Firmung schenkte mir mein Pate, Onkel Cecco, meine erste Uhr, eine silberne Taschenuhr Remontoir, die er bei Franceschi unter den Portici erstanden hatte. Jetzt hat sie ihren Platz in der Küche. Die kleine Uhr ging immer zu spät, und tut es auch heute, und vielleicht ist das der Grund, warum die Mahlzeiten nie pünktlich fertig sind. Man müßte – als Ansporn – die dringliche Mahnung ernst nehmen, die einer meiner Freunde an die Wand schreiben wollte: *Halb sieben, und immer noch nicht aufgetragen?*

Ich blättere wieder in *Meine Zöglingsjahre.* Auf einer Seite sind unter dem Titel zwei Abbildungen. Die obere zeigt Pinetto an einem rohen Tisch, den Kopf in die linke Hand gestützt und ein geöffnetes Buch vor sich; er lernt, wie es sich gehört. Weiter unten küßt der Onkel im soliden Anzug den Neffen nach bestandener Prüfung auf die Stirn, und dieser steht ganz ernst da, mit seinen Büchern unter dem Arm und dem Lorbeerzweig in der rechten Hand.

Das waren die Zeiten, in denen die Onkel korrekt in Schwarz gekleidet gingen, den Neffen sachte auf die Schulter klopften, sich dabei den Bart strichen und sagten: *Bravo, ich bin mit dir zufrieden.* Die Kinderbücher waren edel, nützlich und gefällig, die Turnlehrer hatten tiefe Baßstimmen, waren groß und kräftig und trugen einen graumelierten Schnurrbart; die Mütter in ihrem Winkel nähten ein paar Stiche, während die Töchter schweigend stickten.

Welch hübsches, farbiges Bildchen auf Seite vier! Eine Kutsche fährt schnell ein Mäuerchen entlang. Der Himmel ist klar, und die Bäume haben noch grüne Blätter an diesem Morgen zu Anfang Oktober. Darunter steht: »Adieu Großmutter! Adieu Pinetto! Gute Reise!« Der arme Junge tauscht das Land gegen die Stadt, die liebe Großmutter und Stasia gegen den langen, spindeldürren Onkel und die Grundschule gegen das Gymnasium.
Die kleine, heimelige Welt ersteht uns wieder, mit ihren Maximen, Ermahnungen und guten Vorbildern. Und da ist der Garten des Onkels in der Stadt: »Mit rostroten Blättern bedeckt, voll welker und kahler Bäume, unter denen die immergrünen Kiefern und Tannen hervorstechen, Sinnbilder starker Menschen, die in den Wechselfällen des Lebens den Mut nicht sinken lassen, sondern unerschütterlich ausharren als wahre Männer und Christen, die Trost im Glauben finden ...« Und da geht der Onkel über den Flur, und vor Pinettos Tür bleibt er stehen, öffnet sie geräuschlos, sieht den Neffen lernen und ...
»Da bist du?« sagt er, »recht so, mein Kind ... arbeite nur, denn die Arbeit ist Pflicht, Freude und Macht ...«
Was würde mein Freund Barella zu diesen schönen Worten sagen? *Wenn ich aber weiß, daß es nicht stimmt!*
Die Ehrlichkeit lag allem zugrunde, in Heim und Schule. Skrupelhafte Schüler schrieben am Tag der Klassenarbeit Briefe wie diesen an ihren Lehrer:
»Herr Professor, die Übersetzung dieses Stücks aus Cornelius Nepos habe ich zu Hause in einem Buch abgedruckt gefunden, und da ich sie zu Übungszwecken studiert habe und auswendig weiß, werden Sie, sehr geehrter Herr Professor, verstehen, daß es also meine Pflicht ist, von der Prüfung zurückzustehen.«
Als ich das Gymnasium besuchte, wehte bereits ein anderer Wind. Von der Klasse fürs Einsagen beauftragt war der Schüler Gian Luigi Dones, heute ein großes Tier in der Sparkasse und damals, im Gymnasium der Piazza San Giovanni in Conca, Klassenprimus. Ohne der Schlechteste der Klasse zu sein, war ich doch einer von

denen, die in der letzten Bank ihrem Schicksal überlassen wurden. Einmal, erinnere ich mich, war ich *draußen*, zur Prüfung durch Professor Vasconi, der in seiner Rede des öfteren das Wort *pino* benutzte, es drehte sich nämlich um eine Kiefer. Doch *pino* heißt auf Griechisch *ich trinke*, und Dones, der in dem Moment, wenn ich mich recht erinnere, Musiknoten abschrieb und nicht recht bei der Sache war, hörte wiederholt dieses *pino*... *pino* und glaubte, der Profesor spreche Griechisch und ich brauchte die Übersetzung, und flüsterte mir zu:
»Ich trinke!... ich trinke!«
Und ich: »Ja, ich trinke!«
Der gute Professor Vasconi zog die Brauen hoch, sah mich verblüfft an: »Ich trinke?«
Darauf ich: »Jawohl, ich trinke!«
»Aber was wollen Sie denn trinken?«
... Um sich bei Professor Vasconi einzuschmeicheln, brauchte man nur seinem edlen irredentistischen Impuls zu folgen und mit ihm die Niederlage am Quarnaro zu beklagen, so konnte man, wie Pirani, mit seiner Erlaubnis den Nachmittagsunterricht schwänzen, um zum Pferderennen nach San Siro zu fahren oder im Karneval, wie ich, auf den Jahrmarkt an der Porta Genova zu gehen und die ersten Kinematographen zu sehen.

...tomm mit kleinem t und Doppel-m, weil es nicht der berühmte mit der Hütte ist, sondern mein Onkel, so benannt wegen seiner *tombole*, seiner Stürze; jetzt wißt ihr's!
In seinen dreiundneunzig Lebensjahren (er geht auf die vierundneunzig zu) hat er eine erhebliche Anzahl getätigt, darunter einige klassische. Meines Erachtens war sein eigentlich klassischer – mit Rom als Schauplatz – als er mit meiner Tante die Ruinen des Römischen Forums besichtigte. Onkel Ercole hatte immer den seltsam hüpfenden Gang der Heuschrecke gehabt. Von seinen Jugendfreunden wurde er *Rohrstock* genannt, weil er steif und dünn wie eben ein Rohrstock war; stocksteif war sein Gang, und wenn er stolperte, dann fiel er auch stocksteif. An jenem Tag hüpfte er leichtsinnig zwischen den antiken und durchaus harten Steinen des Forums herum, und ... tip ... tap ... tap ... bumm! schlug er plötzlich hin und fiel mit dem Brustkorb gegen den miliarum aureum der großen Straßen der Republik!
»Ercol ... Ercol! Was ist dir denn!«
Als man ihn aufrichete, atmete er ganz schwach, und man mußte ihn in der Droschke zum Hotel fahren. Noch am selben Abend schrieb Tante Luigia folgenden Brief an meine Mutter:
»Liebe Clara, ich bin in Sorge um Ercole, weil er mir heute, als wir das Römische Forum besichtigt haben, wieder einmal gestürzt ist ... aber jetzt sagt er, er fühlt sich schon besser ...«

Wieder einmal ... tja ... ein anderes Mißgeschick widerfuhr ihm in Laveno, als er ein paar Tage bei seinen Enkelkindern auf dem Land verbrachte. Nach dem Abendessen begleiteten sie ihn an den Bahnhof zum Zug nach Mailand. Und da geschah es, er ... wie sagt man nur in der Hochsprache, vielleicht über die eigenen Füße stolpern, jedenfalls kam er mit den Beinen durcheinander und ... wumm! prallte er gegen einen Straßenpfosten. Bei diesem Sturz landete

seine Melone mitten auf der Straße, gerade als ein Hotelbus vorüberfuhr, unter dessen Räder sie geriet. Wie hätte Onkel Ercole mit zerquetschtem Hut nach Mailand fahren können? Für diesen Abend mußte er in Laveno bleiben, um tags darauf die Reise mit dem Filzhut seines Schwiegersohns anzutreten, obwohl ihm der zu weit war und erst an den Ohren Halt fand.
Ein drittes Mal ereilte ihn das Unglück in Moltrasio. Alle saßen bereits im Boot, die Damen und Mädchen friedlich vereint auf der hufeisenförmigen Bank, und zwei junge Männer an den Rudern, die Ruderblätter in der Luft, zum Eintauchen bereit. Sie warteten, daß der letzte, dessen Platz an der Spitze war, das Boot ins Wasser schob. Es traf ausgerechnet meinen Onkel, der nach dem Anschieben mit einem beherzten Sprung an Bord gelangen sollte. Und das ging daneben. Das Vorhaben glückte zwar zur Hälfte, denn das Boot entfernte sich vom Ufer, aber es zog meinen armen Onkel, der sich am Bug festklammerte, mit sich ins Wasser. Sie fischten ihn sofort heraus und führten ihn zum Umziehen ins Haus.

Ich lache über ihn, denn ich weiß, es macht ihm Freude, wenn ich ihm ein paar komische Episoden aus seiner glücklichen Ehe in Erinnerung rufe.
Später – nach dem Tod der Tante – folgten weniger frohe Tage. Er bezog eine Wohnung in der Via Velasca. Auf dem Weg zu ihm mußte man durch eine Portiersloge, ein Loch, in dem noch einer der alten Portiers in Hausmütze und Pantoffeln saß, der letzte einer aussterbenden Generation. Dann stieg man eine steile Wendeltreppe hoch, und im dritten Stockwerk wartete man nur mehr darauf, an einer Klingelschnur mit Quaste ziehen zu müssen. Doch nein, die Klingel wenigstens war elektrisch.
In seinen fünf Zimmern über dem Corso Roma empfing Onkel Ercole öfters einen seiner Cousins, einen netten, sympathischen Menschen. Obwohl Mitglied der Akademie Italiens, war er so unkompliziert, so umgänglich! Wenn er wegen eines Vortrags zu uns kam, besuchte er ihn immer ganz zwanglos. Im Eßzimmer

wurde am Tisch gegenüber der Anrichte – mit links und rechts einem Straußenei zur Zierde – serviert, und zwar von der alten, fast blinden Haushälterin Nina, die so blind war, daß sie einmal beim Suppenkochen statt Reis die Hirse für die Kanarienvögel in den Topf tat!

Onkel Ercole ist einer der letzten Garibaldiner (ich glaube, es sind nur mehr sieben oder acht von ihnen übrig), doch von seinen Feldzügen erzählt er wenig und höchst ungern.

Hin und wieder habe ich versucht, ihm etwas aus der Nase zu ziehen:

»Und in Bezzecca? Erinnerst du dich? Wie ist es gewesen?«

»Geregnet hat's.«

»Und Garibaldi? Sag doch! Wie war er?«

»Der hat sich in den Mantel gewickelt.«

Er erzählte mir jedoch, wie er von zu Hause ausriß, um mit den Legionären zu gehen. Zuvor hatte er sich der regulären Musterung gestellt, der Arzt jedoch hatte dem mageren und ziemlich blassen Jüngling nichts zugetraut:

»...geh du nur wieder nach Haus, sonst spuckst du gleich beim ersten Marsch Tuberkel.«

(*Tuberkel spucken* sagte man, glaube ich, im damaligen Jargon für Blut husten).

Wie man sich leicht denken kann, behielt der Arzt nicht recht. Untauglich erklärt, schloß sich mein Onkel tags darauf der Truppe an, und er marschierte wie die anderen und das bis heute.

Ein andermal erzählte er mir folgendes:

»Wir waren auf einer Wiese, unter einem hohen Nußbaum und haben eine Menge Risotto gekocht...«

...der Risotto war auf einer offenen Feuerstelle etwas abseits zubereitet und dann im selben Kochtopf auf das Gras gestellt worden. Die Garibaldiner hatten sich rund herum niedergelassen und löffelten aus dem Kessel. Doch plötzlich breitet sich ein Düftchen über der Wiese aus und wird stärker, ein Düftchen, das der Risotto *alla Milanese* im Traum nicht auszuströmen gedachte.

Die Garibaldiner schauen erst erstaunt, dann mißtrauisch einer den anderen an: Fragen und Ekel aus allen Richtungen...
»Du bist's gewesen... nein, er... ich doch nicht...«
Sie stehen auf, beschnuppern einander...
»Du Schwein!«
Jedenfalls hält man es in der Nähe des Risotto nicht mehr aus. Entsetzt werfen sie einen Blick in den Topf...
»Nein, nein... das ist Risotto... nur Risotto...«
Schließlich hat einer die Idee. Er lüpft den Kessel von der Wiese, und es wird offenbar, daß er an einer Stelle abgesetzt worden war, die man besser vermieden hätte.
Mein Onkel schmunzelte in seinen Schnurrbart, strich ihn zufrieden glatt und beschloß seine Kriegserinnerungen...
»Das waren Zeiten! Und ein Risotto!«

Unter grau verhangenem Himmel

Das sind die Tage, die mir am stärksten meinen Vater ins Gedächtnis rufen.

Dann ist er mir nahe, weil ich seinen berühmten Schnabelschirm spazieren trage, der ihn mehr als dreißig Jahre durch die Straßen Mailands begleitete.

Ich muß euch gestehen, daß ich mit tieferer Inbrunst diesen Parapluie verehre, dessen Griff von seinen Händen geglättet worden ist, als sein Grab in Musocco.

Langsam und bedächtig ging er durch die Via Olmetto, Via Amedei, Zebedia, Carlo Alberto... bis zum Domplatz... Fast ohne es zu merken, folge ich seiner Spur, und wie er gehe ich am Rand des Gehsteigs... er hatte einen in der Genossenschaft gekauften, graugrünen Mantel und trug immer einen steifen Hut, den er ausnahmslos bei Casiraghi in der Galleria erstand.

»Zwölf Lire ist zu viel, ich geb' Ihnen zehn, wie sonst...«

»Gut... dann sagen wir halt zehn, weil Sie's sind... aber das nächste Mal müssen Sie mehr bezahlen...«

Wenn dann für die Herrn Casiraghi und Tessa das nächste Mal da war, wiederholte sich der Dialog wortwörtlich wie beim vorherigen Kauf.

Stellt euch bloß vor... von San Babila bis zur Ausfallpforte der Via Fabbri, von der Porta Nuova bis zu den Säulen von San Lorenzo immer dieselben Worte, immer dieselben Leute, die üblichen Spaziergänge, die üblichen Regenschirme, die Jahre und Jahre überdauerten, wenn sie nicht zuvor verloren gingen...

Und der Nebel... in den Tagen zwischen Sant'Ambrogio und Weihnachten verengt der Nebel den Horizont, er isoliert die Stadt, verkleinert sie, bevölkert sie mit Schatten. Regnet es? Nein, das nicht, aber es ist pappig, feucht, und man sieht nichts...

Am Abend des zwölften Dezember, dem Tag der Heiligen Amalie, traf sich alles bei der Großmutter in der Via Cesare Correnti. Im

Salon thronte Großmutter mit ihrem Tigerkleid (so benannt, da es aus alter, gestreifter Seide genäht war). Die Großmutter saß zwischen Scior Gasparett und Scior Pavia. Tante Gaetana, eine kleine, eigensinnige Person, war am Namenstag der Schwester zum Essen gekommen, aber schon vor dem Empfang gegangen, um den Andrang zu vermeiden. Im Vorzimmer tummelten sich die Enkelkinder. Wir spielten *Cocucce.* Ich habe alles vergessen: was Cocucce gewesen sein sollen und die Regeln des Spiels ... ich sehe nur mehr den Kreis der Kinder vor mir und höre die Fragen und Antworten, wie sie hin und her gehen: *Wieviele Cocucce? Drei Cocucce!*
Im Salon unterhielt man sich bei Tee. Gegen 1890 war in Italien der Tee noch selten, eine Neuheit. Die Kollegen meines Vaters in der Sparkasse waren Verächter des neuen Getränks:
»Was hast du in die Kanne getan? Heu?«

...es war nicht später als elf, wenn wir uns auf den Heimweg machten. Vor uns lag ein Nebelmeer! In Santa Croce stiegen von der Vettabia und an der Ausfallpforte vom Naviglio eisig wehende, weiße Schleier hoch ... man mußte sich die Mauern entlangtasten, von einem Gaslicht zu anderen ... schnell ... schnell nach Hause! Ach und dann! Mein Zimmerchen über dem zweiten Hof mit dem schmalen Bett an der Wand neben der Ofentür!
Dicke Nebel wie jener sind selten geworden. Mit ihnen verknüpfe ich die Erinnerung an viele andere Abende und ans Gerolamo-Theater. Mir scheint, wir besuchten es im November und dann noch einmal im Karneval. Der Dezember war für die mechanische Krippe reserviert. Entweder war ich besonders dumm, oder die Kinder von damals waren wirklich sehr naiv. Ich weiß noch, daß ich das erste Mal, als ich zum Marionettentheater der Piazza Beccaria geführt wurde und wir draußen Schlange standen, glaubte, das sei schon alles. Tatsächlich folgte ich bewundernd den Schatten, die sich jenseits der Mattglasscheiben bewegten, es waren die Theaterarbeiter, die drinnen im Saal die Lichter anzündeten und alles vorbereiteten, und vielleicht hätte mir allein das genügt.

Ich habe im Gerolamo *Die Verlobten* gesehen... ein Mondstrahl schien schräg herab auf Renzo und Lucia im Boot. Lucias Strahlenkranz silberner Ziernadeln glänzte in diesem Licht auf... »Behüt euch Gott, ihr Berge, die ihr aus Fluten steigt...«

Im Karneval fand nach der Aufführung ein Ball statt. Die Musiker des kleinen Orchesters kamen einer nach dem anderen mit ihrer Violine, ihrer Flöte unterm Arm aus der Versenkung unter der Bühne hervorgeklettert. Im Programm war *Die Meerjungfrau.* Auf einem Schiffsdeck wurde in der ersten Episode eine Kanone abgefeuert (ich hielt mir die Ohren zu, um den Schuß nicht zu hören), und über dramatische Verwicklungen gelangte man zur Apotheose. Der Held der Geschichte erstrahlte in vollem Glanz hoch oben auf dem Thron, an der Seite seiner Geliebten, hoch aufgereckt er, sie unter bunten Windrädchen. Alles drehte sich und der Vorhang fiel...

Wir gingen hinaus auf den Platz, und da war er... der Nebel, der dichte lombardische Nebel! Man versank darin förmlich und verschwand.

Da stand auch Papà mit aufgestelltem Kragen und in die Stirn gedrücktem Hut und wartete auf uns. Er kam von der Piazza Mentana, von der Familie Cornaggia, für die er die Pachtabrechnung gemacht hatte.

»Also? Ist es schön gewesen?«, fragte er, »hat es euch gefallen?«

Papà – wie ich schon erwähnte – ging am äußersten Rand des Gehsteigs oder sogar daneben, da um diese Zeit ohnedies keine Fahrzeuge unterwegs waren. Er ging schnell und schnupfte ständig auf.

»Hat dir Don Giovann einen Kaffee angeboten?«, fragte die Mutter.

»Einen Capilèr hat er mir serviert...«

Der *Capilèr* war ein dünner Kaffee mit einer Zitronenspalte darin. Ihm behagte es, wenn der Kaffee dünn war, meinetwegen, aber brühheiß!

...ganz richtig, *alle Ossa*, und nicht San Bernardino dei Morti, wie er allgemein genannt wird; also nicht der Heilige Bernhard der Toten, sondern der Gebeine, was sein wahrer und eigentlich noch grausigerer Name ist. Die spiegelglatten, Marrons-glacés-farbenen Totenschädel in Gestalt zweier großer Kreuze zu beiden Seiten des Altars sind mit etwas Anstrengung hinter grauen Eisengittern zu erkennen. Zwischen den Kreuzesbalken häuft sich kleineres, erdfarbenes Gebein.

Mariae perdolenti. Der Altar ist der Schmerzensmutter geweiht. Tag und Nacht flammt es hoch aus unzähligen Kerzen und weißen und roten Lichtern. In der Kirche herrscht feuchte, fast animalische Wärme und der Geruch von schmelzendem Wachs. Wenn die Eingangstür aufgeht, knarrt sie, und sie knarrt immer wieder. Die Leute bleiben nicht lange: Es ist ein Kommen und Gehen, sie schauen herein, ohne sich nur zu setzen, und schon sind sie wieder fort. Das Knarren und Flüstern wird oft durchbrochen vom Klingeln der Münzen, die in einen Spendenkasten fallen. Wie viele Gelegenheiten, seinen Obulus zu entrichten! In jeder Bank sind sechs von solchen Opferschlitzen angebracht, und weitere Opferstöcke stehen am Ausgang und am Altar.

Ich schaue in die flackernden Kerzenflammen. Am meisten fühle ich mich zu denen hingezogen, die kurz vor dem Erlöschen sind und doch noch flehen, immerzu flehen!

Zum Altar der Schmerzensreichen findet nicht nur das einfache Volk. Nein. Dort zum Beispiel, ein Herr; schau ihn dir an, es ist tatsächlich ein Herr im Pelz. Er hat mich bemerkt und ist unsicher geworden, jetzt möchte er schnell gehen, aber nein... er bleibt. Aber er betet nicht, zumindest sieht es nicht so aus. Dann geht er ein paar Schritte vor, bleibt am Gitter stehen. Als das Weiblein, das mit seinen Lichtern zugange ist, an ihm vorbeikommt, steckt er ihr

flüchtig etwas zu, und auch seine Kerze – siehst du sie dort? – hat sich zum Chor der flehenden Bitten gesellt...
Der elegante Herr geht langsam zur Tür. Er zögert, immer noch ungewiß, dann geht er ohne sich zu bekreuzigen hinaus. Wer mag er sein? Was mag sein Wunsch sein? Ich ziehe den Schluß:

Auch Diebe sind auf ihre Weise fromm

An diesen Altar der Schmerzensmutter knüpft sich ein zarter Brauch. Hierher kommen die Verliebten, die ihre Vereinigung nicht anders legalisieren können, und legen still der Muttergottes ihre Liebesqual zu Füßen, und vielleicht klagen sie sich vor ihr an und suchen Vergebung dafür, einander nicht lassen zu können. Sie erbitten keine Gnade und entzünden auch keine Kerzen, sie wissen, wie schwer ihre Sünde ist und daß die Kirche nicht verzeihen kann, doch angesichts des Todes, der ihnen aus tausend leeren Augenhöhlen entgegenstarrt, scheint es, als fänden sie den Frieden und das Verständnis, die die Welt ihnen versagt.
Am Altar der tränenreichen Muttergottes erbitten etliche in aller Demut eine Gnade, andere fordern ein Wunder. Von zu Hause bringen sie ein Häubchen mit, ein Tüchlein, oder sonst ein Kleidungsstück von einem ihrer Lieben, der Hilfe braucht. Sie reichen es dem Kerzenweiblein, das es auf ein Stöckchen tut und vor dem Glas des Heiligenbildes hin und her bewegt. Dem Volksglauben nach derart zur Reliquie geworden, kehrt das Tüchlein oder das Häubchen ins Haus zurück. Wenn dann das Wunder nicht eintritt, heißt es, daß entweder der Glaube nicht fest genug war oder daß es für das geistliche Wohl des Bittenden weder nützlich noch wünschenswert war.
An den Wänden ringsumher hängen die *Ex Voto* der erfüllten Gnadenwünsche. Silberherzen und naive Bildchen, beinahe im Stil moderner Malerei. Auf einem sieht man den Chirurgen, dem die Operation nicht gelingt. Aber da erscheint in einem Mauerspalt auf der linken Seite die Jungfrau Maria, in ihren madonnenblauen Mantel gehüllt und die Krone auf dem Haupt.

Wer weiß? Vielleicht ist das der *glückliche Zufall* gewesen, der Gegenstand eines gedruckten Beitrags zum Chirurgenkongreß wurde ... *Ich habe die Ehre, Ihnen, verehrte Kollegen, mitzuteilen ...* Doch das Bild des einfachen Malers teilt einen ganz anderen Eingriff als den chirurgischen mit, bezeugt einen ganz anderen Glauben als den an die Wissenschaft!
Und so erringt bisweilen, wenn auch selten, das Leben den Sieg über den Tod, doch leider dauert dieser Sieg nicht lang.
Im Kirchlein kündet alles von Siegen. Links vom Eingang kann man sich in einen alten Druck versenken. Der Sieger hält in einer Hand die Erntesichel und in der anderen das Stundenglas und zeigt sie durch ein Fenster, aus dem uns – grausig anzusehen – siebenundvierzig Totenschädel in fünf Reihen übereinander entgegenstarren! Mit dem Fuß tritt der Tod ein Pergament und verstreute Münzen. Die Zeit ist nah, scheint er zu mahnen, die Sanduhr hat sich geleert, durchgeronnen ist aller Sand ...
Stille ... leises Flüstern ... das Knarren der Tür beim Öffnen ... beim Schließen ... und manchmal das Klingeln der Münzen in den Opferstöcken ...
Vor dem Altar ist eine Kerze abgebrannt, sie erlischt. Der Docht zieht eine lange Rauchspur und riecht. Da eilt das Kerzenweiblein herbei und räumt ihn weg ... Sie kehrt wieder, und bei der nächsten Spende nimmt sie eine neue Kerze, entzündet sie und steckt sie an den Platz derer, die eben verlöscht ist.

Largo Cesare Correnti, Ecke Corso Genova, in den Zwanziger Jahren

Verziere, Anfang des Jahrhunderts

Das Kino früherer Tage

Viele haben es nicht gesehen, andere erinnern sich nicht mehr daran.
Nicht so mein Vater; in Paris betrat er mißtrauisch zum ersten Mal den Vorführungssaal eines Kinomatographen. Da war der Lichtstrahl, der von hinten auf die Leinwand trifft, und bis hierher ist alles in Ordnung; Laterna Magica! Doch dann bewegen sich die Leute, sie tun es wirklich, und da wirft mein Vater vor dem Hinausgehen einen flüchtigen Blick hinter die Leinwand, um sich zu vergewissern, ob dort tatsächlich niemand ist...
Er hatte die *Polsterschlacht* gesehen – und erzählte immer wieder davon. Im Schlafsaal eines Mädcheninternats bewarfen sich einige Schülerinnen im Nachthemd mit Kissen, dann platzten die Kissen, überall schneite es Federn, und mein Vater beschloß: »Was haben wir gelacht!«
Er hatte auch die *Zugankunft* gesehen. Ihm war ein Herr in Erinnerung geblieben, der eines kleinen Bedürfnisses wegen suchend um sich blickte – er suchte einen bestimmten Ort, den er nirgends entdeckte...

In Mailand habe ich die ersten Kinematographen am Markt der Porta Genova bestaunt. Als exotische Kuriositäten kamen sie auf vier Rädern angerollt zusammen mit den Menagerien und den Karussells. Einer dieser Kinematographen, der einfachste und billigste, funktionierte noch mit Handantrieb und wackelte, daß es eine Freude war. Aber die anderen hatten ihre herrlich glänzenden und rauchenden Dampfmaschinen zur Erzeugung des nötigen Stroms für Licht und alles andere.
»Hereinspaziert!... Die Vorführung beginnt!... Hereinspaziert, die Herrschaften!... Treten Sie ein!«
Drinnen wartete man jedoch eine gute halbe Stunde, bis es voll war. Heute macht man viel Aufhebens wegen der Farbfilme, ich

aber habe 1901 oder zwei, und zwar in Farbe, das Märchen vom Rotkäppchen und das Zugunglück gesehen. Ein Zug überquerte ein Viadukt und sollte in einen Tunnel einfahren, da braust in rasender Geschwindigkeit ein Zug aus dem Tunnel heraus, stößt mit dem kleinen Zug zusammen, und der stürzt von der Brücke zu Tal. Voll Begeisterung schickte ich meinen Onkel hin, er sollte es sich ansehen. Das hat er auch getan, aber als er zurückkam, sagte er mir: »Das ist ein Trick!«, und ich war enttäuscht.

Wenn ich mich recht erinnere, waren die ersten städtischen Aufführungen im Saal des alten Mailänder Theaters auf dem Corso Vittorio Emanuele für vierzehn oder höchstens zwanzig Tage im Programm. Wir drei warteten draußen, bis die Reihe an uns war, um zusammen mit den anderen Leuten einzutreten. Endlich kommen die anderen heraus, und Herr Chilò – ein Freund meines Vaters – samt Familie steuert auf uns zu; ich sehe es noch vor mir; voll Vergnügen hebt er die Arme und ruft: »Geht nur... geht nur... es ist fabelhaft!«

Nach den ewig gleichen Feuerwehrmännern, die herbeiliefen, um den ewig gleichen Brand zu löschen, sahen wir die komische Schlußnummer. Ein Mann in Nachthemd und Schlafmütze warf Bettücher, Kissen und Matratzen durch die Luft, auf der Suche nach einem Floh.

Der erste ständige Kinematograph Mailands bezog jedoch in der Via Cesare Cantù Quartier. Sein Name hat sich geändert, aber er ist noch immer dort. Dafür gibt es den zweiten, oder was ich für den zweiten halte, nicht mehr; das Volta-Kino, das zusammen mit der Galleria De Cristoforis abgerissen wurde. Als Ausrufer hatte es eine originelle Figur. Ein Mann voller Witz und Förmlichkeit, der die Passanten zum Eintreten bewegen sollte. Er hinkte auf einem Holzbein.

»Heute abend... Ettore Fieramosca!... Zum dreißigsten Mal... Ettore Fieramosca... beziehungsweise: Ettore Fierabarba!«

Am Ende der Aufführung trat er noch mal auf, diesmal im Kino; er zog die Mütze und verabschiedete das werte Publikum.

Der Mann mit den Kerzenstummeln

Wie wird man mich in Erinnerung behalten, wenn ich einmal für immer die Augen schließen und nicht mehr anschauen – wenn auch sehen – werde, was mir seit Jahren schon Verdruß bereitet? Nur eines wird man sagen: Er war der Mietsherr des Malers Tomea. Nicht eben ein Verdienst, aber doch ein Glück! Im ganzen Leben habe ich kein größeres gehabt.
Fiorenzo Tomea ist der Schrecken der hübschen Mädchen im Viertel, die von seinen desinteressierten Künstleraugen zum Modell erwählt werden. Oben im Atelier glauben sie, in Merlins Zauberküche geraten zu sein.
Wieviele Kerzenstummel, windschiefe Leuchter, rosa Masken, die einen aus ihren leeren Augenhöhlen anstarren, Totenschädel, kleine, welke Wiesenblumen auf langen Stielen, ein paar faule Früchte auf einem Stück Karton und allerlei trauriger Plunder vom nahen Trödelmarkt!
Tomea betrachtet kurz sein Modell, ohne allzu große Aufmerksamkeit, und ... mit traumwandlerischer Sicherheit ... bringt er Umrisse und Farben für eine gelbliche Larve auf die Leinwand ...
Teresina steht auf, geht ein paar Schritte hin zur Staffelei und weicht zurück ... noch einmal sieht sie hin ... »Das soll ich sein?« fragt sie beklommen ...
Die Kerzenstummel geben keinen Kommentar, sie sind bloß des Herumstehens müde und beugen sich und schmelzen in der Hitze unter dem Dach. Tomea wartet, bis sie soweit sind. Jetzt sind sie reif für seine Kunst; zwei Dutzend von ihnen stellt er zusammen und serviert sie dir im Bild, ein makabres Gericht, mit Gebeinen garniert unter dem fahlen Grinsen eines Totenschädels.

Die Broschüren, in denen der frühere Eisverkäufer Tomea erwähnt wird, stellen ihn als einen Paneroni der Malerei dar.
Erinnert ihr euch an Paneroni?

In den ersten Tagen nach Kriegsende prangten morgens auf den Mauern in Mailand Sprüche folgender Art:
Die Erde dreht sich doch nicht . . . Paneroni. Und anderswo: *Amerika ist in italienischer Hand, ihr Esel! . . . Paneroni.*
Der nächtliche Epigraphiker hatte in Interviews bekannt, seine planetarischen Weisheiten als Eisverkäufer gewonnen zu haben, wenn er mit seinem Wägelchen in den Abend- und frühen Morgenstunden über Land zog.
Die Welt, in der wir leben, ist wirklich kurios! Sie strotzt vor Erkenntnis, quillt über vor Wissenschaft, und dann bestaunt und bewundert sie die einfachsten Menschen, die sich, von göttlicher Gnade berührt, durch Erleuchtung zum Künstler berufen fühlen. Ich finde es nur recht und billig und außerdem höchst aufschlußreich, daß die moderne Gesellschaft, die sich rühmt, das Geheimnis des Lebensglücks erkannt und in der Hand zu haben, sich in der schmucklosesten, düstersten Malerei spiegelt.
Ich, für mein Teil, halte es mit Tomea. Meine Inkompetenz gestattet mir nicht, das Wesen seiner Malerei zu erfassen, jedoch mein Pessimismus freut sich an den Modellen seines künstlerischen Schaffens, vom Wachs der Kerzenstummel bis hin zum verkieselten Totenschädel.
Die beiden Wohnungen liegen einander gegenüber. Hier Tomea, da Keller. *Die junge Künstlerin . . .*, so sollte ich wohl beginnen, doch wenn sie nun nicht mehr gar so jung wäre? . . . Ich sollte wohl auch sagen: *Ihre erhabene Kunst . . .*, doch wenn die Leute sich über die erhabene Kunst nur lustig machen? . . .
Was kann eine Frau, die alles andere als reich ist, schon anfangen in einer Welt, die mit Reichen dicht besät, aber nur von recht wenigen vornehmen Menschen geziert ist? Elisabetta Keller stellt seit Jahren nichts mehr aus, sie schickt keine Photographien ihrer Werke an die einschlägigen Zeitschriften. Niemand spricht von ihr. Eine schmeichelhafte Kritik würde hier die *splendid isolation dieser Künstlerin* und *ihre stille Arbeit* loben. Aber die Wahrheit sieht ganz anders aus! Elisabetta Keller paßt sich den Umständen an, und was

ihre Arbeit betrifft, so geht sie wohl voran, aber keiner weiß, wohin sie noch führt.

In Leben und Werk huldigt Elisabetta Keller nie – wie manche andere, einschließlich meiner Person – einem Kult der Vergangenheit, sondern dem Kult *ihrer* Vergangenheit. Kann man als Mutter zweier Kinder, die außerdem schon groß sind, Mädchen bleiben? Man kann! Die Malerin empfängt euch in ihrem Atelier, wo alles von einem vornehmen, subtilen Geist zeugt und noch mehr zeugen würde, wenn dies nur möglich wäre (welch schöne Phrase des neunzehnten Jahrhunderts!). Sie unterhält euch mit netter Konversation und lädt euch schließlich zu einem Täßchen Tee ein! Ein Täßchen Tee! In diesen drei Worten und dem Diminutiv offenbart sich die Neigung dieser Künstlerin, das Feine zu verfeinern. Wie dann die allgemein verbreitete Rücksichtslosigkeit und die unverschämte Grobheit auf Liebenswürdigkeit antworten, können wir Jahr für Jahr feststellen.
Die (nicht gerade zahlreichen) Freundinnen, die sie besuchen kommen, bringen ihr Blumen, die Blumen zieren ihre Vasen, dieselben Blumen erscheinen wieder als Motive in ihren Bildern: prächtig, voller Leben! Die Netzhaut der Künstlerin hat den goldenen Schimmer der fröhlichen Visionen ihrer Jugend bewahrt. Glücklich und sorglos lebte sie zwischen den bunten Beeten der Villa in Monza, vom Langmut der Pädagogen getragen …
»Elisabettina … Elisabettina …«, mahnte der strenge Professor Crespi, und wenn Maestro Appiani seine Lieblingsschülerin Chopin spielen hörte, kommentierte er verzweifelt und beglückt: »Nicht eine richtige Note, und doch ist's Chopin!«
Was trug ihr die künstlerische Intuition und das vornehme Auftreten ein? Die Vergangenheit eines Menschen spielt immer eine Rolle im Leben, im Guten wie im Bösen. Die Leute achten dich nicht, wenn sie entdecken, daß du mehr warst als heute, oder sie schätzen dich weniger als einen, der früher Schornsteinfeger oder Zollbeamter war.

Dies weiß ich und anderes mehr, und trotz der Gewißheit, daß niemand mehr ins Auktionshaus geht, würde ich mein Leben dort ausrufen lassen.

Ein humanistischer Maler

Wie alt mag ich gewesen sein? Drei Jahre vielleicht. Und er vier. Er wohnte in einem Häuschen, das sein Vater am Rande der Stadt gekauft hatte: Vor sich hatte er die Mauer des – bereits aufgelassenen – Friedhofs von San Gregorio, wo heute die Via Settembrini beginnt; rechts lag der rote Bau des Lazaretts mit seinem kleinen, schlammigen Graben, und dann? Tja! Von der Umgebung ist mir nichts sonst in Erinnerung geblieben. Ich weiß, daß er eines Morgens beim Frühstückskaffee auf seinem Kindersitz in Verzückung geriet...

»Die Muttergottes! Ich habe die Muttergottes gesehen!«

Er wurde zu Pater Cocchignani von der Pfarre Santa Francesca gebracht, der sich vorsichtshalber lieber nicht dazu äußern wollte. Dennoch verbreitete sich die Nachricht in Windeseile. Enrichetta berichtete Tante Rosa davon, die Tante erzählte es meiner Mutter...

»Siehst du, der Fortunato hat die Muttergottes gesehen, weil er ein braver Bub ist, und du...«

Er war wirklich brav, ein echter Tropf. Manchmal gingen wir zusammen unter Tante Rosettas Aufsicht in den Park. Er faltete Papierschiffchen und ließ sie im Schwanensee schwimmen; wenn die Schiffchen sich vom Ufer entfernten und nicht auf ihn hörten, folgte er ihnen ins Wasser bis in Hüfthöhe.

»Maria, wie sieht der denn aus!... schnell... schnell... wir gehen heim!«

Seine ersten Aquarelle sah ich im Sprechsaal der Internatsschule San Francesco in Lodi, wo der Schüler Fortunato Rosti das Gymnasium absolvierte.

Seine Mutter kam oft aus Mailand, um ihn zu besuchen. Die Patres verneigten sich leicht, wenn sie ihr begegneten und wichen aus, und Bruder Gerolamo sah der schönen Frau nach, die lichtumstrahlt durch den Gang entschwand, dann ging er nach hinten, und

in einem Kämmerchen tauchte er seine rotgefrorenen Hände und die bloßen Arme bis an die Ellbogen in den Waschbottich!
Nachdem er in Bologna und ich in Pavia das Studium mit derselben Abhandlung über das Frauenwahlrecht beschlossen – und zwar war ich es, der von ihm abschrieb, während er von wieder einem anderen abgeschrieben hatte, allerdings unter Umkehrung der Schlußfolgerungen; Rosti war dafür und ich dagegen – teilten wir uns 1914 eine Kanzlei in der Via Spiga, die auf den Kanal ging. Dort begann Fortunato Rosti wieder zu malen. Ich erinnere mich an ein kleines Stadtbild: Wasser zwischen zwei steinernen Ufern, Häuser und die Brücke zwischen der Via Sant'Andrea und Via Boschetti; doch damals interessierte ihn die Malerei nur wenig; er bevorzugte die Musik und die Poesie, und er war leidenschaftlicher Briefmarkensammler; ein Jahr später ging er an die Front mit einem Umschlag über dem Herzen, in dem waren die inflationierten deutschen Kolonien und die Erstausgabe der dreiteiligen Sardinien-Marke 46 in rosa, der Stolz seiner Sammlung; um nichts in der Welt hätte er sie zurückgelassen. In den Gefechtspausen holte er sie aus der Brusttasche und sah sie an.
Nach der Läuterung durch den Krieg wurde die Menschheit vom Hygienefimmel erfaßt. Die Welt wurde in den Sterilisator gesteckt und kam steril, vielleicht auch sterilisiert daraus hervor, nur ein paar Wanzen in den Betten haben überlebt...
Vor 1914 wuschen sich die Leute weniger, aber dafür liebten sie die Poesie. Fortunato Rosti war seit dem Gymnasium als Dichter anerkannt. Die Barnabitermönche sperrten ihn ins Zimmer, auf daß er seine Veranlagung zur Trägheit überwinde und an den Gedenktagen Lobeshymnen auf die Heiligen singe. Er war ein überzeugter Anhänger Pascolis. Mit wieviel Ehrfurcht umgab man damals die Großen! Man lebte in der unrealisierbaren Sehnsucht, Carducci kennenzulernen, Giovanni Pascoli vorgestellt zu werden. Das gelang ihm sogar, als er in Bologna seine Vorlesungen hörte, doch statt sich für seine Verse zu interessieren, erbat sich der Poet von San Mauro das Kochrezepet für Risotto *alla Milanese*.

Als Rosti wieder mit mir zusammen war, in der ebenerdigen Kanzlei der Via Rugabella zwischen den zwei Gärten, in der es ziemlich dunkel war und die Schatten spielten, geriet er unter die Aufsicht der Signora Erminia, unserer Portiersfrau. Es waren entsetzliche Tage für ihn. Keine Partei konnte das Haus beziehen, ohne direkt oder vermittels der Putzfrauen ausgehorcht zu werden. Frauen (zumindest Putzfrauen) gab es hier keine, und Rosti schwieg still. Pfeifend ging er an dem ewig fragenden Gesicht der Sciora Erminia vorbei.

Auf den Gruß dankte er mit *Ave!* oder *Salve!*

»Ave, wo sind wir denn? In der Kirche vielleicht?« schimpfte der Portier. »Salve? Warum das denn? Hat wer geniest?«

Wer war in unserem Flur, mit der Ausrede, daß die Katzen überall in der Gegend herumstreunen und man sie nach Hause holen mußte? Die Sciora Erminia!

»Entschuldigen Sie, Signor Rosti!«

Wegen *dem bißchen Staub*, das heißt, um die Kanzlei aufzuräumen, tanzte sie ihm morgens vor der Nase herum.

Er ließ sich schließlich nicht mehr blicken.

Dann kamen Leute, die ihn aufsuchen wollten, und die Portiersfrau breitete die Arme aus und rief: »Monatelang bleibt er fort!«

Jetzt lebt er allein. An seiner Tür im Corso Plebisciti hat er ein Schild, auf dem »Fortunato Rosti – Maler« steht, doch drinnen hört man Violoncello spielen.

Das Zimmer seiner Tochter ist ganz in weiß und rosa gehalten, er aber schläft in seinem hohen, karamellfarbenen Ehebett mit Schnitzschablonen und Gesimsen, in dem auch seine tote Mutter lag. Neben dem Fenster steht ein Harmonium. Noch drüben hört Rita zu nachtschlafender Zeit einen schwachen Orgelton ... er ist noch einmal aufgestanden und sucht die falsche Harmonie des Dominant-Sept-Akkords.

Ich überlasse es den Fachkundigen, den Maler zu beurteilen. Nähmen sie überhaupt von ihm Notiz, ihr würdet die üblichen Phrasen

zu lesen bekommen: Die gekonnte Mischung … großzügige Pinselstriche … ein luftig leichter Himmel …
Doch eines ist gewiß: kein anderer Maler in Italien hat eine so tiefe Kenntnis der Musik wie Fortunato Rosti, und wenige haben seinen Geschmack und seine literarischen Fähigkeiten.
Jemand mag einwenden: Was hat das mit der Malerei zu tun? Meine Antwort: Es hat sehr wohl mit ihr zu tun, weil alle Künste kommunizierende Röhren sind.
Ja und?
Nichts weiter.
Ich habe zwei Spalten über meinen ältesten Freund geschrieben.

Dreißig Jahre habe ich da gewohnt, von 1895 bis 1925.
Gestern habe ich die Wohnung im ersten Stock über der Via Amedei wiedergesehen. Der hochgewölbte Salon ist heute eine Rechtsanwaltskanzlei. Früher war er der Empfangsraum der Hausbesitzerin.
Donna Marta saß in der Fensteröffnung vor dem Hintergrund der gelben Mauer der Nummer 7.
So empfing uns – nämlich Papà, Mama und mich – an jenem Spätnachmittag im Februar Donna Martignoni zur Unterzeichnung des Mietvertrags, ein Pflicht- und Antrittsbesuch also.
Papà wollte auf tausend Lire herunterhandeln, doch Donna Marta bestand auf tausendeinhundert; Papà forderte dann einen Nachlaß fürs Tapezieren zweier Zimmer und das Tünchen von Küche und Flur.
»Herr Buchhalter, Sie denken sich wohl die ganze Nacht über aus, was Sie mir am Tag sagen wollen, machen wir also tausendfünfzig, ich lasse die Küche tünchen und amen.«
Sie einigten sich auf tausenddreißig.
»Und das Parkett?«
»Was ist denn das nun wieder? Jetzt wollen Sie auch noch etwas fürs Parkett? … Na so was!«
Das Parkett hatte der ausziehende Mieter legen lassen, und schließlich bezahlten sie jeder die Hälfte, womit es auch in den Besitz der Vermieterin übergehen sollte. Papà bereute das noch dreißig Jahre lang: »Was war ich für ein Esel!«
Das Haus ist unverändert; es altert nicht. Noch in hundert Jahren wird es genauso aussehen, mit seiner Holzpforte aus dichtgefügten Latten, die Signor Ferrario als »Judas Lanzen« apostrophierte, mit seinen Steinplatten in der Einfahrt und dem gepflasterten Hof. Auch die Wasserpumpe steht noch, obwohl niemand sie mehr benutzt.

Die Portiersleute sind jedoch längst durch andere ersetzt. Keiner kennt mehr die alten. Und wenn ein an mich adressierter Brief hier ankäme, die neuen würden ihn mit der Bemerkung *Unbekannt verzogen* an den Absender zurückschicken.
Gestern ist mir bewußt geworden, daß ein Lebensabschnitt endgültig abgeschlossen ist, und das seit langem. Ich habe mich nicht ins dritte Stockwerk hochgewagt, weil ich nicht plötzlich vor jener Tür stehen wollte, der unseren, mit einem anderen Schild und einem anderen Namen daran.
Von der Via del Fieno zur Via Olmetto war es für uns ein Katzensprung; doch bevor wir uns entschließen konnten, besichtigten wir unendlich viele Wohnungen! In den Neubauten an der Via Dante zeigte man uns sogar, wie durch bloßes Drehen eines Schalters – tack – die elektrische Beleuchtung anging.
Aber da waren die vielen Treppen, und Papà wollte damit nichts zu tun haben: »Wenn ich mein Taschentuch vergesse, geh' ich lieber ein neues kaufen, als nochmal die Treppen zu steigen!«
Die Entscheidung fiel auf das Haus der Martignoni, und es war bereits ein erheblicher Fortschritt. In der Via del Fieno gab es noch die gemeinsamen Balkone der Hofseite, doch unsere neue Adresse war ein vornehmes Haus, sogar Herrschaften mit Equipage und Pferden wohnten darin. Im ersten Stockwerk wohnte Frau Trombini, eine alte Dame, die man frühmorgens am Fenster sitzen und eifrig stricken sah.

Noch bevor ihr Häubchen jenseits des Fensters sichtbar wurde, hörte man in der Via Amedei das schnelle Getrippel Gaitans, des Sakristans von Sant'Alessandro, der zum Angelusläuten in die Kirche eilte; und wenn man einen Blick hinunter warf, in die noch dunkle Straßenschlucht, konnte man gleich darauf die vier, fünf alten Besucherinnen der Frühmesse die Mauern entlanghumpeln sehen. Sie kamen rechtzeitig zur Öffnung der Pforte von Sant'Alessandro, und wenn sie noch geschlossen war und sie draußen warten mußten, umso besser, denn … wißt ihr das denn nicht? Wer mor-

gens darauf wartet, bis sich die Kirche öffnet, rettet eine Seele aus dem Fegefeuer.
Die Frühmesse versäumen? Dann lieber sterben ... und eine ist tatsächlich gestorben, nicht gerade, um die Messe nicht zu versäumen, aber nicht weit davon gefehlt.
Die Mutter eines alten Freunds – eine liebe gute Frau – war nach Fino Mornasco gezogen und lud eine nach der anderen ihrer früheren Freundinnen dorthin ein. In jenem Winter waren Fräulein Clerch und Frau Sereni bei Frau Lucie zu Besuch. Ihre Wohnung ging auf den Platz, und jeden Morgen um halb sechs sprangen alle drei aus den Betten und nichts wie hinunter ... in die Kirche!
Einmal geschah es, daß Frau Lucie im Traum das Aveläuten hörte! »Himmel! Ich habe verschlafen«, sagte sie. Frau Lucie weckt Frau Clerch, Frau Clerch weckt Frau Sereni, sie ziehen sich in aller Eile und ohne Umschweife an, steigen die Treppen hinunter ... Kalt ist es! ... Und dunkel! Ans Dunkel waren sie ja gewöhnt, so war es jeden Morgen ... aber es war alles so still ... so still und leer ... Die Kirchentür war verschlossen; wie denn das? Die drei Frauen warten. Niemand sperrt auf. Sie schauen zum Kirchturm. Die Glokken schweigen. Man kann nicht erkennen, wie spät es ist. Sie warten. Eine Kälte! Endlich ... *bam* ... *bam* ... *bam* ... tönen drei Schläge in die Tiefe. Drei? Seltsam! Drei Uhr? Ja, dann ...
Jesus! Frau Lucie begreift, daß sie geträumt haben muß ... sie gehen wieder nach Hause, aber was sollen sie jetzt tun? Wach bleiben? Zu Bett gehen? Allerdings müßten sie in zwei Stunden wieder aufstehen; also lohnt es sich nicht mehr. Sie setzen sich um den Tisch und warten, bis es fünf wird ... halb sechs, doch gegen Morgen wird eine der Frauen – ich weiß nicht mehr welche – von Kälteschauern geschüttelt ... und trotzdem geht sie aus dem Haus. An jenem Tag fühlt sie sich nicht wohl, am Abend wird sie ernstlich krank. Lungenentzündung! Daran ist sie dann gestorben!

Eigentlich wollte ich in der Via Olmetto haltmachen, und seht nur, wo ich gelandet bin! Aber gleich komme ich auf sie zurück.

Als die Hausbesitzerin ihre Wohnung aufgab (sie zog nach Como), mieteten sich die Marcellinen der Via Amedei ein, deren Konvent an unser Haus angrenzte. Sie brachten hier eine Krankenstation unter. Der Eingang durch das gemeinsame Treppenhaus wurde geschlossen und von niemandem mehr benutzt. In einem kleinen Innenhof hätte man bei einem Blick nach unten etwas sehen müssen, doch da war keine Menschenseele, es herrschte Totenstille. Nur gegen Abend und sonst manchmal drang von dort unten der Klang einer Trompete herauf. Ja wie! Die Marcellinen spielten Trompete? Aber nein … eine honigsüße Stimme rief: »Peppiiiino!«
Und mürrisch antwortete eine andere: »Ich koooomme!«
Aber dann kam er nicht … der Trompetenklang riß nicht ab und ließ es schneller Abend werden; dann kehrte die Stimme von vorher wieder, diesmal in anderem Tonfall … »Peppinoooo!«
Und die zweite, lauter als vorher: »Ich koooomme!«
Endlich ging er und ließ eine Leere zurück; das Loch, das der Trompetenklang erzeugt hatte, füllte sich allmählich mit dem Dunkel der Nacht …
Im Krieg konnte der arme Peppino sich anfangs freistellen lassen … aber er spielte nicht mehr Trompete, dafür kam er in den Hof, um mit unseren Portiersleuten zu plaudern. Nach Caporetto mußte jedoch auch er an die Front, und er kam nicht wieder.

Via Orefici. Postkarte, etwa 1910

Mailand im Schnee: Piazza Duomo, 1929

Ich habe so eine Idee, daß dem Schnee der Stil des zwanzigsten Jahrhunderts nicht behagt. Er versteht sich nicht auf dessen gerade Linien, er ist beim besten Willen kein Schmuck für die moderne Stadtlandschaft. Für die Reiterstatuen der Denkmäler, für die Kathedralen und die Paläste ist der Schnee wie geschaffen, er macht sie noch strenger und finsterer; er gefällt mir auch auf den halb abgerissenen Hütten am Ende des Platzes, die aussehen, als hätten die Mäuse sie angenagt, und staunend stelle ich fest, daß die Hütten, so armselig sie sind, sich bestens vertragen mit der Majestät des Doms. Sie haben gelebt, sind voll menschlicher Wärme, und wieviel Wärme strömt auf die Straße, wenn eine Mauer fällt! Die großen funktionalen Gebäude mit ihren kalten Glasfassaden sind keine Heime, sie sind bloß Unterkünfte für Menschenkonglomerate, wo schnell gegessen, schnell geschlafen, schnell gearbeitet wird, und auch sie, die kubischen Bauten, altern schnell. Schon stehen andere funkelnagelneu bereit, und die Leute laufen herbei, um sich bald wieder neueren zuzuwenden, da kein Gefühl der Freundschaft mehr die Wohnung an den Menschen bindet.
Am besten sollte sich der Schnee zu seinem Rückzug aus der Stadt entschließen, wo er nur stört, ein Verkehrshindernis darstellt, nicht mehr gelitten ist. Zusammen mit den Sonnenuntergängen und dem Mondenschein gehörte er zu einem literarischen Firlefanz, der unmodern geworden ist. In den Bergen mag er sich in den Dienst der Skifahrer stellen, und er muß froh sein, wenn ihm gnädig zugestanden wird, für die Landwirtschaft nützlich zu sein.

Gut zehn Minuten hat der Parkwächter im Guastalla-Park versucht, das Tor zur Via San Barnaba zu schließen. Zuerst dachte er, die Führungsschiene sei durch gefrorenen Schnee blockiert, dann nahm er aber ein Hindernis wahr, und halblaut sagte er… »ein Stein ist's«… beseitigte ihn, und das Tor schloß sich.

Durch die Gitterstäbe betrachte ich den Park dahinter und erahne den Grund, warum man mit solcher Eile den Schnee von den Arbeitsstätten der Menschen wegräumt. Er verlangsamt nämlich, er schläfert ein. Einst begann es früh zu schneien, im November hieß es:

Die Heilige Katharina
geht mit dem Mehlsack um

und vom Dezemberschnee hieß es dann:

bis März schleppt sie ihn herum

denn auf den Plätzen störte er niemanden und in den Höfen hatten die Kinder ihren Spaß daran; aber schließlich wurden auch sie seiner überdrüssig, und dann lag er wochenlang da, schwarz wie ein Haufen Steine. Erst in der warmen Sonne des Frühlingsquatembers schmolz er langsam dahin ... in aller Stille ... genauso, wie er gekommen war.

Es war ein gleichbleibend ruhiges Leben, und der Mensch nahm die Dinge hin, wann und wie sie der Himmel schickte. Er floh nicht vor der Hitze, er fürchtete nicht die Kälte, und der Schnee konnte seine Schritte nicht verlangsamen, da sie bereits aus Gewohnheit langsam waren. Die große Geschäftigkeit! Wer wußte etwas davon? Keiner ahnte sie! Wegen eines geplatzten Wechsels ertönte damals eine Glocke vom Turm der Piazza Mercanti. Könnt ihr euch heute ein läutendes Bulletin der geplatzten Wechsel vorstellen? Ein ohrenbetäubender Lärm! Ich kann zwar nicht die Meinung meines Freundes teilen, der behauptet, noch nie einen bezahlten Wechsel gesehen zu haben, aber ich kann mir das ewige Protestgeläute wegen nicht eingelöster Wechsel in den Städten und Dörfern vorstellen!

Der Parkwächter kommt noch einmal am Tor vorbei, er hat die Hände in den Taschen, den Kragen hochgestellt, den erdfarbenen Mantel zugeknöpft und entfernt sich in Richtung einiger Häuser. Es ist Abend. Ich bleibe noch und schaue in den Park; mein Blick schweift über Alleen und unter dem Schnee begrabene Rasenflächen. Romantisch! So weiß und unberührt! Mir ist, als verschließe mir das verriegelte Tor eine vergangene Welt. Und ich bin ausgesperrt. Das stimmt mich traurig, da ich mich infiziert weiß vom Keim einer schleichenden Krankheit, derer man sich heutzutage fast schämen muß, der Poesie... Wie kann man mit diesem Übel leben? Einfach so – denke ich – ohne eine Zukunft... und ich wende mich ab... doch da hält mir ein armer Alter ein paar Schritte weiter für eine kleine Münze ein rosa Zettelchen hin. Nein; eine Chance für die Zukunft habe ich noch: »Aus den Karten«, steht auf dem Zettel, »werden Sie erkennen, daß Ihnen das Schicksal eine große Überraschung bereithält, die alles erdenkliche Glück in sich birgt.«

Mir ist es recht; ich weiß, an wen ich mich wenden muß. In der Via Disciplini wohnt eine Frau, die Laufmaschen repassiert und wahrsagt. Hoffentlich breitet sich auf dem Küchentisch der Kartenlegerin für mich eine Treffserie aus.

MI 44026

Er fährt fast ohne jedes Geräusch.
An der Haltestelle lese ich...

STADTGEMEINDE MAILAND
HAUPTFRIEDHOF
ABTEILUNG TRANSPORT

...und sofort spüre ich einen leisen Schauer, ich drehe mich um, und da ist er: ganz schwarz. Er erscheint so plötzlich wie der Tod.
Die Leute drängen sich am Einstieg...
»Langsam... langsam, es ist für alle Platz...«
Chrysanthemen, Dahlien nicken auf grauen Stoffen... die erste Stufe... die zweite Stufe... die dritte Stufe...
»Nehmen Sie bitteschön das Kind...«, und der kleine Junge ist im Arm des Schaffners.
Ich hieve mich hinauf... Geschafft! Zur Abteilung 48.
Der Autobus fährt erst, wenn er voll besetzt ist. Es sind noch ein paar Stehplätze frei, also wartet er. Seelenruhig sitzt der Fahrer am Steuer, die Zeitung darüber ausgebreitet, und drückt hin und wieder kurz auf die Hupe, um den Spätkommern Beine zu machen und die Zögernden anzuspornen.
Los geht's.
Welch tröstliche Aussicht! Reihen, Bataillons, ganze Armeen von Gräbern flitzen vorbei! Die haben ihr Leben hinter sich, sage ich mir. Bei so vielen Toten ringsum packt einen richtig die Freude, lebendig zu sein.
Im Autobus werden zwei verschiedene Karten verkauft; die einfache Fahrt für 20 Centesimi, Hin- und Rückfahrt für 30. Vorsichtshalber nimmt keiner die einfache Fahrt. Der schwarze Wagen hat etwas von einem Wartesaal. Mit schlichter Zärtlichkeit sprechen die Leute über ihre Toten. Eine Frau sagt, daß sie den ganzen Weg umsonst gemacht hat, weil die Erde und auch das Wasser gefroren waren. Da mischt sich der Schaffner ein:

»Was mir heute morgen passiert ist! Ich hab' meine Zeitung verbrannt, um einer Frau das Wasser in der Dose aufzutauen!«
Und der Fahrer:
»Es hat geheißen, heute kommt noch der Bürgermeister, er geht ans Grab von so einem...«
Dieser Besuch bedeutet ihm etwas, und auch sein Kollege freut sich. Der eine wie der andere sind sie gutmütige, einfache Kerle. Ob sie vom Unternehmen zur Belohnung hier eingesetzt wurden?
Jetzt hält der Autobus vor leeren Gräberfeldern, die nach der Säuberung von ihrer alten Kundschaft auf neue warten. Was für eine seltsame Assoziation! Sie erinnern mich an Geschäftsbriefe, wie sie erwarten, fordern, grüßen: *In Erwartung... grüße ich Sie hochachtungsvoll ...*
Mama Celestina schlägt ein ... zwei ... drei ... vier ... sieben Mal. Ihr wißt nicht, wer Mama Celestina ist. Zu zweit haben wir einmal die große, dunkle Glocke über dem Eingangstor zum Hauptfriedhof so benannt. Fragt nicht, warum, wir könnten euch keinen Grund sagen. Mama Celestina sichtet eine Gondel am Ende der Straße ... sie kommt näher ... gleich läuft sie in den Hafen ein! Es heißt, daß beim bam ... bam ... bam ... von Mama Celestina je nach Anzahl der Schläge aus den einzelnen Abteilungen des Friedhofs Totengräber wie Raben auffliegen ... Warum werden sie *becchini* genannt? Vielleicht weil sie dich unterwegs aufpicken?
Wie heiter ist doch dieser Bus! Ich sehe mich um. Niemand wirkt traurig. Ich sehe keines dieser Frauengesichter, die ich *friedhofsmäßig* zu nennen pflege. Man findet sie bisweilen in der Straßenbahnlinie 14. Es sind lange, bleiche Gesichter unter schwarzen, schlappen Filzhüten. Sie haben dünne, schiefe Lippen. Helle Pupillen in dunklen Höhlen. An ihnen wirkt alles wässrig, ausgelaugt, wie ihre blassen Blumen, die sie in knittriges Papier gewickelt tragen.
Der Schaffner aber spricht mit einer dicken, blühenden Frau von der Sonne in Mogadischu. Der Schaffner hat den Afrikafeldzug mitgemacht, und der Fahrer ist in Libyen gewesen. Die dicke Frau

hat zwei Söhne unter Waffen und eine verheiratete Tochter in Harar.
Saharawind und Tropenhimmel schenken den bleichen Marmortafeln von ihrem Leben, und der MI 44026 biegt zur Abteilung 48 ein.

Theaterbesuch

Frau Antonietta Gussoni empfing mich im kleinen Salon, vor dem brennenden *Franklin.* Sie bot mir auf dem kleinen Diwan zu ihrer Linken einen Platz an, damit ich in dieses Ohr spräche, auf dem sie noch hörte, und fragte mich: »Sie sind ja gestern abend im Theater gewesen ... wer hat denn gesungen, wen haben Sie gesehen? Erzählen Sie ...«

Wenn die alten Mailänder von einem Theaterbesuch sprachen, meinten sie die Scala, das Theater par excellence, und dort keinesfalls die Galerie, sondern unten, Parkett oder Loge.

Dann war es Usus, sofort nach den Sängern und vielleicht nach der Prima Ballerina zu fragen; der Dirigent war weniger interessant.

»Und Donna Costanza Bagatti war da?«

Ich schreie ihr ins Ohr: »Ich hab' sie nicht gesehen.«

»So was! Und ihr Onkel, der Baron Galbiata, war der da?«

Zur Galavorstellung am Stephanstag, mit der die Theatersaison eröffnet wurde, fehlte keiner.

Eine Karikatur von Cagnoni im *Guerino* zeigte den Zuschauerraum der Scala; in jeder Loge waren verhüllte Statuen oder dergleichen zu erkennen, man sah, wie das Personal herumging, um die Tücher abzunehmen, und zum Vorschein kam der lombardische Adel, der sich von Saison zu Saison, von Jahr zu Jahr auf seinen roten Plüschsesseln in den Theaterlogen mumifizierte ...

Die anderen – ich meine uns gewöhnliche Bürger aus der Via Fieno, San Simone oder Via Piatti – gingen ins Theater, wenn eine dieser adeligen Familien, die uns mit ihrer Freundschaft beehrten, sich herabließ, die Logenschlüssel an uns abzutreten, jedoch nicht allzu oft, denn schließlich kostete der Eintritt fünf Lire.

Manchmal mieteten die Via Piatti und San Simone mit vereinten Kräften eine Loge für einen Abend. So kam es, daß ich ein erstes Mal die Scala und die zweite Aufführung der *Bohème* sah.

Zu zwölft drängten wir uns in die Loge; mein Cousin Leo erspähte uns von der Galerie, kam herunter, schloß sich uns an, und so waren wir dreizehn! Ich erinnere mich noch an die gereckten Hälse unserer verblüfften Logennachbarn im Gang, als sie in der Pause noch und noch Personen aus unserer Loge hervorquellen sahen ... sie schienen zu fragen: Wie? Hört das gar nicht mehr auf?
Ich war nicht unten im Parkett zwischen den Fräcken und Dekolletés zu Hause, sondern ganz oben, am Ende jener Treppe, die auf einen Turm zu führen schien – drei Stufen, eine Kehre ... drei Stufen, eine Kehre – hoch oben im alten Olymp, wo schon Portas Bongee saß! Mauern wie die der Bastille, eine niedrige Decke wie in den venezianischen Bleikammern, und mein Vater kommentierte: »Das ist noch gar nichts, du hättest erleben müssen, wie's damals mit Gasbeleuchtung war!«
Früher wurde vor der Vorstellung der große Lüster in der Mitte von der Decke ins Parkett hinuntergelassen, damit man ihn anzünden konnte. Sobald die Türen aufgingen, kamen die ersten Turmbesteiger mit hängender Zunge oben an und nahmen glückstrahlend an der Balustrade der Bühne gegenüber Platz.
Eine herrliche Sicht! Natürlich, der Lüster war unten im Parkett! Die Banausen bedachten nicht, daß er nach dem Anzünden wieder hochgezogen würde, und tatsächlich, zehn Minuten vor Beginn der Vorstellung kam er hoch, und den ganzen Abend sahen sie nichts anderes als ihn!

In Italien ist bekannt, daß für Erfolg oder Mißerfolg einer Oper die Galerie der Scala ausschlaggebend war. Die Musikexperten und gestrengen Richter saßen vereint etwas abseits von den anderen. Einige können sich noch an die Gruppe von Premierenhabitués um Dr. Albini erinnern, deren Stammplatz auf den obersten Rängen, vom Zuschauerraum gesehen rechts von der Bühne war.
In diesem Winkel bildeten sich die Meinungen über Opern, die heute durch die Welt gehen, und Urteile wurden gefällt, die das Publikum von fünf Kontinenten bestätigen sollte.

Und dann die Witzeleien, die Verunstaltungen von Operntiteln! Alles ging von dort oben aus. Wurde zum Beispiel die *Parisina* von Mascagni gegeben, eine recht lange Oper – und einer sang auf die Melodie eines gängigen Liedchens jener Tage:

Um halb neun beginnt die Oper,
und erst morgens hört sie auf.
Parisina,
Parisina, Heißgeliebte!

Im Jahr 1905 oder 1906 war eine Oper mit dem Titel *Anton* im Programm, die sich als Fiasko erwies. Sie wurde ein einziges Mal aufgeführt und sofort abgesetzt. Da das Theater zur Vorbereitung eines neuen Stücks für einen Abend geschlossen blieb, fragten welche: Was ist heut' abend in der Scala?

Und andere antworteten mit einem Kalauer; statt die Oper zu nennen, spielten sie mit der Ähnlichkeit zwischen Anton und *antun* [Kartenschalter], der wegen der durchgefallenen Oper geschlossen war.

Hänsel und Gretel wurde zusammen mit dem Ballett *Amor* aufgeführt, und das Publikum der Galerie kalauerte: *Sie spielen ungel e grattel mit Liebe.*

A Propos... ich sehe noch den großen Triumphzug im fünften Aufzug von *Amor*: Krieger... Wagen... Rösser... sogar ein Elefant.

Eines Abends überkam den Elefanten mitten auf der Bühne ein körperliches Bedürfnis (ja, so etwas kann vorkommen!), und ich weiß auch noch, daß sich der Triumphzug zweiteilen mußte, wie ein Fluß vor einer Insel! Denkt euch die von der Galerie und die betretenen Damen im Parkett!

Dann standen die Sänger zur Diskussion, die meinem Vater nie gut genug waren, denn er hatte seinerzeit die Stolz, die Malibran, die Patti und Gaiarre singen gehört. Nur der Barrientos in *Dinorha* gelang es, ihn zufriedenzustellen.

Ich erinnere mich: Es war ein Abend gegen Ende März, und wir hatten uns für einen Platz auf der Galerie angestellt, doch dann gab

es keinen mehr. Was sollten wir tun? Nach Hause gehen? Oder einen Platz weiter unten nehmen? Unentschlossen setzten wir uns auf eine Bank auf der Piazza della Scala.
Mein Vater wäre zu gern ins Theater gegangen, um die Barrientos nicht zu versäumen, aber er hatte Bedenken, nicht so sehr wegen der größeren Ausgabe, als wegen seiner Kellerhose, nämlich einer recht groben Hose, die er anzog, wenn er zum Weinabfüllen in den Keller ging. Den Sieg trug schließlich die Barrientos davon! Was für ein Erlebnis! Mein Vater rief beim Verlassen des Theaters: »Eine kleine Patti!«
Ganz anders war es bei Pertile. In der *Aida* meinte er nach »Holde Aida« und »Ach, deinen Thron bis zur Sonne erhöhn!«: »Wie? Das war alles?« Tatsächlich klatschten nur wenige Leute... die große Arie verlor sich wie eine Stecknadel im Heu.

Signora Antonietta schüttelte auch den Kopf und war nicht zufrieden, nein, nein... die Sänger von damals... Giuditta Pasta, das waren Sänger! Doch heute... und sie berief sich auf ihre Zeit, die noch weiter zurücklag, als die Mailänder Bevölkerung beim Ruf »Krieg... Krieg...!« in *Norma* in den Gesang des Chors einstimmte und laut aufbegehrte: *Krieg... Krieg...!*, worauf die österreichischen Offiziere die Säbel auf den Boden stießen...
Und dann versinkt Frau Gussoni, die bereits erblindet und fast völlig taub ist, in Schweigen – so sehe ich sie noch vor mir. Sie winkt mit der Hand, als verabschiede sie jemand; im Dunkel, das sie umgibt, sieht sie viele, viele Bauernmädchen vorbeigehen...
Aus dem Hof, in dem es dunkel geworden ist, steigt ein langgezogenes Geheul herauf, das einem Schauder über den Rücken jagt... er ist's, der blöde Sohn des Hausherrn...
Sogar Signora Antonietta hört ihn heulen, sie kommt zu sich und sagt: »So schreit er immer, wenn's Wetter umschlägt...«

Il Bene, erschienen 1888 zu Weihnachten, ist das Vorbild all jener frommen Broschüren oder Zeitschriften wohltätiger Einrichtungen, die nach ihm entstanden sind. In unserer Familie zählte ich bis zu fünfzehn solcher Publikationen, heute sind es etwas weniger, doch immer noch eine ganze Reihe: wir haben zum Beispiel den *Kreuzzug der Missionare*, die *kleinen Missionare*, das *Echo Afrikas*, das *Pfarrblatt*, das *Antoniushilfswerk*, die *Frohe Botschaft*, *Wie im Herbst*, *Caritas*...
Unsere Margherita bezeichnete sie alle mit einem Sammelnamen: Sie nannte sie *Beni*. »Die Beni sind da«, verkündete sie, wenn sie jeweils drei oder vier aus der Portiersloge heraufbrachte.
Seit fünfzig Jahren kommt das älteste dieser Blätter in unser Haus. Es hat einen versöhnlichen Titel, auf dem die Augen ausruhen dürfen; auf einer waagrecht ausgebreiteten Schriftrolle ist dieses Wort zu lesen, das ohne aufzufordern einfach nur behauptet: Il Bene – das Gute. Auch im Druckbild trumpft es nicht auf; in leichten, zarten, fast wie Strichen so dünnen Lettern steht es da. Links sitzt ein Engel mit ausgebreiteten Flügeln und hält ein Kind auf den Knien; zu seinen Füßen ist noch ein Knabe in ärmlichen Kleidern, der auf ein offenes Buch zeigt; dort steht auf der rechten Seite das Wort *Vorbeugen*, auf der linken Seite ist das Wappen der Stadt Mailand; als Hintergrund ist das Domdach samt Madonnina zu bewundern; unter der Schriftrolle, sozusagen im Schutz des Titels sieht man drei junge Männer, von denen einer an der Druckmaschine arbeitet, der zweite an der Setzmaschine, und der dritte Packen bedruckten Papiers auf dem Rücken schleppt.
Der Zeitungskopf des *Bene* erinnert mich in seiner Art an den des *Guerino*, beides Zeitschriften aus dem Mailand des neunzehnten Jahrhunderts, die in die Häuser der anständigen, braven Bürger gelangten, wo sie unter der Petroleumlampe von der Hausmutter im Kreis der Kinder und von Papà im Ohrensessel gelesen wurden.

»Hahaha… hast du die Karikatur von D'Annunzio gesehen? Und drunter steht: *Als Eierbecher…*« Tatsächlich sah man den Dichter im tadellosen Frack (dem Eierbecher), der beim Verbeugen auf der Bühne dem Publikum seinen schönen, kahlen Eierkopf darbot.
Und die Mutter am Tisch: »Im Bene steht, daß die Waisenkinder wie immer am Karlstag eine Vorstellung geben.«
»Wir gehen hin, nicht wahr, wir gehen doch hin?« bettelten die Kinder im Chor.
»Wir werden sehen… wenn nichts passiert, wenn's nicht regnet an dem Abend, und wenn ihr eure Aufgaben gemacht habt…«
Schließlich gingen sie doch hin, die einen zu Fuß, die anderen fuhren mit dem Omnibus, je nach Entfernung. Ich glaube, es waren die letzten beiden Omnibusse, die an der Porta Ludovica und in San Vittore, wo das Institut lag und heute noch liegt, ein paar Jahre lang die Ära der Pferdebahn überdauerten, als man bereits mit zwei der herrlich roten Elektrischen den Arco della Pace und den Nordbahnhof erreichte.
Diese beiden Omnibusse, die niedrig und lang wie Särge waren und auf hohen Rädern wie auf Stelzen daherkamen, hielten auf dem Domplatz vor den südlichen Portici, und als sie ausrangiert waren, dienten sie noch eine Zeitlang, um die Tänzerinnen der Scala nach der Vorstellung nach Hause zu befördern, und als Gefängniswagen.
Don Carlo San Martino lief in den Pausen durch den Saal und rang halb ernst, halb im Scherz die Hände. Ich weiß, daß ihm die Kinder, die mit Essen beschäftigt waren, auf die Nerven gingen, unter anderem, weil er befürchtete, sie würden auf den Boden krümeln: »Ständig müssen sie was in sich reinstopfen«, sagte er, »nicht einmal im Theater machen sie Pause!… Meine Kinder essen doch auch nichts!« Und er zeigte auf seine Schar oben auf dem Balkon, als gutes Beispiel für alle.
Am Abend des Karlstags und den darauffolgenden des Karnevals spieen die Omnibusse und später die Straßenbahnen vor dem Festsaal des Waisenhauses die Leute haufenweise aus!

Pferdebahn nach Monza, auf dem Corso Venezia, 1885

Postkarte, 1919

Auf jenen strohgeflochtenen Stühlen, die etwa an Beichtstühle erinnerten, nahmen mit dem zufriedenen Lächeln der Genugtuung die Wohltäter, die Verwandten der Wohltäter und die Freunde der Wohltäter Platz; es fehlten nicht einmal die alten Hausangestellten, die sich königlich unterhielten. Die schönen, gebieterischen Bärte und die unterm Kinn geschlossenen violetten Schulterkragen nickten wohlwollend zum leidenschaftlich tremolierenden Präludium des Mandolinen-Orchesters wie zur komischen Oper *Der verlorene Pantoffel im Schnee* ...

Die letzte Nummer des *Bene* – Weihnachten 1938 – zum fünfzigjährigen Bestehen der wohltätigen Institution gedruckt, enthält nicht weniger als sechzehn Seiten mit Porträts. Es sind die Schirmherren der Waisenkinder seit 1888. Ich sehe sie mir an, betrachte sie aufmerksam. So viele! Acht pro Seite! Mir will beinahe scheinen, sie alle zu kennen; es sind redliche Gesichter aus der Via Gorani, der Piazzetta San Sisto, Via Cappuccio, Sant'Andrea, Rugabella ... Keiner von ihnen ist heute mehr am Leben, sie sind wahrscheinlich in ihren Familiengrüften am Monumentalfriedhof bestattet oder unten in den alten Taubenschlägen und vielleicht auch ein paar kürzlich Verstorbene in Musocco.

Ich frage mich, wo ich Signora Luigia begegnet bin; vielleicht im Haus Candiani, an einem der Besuchstage, als sie noch in der Via Bigli wohnten? Signora Luigia posiert so, daß der linke Handrükken mit dem Ehering am Mittelfinger in den Blick fällt. Sie sieht wie ein liebes Hausmütterchen aus, in Kleidung und Verhalten fast schon zu schlicht für ihren gesellschaftlichen Rang. Ich weiß nichts von ihr, ich weiß absolut nichts, weder von ihr noch von den anderen, aber es macht mir Spaß, in meiner Phantasie aus Nichts ein Leben zu erschaffen.

Und so stelle ich mir den Grafen Carlo vor – der so bleich und hager aussieht, als hätte ihn jemand an seinem dünnen Bärtchen langgezogen – wie er seine letzten hüstelnden Winter mit einem Plaid über den Beinen, gebeugt vor dem Kamin zubringt.

Die Signora Carolina muß ein liebes Tantchen gewesen sein! Vielleicht hat sie nie selber Kinder gehabt, nur Nichten und Neffen, aber davon eine ganze Schar! Lieb und scheu blickt sie zu euch hoch.

Die junge Comtesse Carlotta, die mit ihren großen, staunenden Augen unter dem riesigen Federhut und der bis unters Kinn zugeknöpften Bluse so kindlich und reserviert erscheint, könnte ich auf dem oberen Deck der Plinio bewundert haben: ein romantisches Mädchen! An einem Maimorgen betrachtete sie die grünen Bergrücken und die blühenden Ufer, die um diese Stunde so still, so friedlich dalagen! Wenn ich die Augen schließe ... sehe ich ... auf der dritten Seite eines *Corriere*, der von den Jahren vergilbt ist, ein kleines, schwarzes Kreuz. Es ist die Todesanzeige der Comtesse Carlotta, die aus der Mitte ihrer Lieben lang vor der Zeit hinweggerafft worden ist. Der Trauerzug dieses Mädchens, der sich über steinige Pfade zwischen weißen Mäuerchen hoch und immer höher windet ... von ihrer Villa am See bis hinauf zur Dorfkirche, ist wie die Totenfeier eines Kindes. Es singen die Schleier der Töchter Mariens; es singen Kindergartenschürzchen, und der Sarg steigt höher, er steigt wahrhaftig, und hebt sich der Bläue des Himmels entgegen! ...

Der wallende Bart des Cavalier Rodolfo, der ihm fast das halbe Gilet bedeckt und den Gebrauch der Krawatte überflüssig machte; der buschige Schnurrbart, der den Mund versteckt, so daß man sich fragt: Wie hat er nur gegessen?; der versunkene Blick und die nachdenkliche Stirn deuten darauf hin, daß er ein ernster Mensch, ein strenger Vater war, der den Kindern in seinem Haushalt, auch wenn sie großjährig waren, die Haustorschlüssel versagte. Als unermüdlicher Arbeiter in den Jahren zwischen Reife und Alter hielt er sich an die drei trostspendenden Bereiche: Haus, Kirche und Friedhof.

Meine Cousine Erminia in *Salon*-Pose, in der sie ein Photograph auf dem Corso Venezia zu Reklamezwecken aufnahm, hat bereits das müde und traurige Gesicht ihrer späten Jahre. Ihr Leben zwischen der Wohnung der Via Piatti in Mailand und der Piazzetta di San Rocco in Moltrasio war winters und sommers immer dasselbe...

Das Kreuz hängt schwer auf Mama Emilias Brust, es ist ihr Schutz und Waffe. Die Photographie zeigt sie aufrecht, im schwarzen Kleid und mit dem Kreuz als einzigem Schmuck.

Vor ihr sitzen auf einem Stühlchen und einer niederen Bank zwei kleine Mädchen in weißen Gewändern. Sie lächeln, fühlen sich behütet; auch wenn es nicht den Anschein hat, wacht Mama Emilia über sie. Die kleine Gruppe hat Symbolwert für das unermüdliche Werk, dem sich Emilia Pirinoli von ihrem Eintritt ins Institut bis zum Tod gewidmet hat: wirken, wachen, beten. Eines Tages führte mich die Signora zur Besichtigung durch Höfe, Säle und Treppen mit ihrem festen und dennoch leichten Schritt, und im Erdgeschoß traten wir in die Kapelle, deren Chor mit zarten Fresken ausgemalt ist. Mehrfach dargestellt sind auf diesen Gemälden Arkaden mit Blick auf eine lichte Landschaft. Der halb staunenden und halb ärgerlichen Emilia Pirinoli trug ich Baudelaires *La mort des pauvres* vor, dessen letzter Vers eben diese Fresken zu kommentieren scheint. *La mort*, so Baudelaire, *c'est le portique ouvert sur les cieux inconnus*. Mama Emilia sah mich während des Vortrags zweifelnd an, da sie gegen den sogenannten *poète maudit* voreingenommen war. Sie wollte sich nicht geschlagen geben... doch schließlich antwortete sie auf mein leidenschaftliches Lob, wenn auch zögernd: »Ich werde Baudelaire noch einmal vornehmen.«

So war sie: Sie duldete bei sich keine Schranken, weder des Intellekts noch des Herzens.

Wieder im Gerolamo

Tatsächlich ... im Gerolamo! Neulich kam mir die Idee, wieder hinzugehen, nachdem ich vierzig Jahre nicht mehr dort gewesen war. Alles wie früher. Nichts hat sich verändert. Im Programm war *Silvesterabend mit Gerolamo Sereno.* Immer noch gemäß der Tradition: Weihnachtsstücke mit Schneelandschaft im Winter; gegen Ostern leichte Aufheiterung des Repertoires.

Als ich eintrat – das Stück hatte bereits begonnen – empfing mich der zornige Ausruf einer Adelsperson: »Elender«, schrie sie, »der König weiß alles!«

Ich sah mich um: Das Publikum bestand vorwiegend aus Kindern, Müttern und Tanten. Doch fehlten nicht die grauen Köpfe, die aus verblichenen Mänteln ragten. Nach dem Abriß des Hauses, in dem ihr kleines Stammcafé mit seinen nebelig matten Wandspiegeln, den roten Plüschsofas und den marmornen Tischchen gewesen war, und wenn der Freund ihrer Kindertage zwar noch am Leben war, sich aber mißmutig und leidend ins Haus verkroch, dann kamen sie hierher, sie fanden sich hin und wieder hier ein zum Erinnern und zum Träumen.

Vielleicht vertrauten sie keinem das Geheimnis an, vielleicht wagten sie gar nicht zu gestehen, daß ihnen Monsù Gerolamo weit lieber als Miss Garbo war ... sie duckten sich und machten sich klein in der Hoffnung, nicht gesehen zu werden ... und um eine Haltung zu affichieren, die mit meinem Alter vereinbar ist, gebe auch ich vor, mehr am Zuschauerraum als an der Bühne interessiert zu sein.

Vor mir steht ein kleines Mädchen, um besser zu sehen, auf seinem Sitz und hält sich mit den Ärmchen links und rechts an Mama und Tante fest.

Gerolamo tauscht eben seinen Mantel gegen das Kostüm Seiner Hoheit des Prinzen von Sachsen, der sich zum Jahreswechsel verkleidet hat, und Seine Hoheit überreicht ihm einen Beutel Gulden mit den Worten:

»Das Spiel beginnt, ich wünsch' dir viel Glück!«
»Schönen Dank, Monsù, jetzt setz' ich mich an ein' Cacaotisch!«
Cacao! Schallendes Gelächter! An einen Cacaotisch! Wäre da nicht dieses helle, aufzuckende Lachen, ich schlummerte fast schon friedlich ein, doch werde ich wach und sehe, wie Gerolamo als falscher Prinz am Hof S.H. die Kastanien aus dem Feuer holt, während dieser als Nachtwächter auf Dresdens Straßen Unheil stiftet. Die alte Klamotte ist durch keine Modernität entstellt, wir sind noch immer beim guten, treuen Volk, das seinen Königen willfährt, und die vergnügen sich.
Dann fällt der Vorhang, und aus dem Loch unter der Bühne, aus dem vor vierzig Jahren die Musiker krochen, steigen noch immer zwei Geiger, ein Trompeter und ein Pianist. Wer mag die zweite Geige sein? Er macht den Eindruck eines eingefleischten Junggesellen, der zusammen mit einer ältlichen Cousine drei kleine Zimmer bewohnt... warum nicht hier um die Ecke, in der Via Passerella. Er erinnert mich an den Scior Nuzi aus der Kanzlei Candianis. Seit wievielen Jahren bekritzelte der Scior Nuzi sein Stempelpapier? Nicht einmal mittags verließ er die Kanzlei. Er öffnete die Türen eines Schranks, in dem sich eine Waschschüssel und ein daneben hängendes Handtuch verbargen. Darin bewahrte er auch sein Essen auf, das er von zu Hause mitbrachte. Auf der einen Seite die Seife, auf der anderen das belegte Brötchen. Er aß im Stehen, schweigend, den Kopf beinahe im Schrank versteckt, dann trank er einen Schluck Wasser, wischte sich mit dem Handtuch den Mund, schloß die Türen und machte sich wieder an die Arbeit. Ohne daß der Notar es wissen mußte, hätte Scior Nuzi der Musik frönen, sogar eine Geige besitzen und abends im Orchester des Gerolamo spielen können.
Rechts von mir sitzt ein sehr korrekter Herr in reiferen Jahren mit einem kleinen, blonden Kerlchen, das ihm keine Ruhe läßt: »Onkel, ich will Bonbons!«... und der Onkel kauft sie ihm... »Onkel, ich will das lesen!«... und der Onkel läßt ihm ein Programm geben... »Onkel, wer war der schwarze Mann mit dem

Bart? War das der Eifersüchtige?«... und der Onkel erklärt ihm wieder und wieder das Stück... Ich verstehe, es kann ja gar nicht anders sein: Der kleine Blondkopf ist das Söhnchen einer jüngeren, aber schon sehr viel jüngeren Schwester, die er immer als Tochter betrachtet und behütet hatte; jetzt vor kurzem hat sie geheiratet, und um das junge Ehepaar zu entlasten, halst sich der alte Onkel den kleinen Neffen auf, der ihn ins Kino und ins Gerolamo zwingt. Es genügt ihm nicht, ihn neben sich zu sehen, er hält ein Händchen in den seinen, weil er selbst keine Kinder hat.

Im Saal wird es dunkel, der Vorhang hebt sich. Aus der Hinterbühne steigt der dumpfe Modergeruch geschlossener, feuchter Räume. Es riecht wie in den alten Schränken einer Sakristei, in Abstellräumen, nach faulen Brettern. Wenn ich mich konzentriere, sehe ich die finstere Gesellschaft der Marionetten, wie sie der Reihe nach auf ihren Haken hängen, mit baumelnden Köpfen: scharenweise Gehängte.

Es macht mir Spaß, mit geschlossenen Augen der Vorstellung beizuwohnen. Ich mache es wie mein Vater, der die Lider gesenkt hielt, um nicht immer dieselben Dinge, dieselben Leute zu sehen. Und meine Mutter fragte ihn: »Senio, was machst du, bist du eingeschlafen?«

Und er antwortete: »Nein, ich denk'.«

Auch ich denke, ich erinnere mich an vergangene Abende in diesem Saal, die heute weit zurückliegen. Als in Mailand erstmals auf den größeren Boulevards erhöhte Gehsteige eingeführt wurden, konnte man im Gerolamo sofort drei alte Weiblein sehen, die beim Kirchgang über den Gehsteig stolperten, und wenn eine fiel, fiel auch die nächste, und alle lagen auf der Nase. Die Kinder prusteten los.

Die kleinen Zuschauer ließen sich ihr Vergnügen um keinen Preis entgehen: und so erklärt es sich, daß das Personal im Winkel der Logen verdächtige, feuchte Flecke entdeckte. Die damaligen Kinder waren bekanntlich kapriziös, und um Geschrei zu vermeiden,

machten die allzu nachgiebigen Mütter kurzen Prozeß und sagten: »Stell dich halt dort hin... piss in die Ecke...«
Dieses gemischte Düftchen aus Ammoniak und Orangen, das mich als Kind im Gefäß des Gerolamo umfing, ist verschwunden, aber das Publikum lacht noch über dieselben Witze, und die Bühne hat sich so wenig verändert, daß es dir hier im Sessel geradezu unwirklich erscheint, daß draußen die Ala Littoria den Himmel mit ihren Flugzeugen durchpflügen soll.
Die Welt hat sich nur für den verändert, der das Leben der Masse teilt, doch Kinder und alte Leute befinden sich in Randzonen, wo die Zeit stillsteht. Gewiß, da ich kein anderes Theater als dieses kannte, konnte ich in meiner Kindheit nicht begreifen, als ich ins Manzoni zum *Maskenball* mitgenommen wurde, daß die Sänger echte Frauen und Männer waren, und fragte: »Was sagt diese Marionette?« Heute bezweifle ich jedoch, ob die Verwechslung eines Menschen mit einer Marionette tatsächlich ein Fehler ist.
Unterdessen ist die Vorstellung zu Ende gegangen; die Lichter des Theaters erlöschen, ohne abzuwarten, bis die Leute aufstehen und gehen, und auch die Kinder verlöschen wie kleine Lichter, sie schmiegen sich in den Arm von Müttern und Tanten und schlafen ein.
Auf dem Platz begegne ich Cesare Beccaria auf seinem Sockel. Dem Justizpalast kehrt er den Rücken und wendet sich dem Marionettentheater zu. Der marmorne Signor Cesare fragt mich: Hast du dich amüsiert? Ich nicht, ich amüsiere mich nicht.
Als ich das Gymnasium auf der Piazza Sant'Alessandro besuchte, stand auf halber Höhe der Treppe zu den Klassenräumen eine Büste Beccarias, und ich weiß noch, daß die Jungen von ihm sagten: Wär' der lebendig, der kriegte was ab [beccaria]!
Aber sie meinten es im Scherz.

Er kam gewöhnlich im Kauderwelsch der wagnerschen Opernlibretti aus der rot-weißen Edition. Doch diesmal ist er sogar auf deutsch gekommen, und zwischen den Alternativen, wenig von dem zu verstehen, was auf der Bühne gesagt wird, oder überhaupt nichts zu verstehen, ist dann kein gar so großer Unterschied. Über den Häuptern der treuesten Anhänger von damals hat es viel geschneit, und heute, da ihr Idol auf dem Sockel weltweiter Anerkennung thront, dürfen sie wohl in bürgerlich zufriedener Gelassenheit am Buffet die kühlen Orangeaden schlürfen; vor dreißig Jahren jedoch, da lieferten sie Schlachten mit zerzausten Mähnen, im demokratischen Jackett!

Ich weiß noch, wie ich meinen widerstrebenden Vater mit mir auf die Galerie schleppte. Zuvor, und zwar schon tagsüber, hatte ich ihm das Libretto zum Lesen in die Hand gedrückt.

Beim zufälligen Aufschlagen hatte er es schlecht getroffen:

Bin ich's? Bist du's?
Bist du's? Bin ich's?

. . . .

Du Isolde
Tristan du
Tristan ich
Ich Isolde…

»So ein Unsinn!«, rief er, »ich bin du… und du bist ich… was soll denn das heißen? Und hier erst… lies das!«

…Die Nacht für dich,
das Licht für mich…

Er las nicht weiter, schlug das Libretto zu und gab es mir dankend zurück.

Abends dann das große Fiasko: Er begriff nicht, wie die Musik deskriptive Funktionen übernehmen könnte. Erinnert ihr euch an die Stelle, wo Isolde zu Beginn des zweiten Aktes singt:

Die Leuchte…
Zu löschen zag ich nicht…

Und tatsächlich löscht sie die Fackel am Boden und winkt dann mit dem Tüchlein Tristan herbei.

Im Hause Bertoglio waren alle Musiker, von der ältesten Schwester angefangen, die Trompete spielte, die Geschwisterskala hinunter mit Oboe, Violoncello und Klavier bis zum Notar, der ebenfalls ein großer Musikliebhaber, doch für das Neue nicht gerüstet war. Wenn er mit »diesem Wagner« anfing, setzte er eine Leidensmiene auf und jammerte während der Zeitungslektüre leise vor sich hin. Und die anderen bemühten sich, ihm die Motive zu erklären: den Liebestrank, das Schwert, den Helm…

»Was? Auch noch die Hüt'?…«

Er konnte das alles nicht ausstehen.

Die Nibelungen waren für ihn »ein einziger Blechhaufen«, der Einzug der Gralsritter im ersten Akt von *Parsifal* »ein Begräbnis erster Klasse« und der Liebesrausch (oder so etwas Ähnliches) in den *Meistersingern* schrumpfte zum »Gequietsche einer Tür, die ins Schloß fällt«… Sie hätten gern Melodien wie früher zu hören bekommen: »Da meint man immer, jetzt singen sie, aber dann ist's schon wieder vorbei…« Und sie erzählten von damals, als nach einer Premiere die Straßen der Stadt von den Arien der erfolgreichen Oper widerhallten:

Steig, Gedanke, auf goldenen Schwingen…

Davon angesteckt sangen sie auch diejenigen, die nie im Theater gewesen waren: der Wäscher auf seinem Karren, der Bäckerjunge, die kleine Näherin…

Ich habe festgestellt, als ich auf der Bühne der Aufführung beiwohnte, daß die perspektivische Verzerrung nicht nur für den Prospekt, die Kulissen und Szenerien gilt, sondern auch für die Darstellung in der Oper. Vom Zuschauerraum gesehen, aus einiger Entfernung, scheint alles zu stimmen, aber aus der Nähe wirkt es aufgebläht und übertrieben. Tristan schlingt seine Arme um Isolde,

als wollte er einen Baum umarmen. Die Gefühle erscheinen im Vortrag von Rezitativ und Arie übersteigert und schwülstig ... Liebe, Haß, Freude, Schmerz, alles in dritter Potenz. König Marke steht vor seinem Auftritt neben mir, er wartet auf seinen Einsatz. Wie erbärmlich fühle ich mich in meinem braven Abendanzug neben ihm, der mit Vollbart und festlichem Überwurf ausgestattet ist! Da stecke ich in meinen glänzend schwarzen Schuhen, als wären es zwei Käfer; ich, ein unbedeutender Advokat von 1939, und er, der König! Der Sagenkönig, der vom Getreuen Tristan auf ewig verratene König! Ich bin es, der vergeht und stirbt, er ist der zeitlos Ewige. Verstohlen sehe ich ihn nochmals an, den Großen König. Was für ein Kerl! Geht er etwa auf Stelzen? Nein, er ist tatsächlich so groß! Jetzt macht er sich bereit ... ein Schritt, schon ist er draußen ... wenn die Sänger bei ihrem Auftritt geradezu auf die Bühne stürzen, erinnern sie mich an Badende, die sich dem Meer entgegenwerfen; die Wellen des Orchesters branden heran, umspülen sie, und sie tauchen hinein und schwimmen in dieser Klangflut. Zehn Schritt weit sind sie von mir entfernt, und doch wie fern erscheinen sie! ... Wie unwirklich! ... Irlands Kind Isolde – blondes Haar und hellblaue Schleier – rauscht an mir vorüber. Wie wollte man sie ansprechen, ihr eine beliebige Frage stellen? Zum Beispiel diese: Wie geht's dem Herrn Gemahl? Und gefällt Ihnen Mailand? – Mein Gefühl sagt mir, daß es unmöglich ist; man müßte, wenn schon, in Librettoversen sprechen.
Wenn der Vorhang fällt, bricht ein Höllenspektakel los! Die Szenenwechsel vollziehen sich in zwei Phasen. In der ersten geht alles hoch, weicht zurück, versinkt, bis sich vor euren Augen ein Raum eröffnet, der unermeßlich scheint, so weit und hoch und leer ist er. Dann beginnt die zweite Phase. Auf eine kurzlebige Wirklichkeit folgt eine neue, die um nichts beständiger ist. Ich denke an Ihn, der mit den Welten spielt und sich bisweilen darin gefällt, in seiner unergründlichen Weisheit wie hier tabula rasa zu machen!
Ein Mann in Arbeitskluft steht jetzt auf der Bühne, er schaut nach oben und leitet den Aufbau der neuen Szenerie. Der Wald ist schon

da, er schreit: »Die Sterne! Lass' die Sterne herunter!« Stillschweigend gehorcht ihm der liebe Gott in der Höhe, und die Sterne schweben auf nachtblauem Schleier herab. Woraus sind sie gemacht? Das würde ich gerne fragen, aber ich traue mich nicht, und ich weiß auch nicht, an wen ich mich wenden sollte. Alle sind in Anspruch genommen. Nur einer steht untätig herum, das ist der Feuerwehrmann vom Dienst. Sind sie vielleicht – so frage ich mich – so ähnlich wie die Rückstrahler am Fahrrad? Und wenn nun auch die anderen, ich meine die echten, nichts als Glassplitter wären?

Die Bühnenbretter sind wie Schiffsplanken. Du spürst darunter das unbeständige Element und sehnst dich endlich wieder nach Land, nach festem Boden unter den Füßen.

Nach langem entschließe ich mich, wieder ins Theater zu gehen. Ich steige hoch zur zweiten Galerie – vulgo Olymp – finde wieder den Winkel, der mich dreißig Jahre zuvor beherbergt hatte, und beziehe Stellung. In diese Bucht dringt die Flut der Töne, um auszuruhen, wie das Wasser unter den dunklen Gewölben der Docks. Ich stehe dort mit dem Gesicht zur Wand, als wäre ich ein bestraftes Kind. Doch die Hirtenweise, das Lied der Einsamkeit, beschert mir die Vision von öden Meeren am Rande der bewohnten Welt, von tiefgrünen Ozeanen und frostklarem Himmel und weiß schimmernden Eisbergen am Horizont.

Wie Tristan frage ich mich:

Die alte Weise
Was weckt sie mich?
Wo bin ich?

Wünsche und Hoffnungen jener fernen Zeiten bestürmen, bedrängen mich ... und Kurwenal blickt umsonst übers Meer:

Noch ist kein Schiff zu sehn! ...

Der dritte Akt des wagnerschen Poems verdüstert sich allmählich wie das Leben des Menschen, wenn seine Jahre schwinden. Doch im Dunkel der Nacht, das sich über die Klippe gesenkt hat, wo Tristan gestorben ist, entflammt ein Licht und lodert auf: es ist Isoldes überirdischer Gesang, der hoch sich hebt und auf sich schwinget ... als Hymne der endgültigen Befreiung; und lauschend siehst du ohne Trauer die durchaus schönen Dinge dieser Welt entschwinden, du spürst die Ruhe und sonnst dich im Frieden, der nach dem Tod das Sein gewiß durchfluten wird, wenn du vor deiner fremd gewordenen sterblichen Hülle sagen wirst: Auch das ist nun vorüber!

Via Fatebenefratelli mit San Marco, 1929

»Mailand liegt am Meer«: Via Santa Sofia

Drei Taufscheine

Um sie, nämlich unsere drei Taufscheine, ausfindig zu machen, laufe ich in die drei Kirchen, wo mein Vater, meine Mutter und ich getauft wurden.
Die Familie meines Vaters wohnte in San Paolo, innerhalb der Pfarrgrenzen von San Fedele, und das fünfzig Jahre lang. Man kann nicht behaupten, sie wären viel herumgekommen. Ich betrete San Fedele hinten herum durch die Kapelle, die an ihrer Apsis hängt wie ein Grützbeutel. Die Muttergottes, die hier verehrt wird, muß die nachsichtigste der Stadt sein, wenn es stimmt, daß die Tänzerinnen der Scala sie zu ihrer Schirmherrin und Vertrauten erkoren haben ... doch immerhin ... (unerforschliches Geheimnis des individuellen Urteils!) kann ein Fehltritt, der für die Signorina vom ersten Stock eine Todsünde ist, für die Tochter des Portiers zu einer Lappalie zusammenschrumpfen.
Kaum im Innern, bin ich enttäuscht; niemand ist am Altar. Und die schönen Büßerinnen? Aber ein Altar bedarf der Gläubigen nicht, um Gebete zu horten, er betet für sich allein, er ist selbst ein sichtbares Gebet.
Ich stelle mir die ergebenen und rückhaltlos vertrauenden Bekenntnisse der lieben Sünderinnen an diesem Altargitter vor und die Muttergottes, wie sie Verständnis und Mitleid zeigt und manchmal sogar die Gnade einer reichen und adeligen Ehe gewährt, durch weibliche List von langer Hand bereitet. »Die Ballettdamen der Scala, die lombardische Adelige ehelichten«, behauptete ein Mailandkundiger, »schafften immer den Sprung, und trotz ihrer niederen Herkunft waren sie allesamt vornehme Damen.« Ob auch dies – so frage ich mich – auf die Gnade der Muttergottes zurückzuführen ist?
In einer Kirche ist es eigentlich gar nicht so einfach, die Tür zur Sakristei zu finden. Entlang der Wände suche ich danach, gehe von Altar zu Altar und von Beichtstuhl zu Beichtstuhl. Dann entdecke

ich den schwarzen Schal der Pfarrschwester und ... »Entschuldigen Sie ...«, frage ich, »die Tür zur Sakristei, wo ist denn die?«
»Die Tür? ... da drüben ist sie, die Tür zur Sakristei«, und sie zeigt mit dünnem Finger hin, »Gehen Sie den Flur ganz nach hinten, und läuten Sie die Glocke, dann warten Sie, bis jemand kommt, und passen Sie auf die Stufe auf!«
Es ist kein Flur, sondern ein dunkler Schlauch, ein langer, hoher Tunnel. Ich finde den Klingelknopf, läute. Nichts rührt sich, doch nach einiger Zeit wird in einem Raum jenseits der Glastür Licht gemacht: »Gestatten?! ...« Noch immer nichts. Ich begutachte die breiten, massigen Möbel, wie sie Sakristeien eigen sind, und klopfe mit den Fingerknöcheln prüfend gegen das Holz (»Nuß!«, sage ich) und merke – ganz plötzlich – daß ich nicht allein bin ... tatsächlich: »Sie wünschen? ...«
Die Taufurkunde des Kindes Senio Francesco Carlo, Sohn des Delio Tessa und der Livia Milesi, geht aus einem dicken Wälzer hervor, der wie der Kataster in Pergament gebunden ist ... der Kataster der Seelen – denke ich – der Seelen, die Form gewannen für kurze Zeit, und jetzt ...
Ich lese noch einmal die Abschrift der Taufurkunde auf einem halbformatigen Vordruck, und die Wendung »Senio Tessa, Sohn des Delio« stürzt mich in Verwirrung, als wäre mein Vater nicht mehr mein Vater, sondern mein Sohn ... ich falte das Blatt, stecke es in die Tasche und ... »Wieviel schulde ich Ihnen?«, frage ich.
Der Priester neigt den Kopf, breitet leicht die Arme aus wie zum *ite missa est* und ...
»Nichts«, antwortet er, »wenn Sie wollen, eine kleine Spende ...«
In der Kirche stecke ich dann eine Münze in den Opferstock an einem Altar, und deren Aufprall verursacht in der Stille großen Lärm, der den gesamten Kirchenraum erfüllt ...

Meine Mutter hat gewisse Mühe, sich in Erinnerung zu rufen, wo sie getauft wurde. Sie denkt bei Tisch darüber nach, sie denkt im Bett darüber nach, und tatsächlich fällt es ihr im Bett plötzlich ein.

Wie im Traum höre ich sie sagen:
»In der Casa Castiglioni!«
Sie wurde also im Haus der Castiglioni geboren.
»Und wie hast du dich daran erinnert?«, frage ich am nächsten Morgen.
»Wegen der Schuhe der armen Angelina.« Und sie erzählt mir, daß der Schuster für meine Tante Angelina, die damals fünf Jahre alt war, ein Paar neue Schuhe geliefert hatte, und sie hatte diese sofort in den Naviglio geworfen: »Das heißt«, folgert sie, »wir haben damals an der Brücke gewohnt, an der Brücke der Porta Venezia.«
In San Babila (dem für die Casa Castiglioni zuständigen Kirchensprengel) erscheine ich zu einem nicht besonders günstigen Zeitpunkt. Die Priester haben wegen einer Taufe zu tun. Ich sehe, daß die Silberteller bereitstehen, in drei übereinander getürmten Stößen. Die größeren in der Mitte, die kleineren darüber und darunter, und ich schließe daraus, daß es sich um eine der sogenannten mittelgroßen Taufen handeln muß.
Das Kind beklagt sich nicht über das kalte Wasser, es protestiert jedoch gegen die Prise Salz. Sein klägliches Jammern dauert an... bedrückend lang. Unerträglich. Wann hört es endlich auf? Das Jammern des Neugeborenen vermittelt weniger den Eindruck des Leids als der Verwirrung, ihm fehlt Rhythmus und Ton, es steht am einen Ende der menschlichen Ausdrucksskala, wie das Röcheln des Sterbenden am anderen. Beide gehören einer neutralen Zone an, und mit ihnen scheint etwas zu zerreißen; qualvoll entringt das Kleinkind sein junges Leben jener unbekannten Welt, aus der es scheidet, mühselig lockert der Sterbende dann seine Wurzeln im Boden...
Da überfällt mich eine lebendige, doch weit zurückliegende Erinnerung. Es ist ein Julimorgen in Pavia. Verlassen liegen die Straßen in jenen frühen Stunden des Tags. Die Skripten für Volkswirtschaft im Kopf, irre ich bis zur Prüfung durch die Straßen... Corso Vittorio Emanuele... Via Mazzini... Corso Cairoli... Universität, Kirchen, Krankenhaus... Im Krankenhaus stehen die Fenster offen.

Die reine Morgenluft soll ungehindert in die Säle dringen, wo die nächtliche Schwüle lastet! Aus einem jener Fenster entflieht zusammen mit dem Muff der dicken Luft ein blindes, heiseres Röcheln auf der Suche nach Licht... es entflieht und steigt hoch... verliert sich. Ich halte lauschend inne. Es sagt etwas, das Röcheln, es spricht... zu wem? Mir scheint, es spricht zum golddurchwobenen Morgenhimmel... und seine Worte sind... *Ich komme gleich, noch muß ich Lasten aus dem Keller tragen, doch sind es wenige, die allerletzten, und dann komme ich ... da bin ich schon ...*

Es dauert aber an, währt fort wie dieses Jammern, das sich nicht stillen läßt.

Die Taufzeremonie nimmt ein überstürztes Ende. Etliche gehen in die Sakristei, und andere mit dem Kind; schnell, schnell, damit es sich beruhigt, damit es nicht mehr weint, so streben sie dem Ausgang zu. Ein letztes Jammern, ein letztes, fernes Klagen schwingt hell über dem dunklen Rauschen der Stadt ... und dann die Kirche, allein ... stumm.

Sant' Alessandro! Meine Pfarre!

Meine Wege zwischen Wohnung, Schule und Kanzlei führten mich vierzig Jahre lang im Kreis um sie herum! Jetzt setze ich mich in die Kirchenbank, um nachzusinnen. Dunkle Reviere und lichte Kegel unter den elektrischen Lampen an den Wänden. Von der Kanzel herab höre ich wieder die Ermahnung Pater Gazzolas, des Vorstehers der Beginen. *Und jetzt, da ihr elektrisches Licht habt, möcht' ich schon bitten, daß ihr mir nicht die Bänke mit euren Kerzenstummeln verbrennt!*

Leere Beichtstühle, verlassene Altäre. Keine Menschenseele. Ich höre nicht Gaitans Pantoffeln durch die Kirche schlurfen, um nach dem Rosenkranz die Frauen an die Luft zu setzen: *Auf, auf, gehen wir!* Ist Gaitan nicht mehr hier? Ist er tot? Oder in Pension? Natalin, den Schneider und Pförtner der Patres, finde ich jedoch an seinem alten Platz, und Natalin blickt mich – wie alle Schneider – über den Brillenrand hinweg an. Er erkennt mich wieder und...

»Ihren Taufschein? ... Ja, ja ... Kommen Sie, kommen Sie nur, ich hole Pater Castelli ...«

Es stellt sich heraus, daß ich am Tag meiner Geburt getauft wurde. Ich weiß, Großmutter Livia wollte mich vor der Taufe fast nicht sehen; sie schüttelte den Kopf, und bemitleidete mich in ihrem Cremasker Dialekt: »Armes Kleines ...« sagte sie. »Oh, armes Kleines!« Was war ich für sie in dem Moment? Ein Tierchen, nichts weiter. Aber als ich von der Kirche heimgebracht wurde, erwartete mich die Großmutter am oberen Ende der Treppe ...

Da gibt es einen Heiligen in den ersten Wochen dieser vierzig Tage, den nicht alle Kalender aufführen, mit Namen San Giovanni di Dio. Die Mailänder haben ihn umbenannt in *San Giovann muda-vizi* [der das Lotterleben wandelt], eben weil man in der Fastenzeit seine Lebensweise ändern, die Vergnügungen lassen und Buße tun soll. Vorsichtshalber sprechen die Mailänder nur vom Wandel des Lotterlebens und nicht vom Abschwören. Jedenfalls folgt darauf Ostern, ein Fest, das früh oder spät fällt, je nach Stand des Monds. Vor dem Krieg gab es Ketzer, die über jenen beweglichen Feiertag scherzten und bezüglich seiner Einhaltung oder Umgehung meinten: *Fällt er spät, sind wir längst dahin, fällt er früh, lassen wir uns Zeit*, und damit verblieb ihr Osterschuldschein im Silberbecken des Propstes.

Ich weiß nicht warum, aber der Gedanke an die Fastenzeit ist in meiner Erinnerung an die Bognatti-Boselli-Schule geknüpft, an ihre Lehrer, ihre Schüler, ihre Klassen, und mitten drin Delio Tessa, Schüler der zweiten Gymnasialklasse. Vielleicht ist der säkularisierte Sakristeigeruch schuld, der durch das Haus an der Via Bossi wehte, und daß drei von sieben Lehrern Priester waren, und die Laien päpstlicher als der Papst.

In Italienisch hatte ich Professor Attilio De Marchi, den Bruder des großen Emilio, einen langen Menschen mit leicht gebogenem Hals und seitlich herabhängenden Armen; in der rechten Hand trug er immer ein Buch, das sehr schwer zu sein schien, weil die eine Schulter höher war als die andere.

Professor Quintavalle für Mathematik (der Schwätzer, wie wir ihn nannten) sprach nie die Doppelkonsonanten aus, und wißt ihr, was sein häufigster Satz war: »Wenn Sie nicht lernen, werden Sie durchfallen...« Er hatte seinen Unterricht in einem schwarzen Notizbuch aufgezeichnet, das voller Zettel und Löschblätter steckte. Er schlug es auf und trug daraus seine Erklärungen vor.

Professor Mariani für Latein und Griechisch vereinfachte nicht die Doppelkonsonanten, sondern hängte an jedes zweite Wort ein *ah*. Er sagte: »Und-ah … daß-ah … nicht-ah …«; Kyros (der von der *Anabasis*) wurde bei ihm zu *Ciruss-ah …*, mit deutlichem Anklang an *scirossa*, was im Mailändischen ein Ziegelboden ist. Ein lieber, armer Kerl! Ein Idealist! Sein Vorschlag, den er eifrig verfocht, war, Kriege ganz abzuschaffen oder zumindest auf einen Einzelkampf zwischen je einem Krieger aus jedem Land zu beschränken.

An einem Faschingsmittwoch ließ mich der Schulleiter zu einer Standpauke in die Direktion rufen und … (ich höre noch seine Worte): »Ich weiß ja, in diesen Tagen kommt kaum etwas zustande«, sagte er, »aber ab Montag …«

Am Montag war dann aber Markt an der Porta Genova; den liebte ich heiß, von den schrillen Pfiffen der Karussells einmal abgesehen, die mir ganz schön auf die Nerven gingen.

Der Jahrmarkt zog sich immer für wenigstens eine Woche nach Ende des Karnevals hin. Oft regnete es, und meine Mutter bedauerte »die armen Marktfahrer«, wenn sie hinauf zum grau verhangenen Himmel und über die glänzenden Dächer der Via del Fieno sah. Die Stadtgemeinde entschädigte sie, so gut sie konnte, indem sie ihnen eine weitere Woche schenkte, und womöglich war auch die verregnet.

Alle Zeiten kennen besondere Vergnügungen, und die Fastenzeit kennt die ihren; habt ihr die Predigten vergessen? Mir für mein Teil hat es in der Kirche immer gefallen. Ich saß dort, ohne zu beten, und Wohlgefühl durchströmte mich ganz. Die Welt der Schule, Hausaufgaben, Lehrer und Nachhilfestunden war draußen geblieben, hier war ich vor ihnen sicher. Wer hätte mich stören dürfen? Ich war in der Kirche! Ich versenkte mich in die Betrachtung des Sterns der drei Weisen zu Weihnachten, der dicken Kerze, die zu Ostern rechts vom Altar brannte, des Muttergottesbildes, das im Mai elektrisch beleuchtet war, und ich fühlte mich ruhig und ohne Sünde.

In der Pfarre Sant'Alessandro suchte Pater Gazzola, der Propst, seine Fastenprediger unter den besten aus, fast hätte ich gesagt: die der Markt zu bieten hatte. Er ließ sie nicht aus dem Auge. Er setzte sich in einen Beichtstuhl gegenüber der Kanzel und verfolgte die Predigten Wort für Wort. Sie mußten mit dem Evangelium übereinstimmen, durften kein Haarbreit vom Evangelium abweichen, und sie mußten auch knapp sein, kürzer als eine Stunde. Ich erinnere mich an einen Fall, als Pater Semeria, vom Feuer der eigenen Rede mitgerissen, kein Ende finden wollte... und da erhob sich der Propst und kam aus seinem Beichtstuhl. Der Prediger verstand den Wink, fand einen schönen Schluß, breitete die Arme aus und seufzte: »Ich hätte euch noch viel zu sagen, meine Lieben, aber... der würdige Vater... der würdige Vater.«
Die Stunden, die ich in Sant'Alessandro verbrachte, unserer schönen, warmen, behaglichen Kirche... an Mamas Seite im Kreis vieler anderer Leute, die eng gedrängt saßen... und alle zur Kanzel hoch blickten, wie zur Atzung, gehören zu den beschaulichsten Erinnerungen meines Lebens.
Schutz vor der oft feindlich gesinnten Außenwelt! Die Kirche gewährt uns Schutz! Oh, wie verstehe ich die Beginen! Sie werden verächtlich Betschwestern genannt, doch sie haben recht. Alles gibt uns die Kirche. Ruhe, Harmonie und sogar Unterhaltung. Sie bietet uns schöne Gemälde, schöne Musik, geistreiche Vorträge und ein prächtiges Schauspiel: eine gesungene Feiertagsmesse, ein Pontifikalamt ist vielleicht keine Augenweide? Dann gibt es das Sprichwort:

Wer sich an den Kirchturm klammert,
hat an Brot und Wein nicht Mangel

und zu guter Letzt ist da noch die Seele, die errettet wird.
Ich weiß nicht, was mit der meinen geschehen wird, nach all den Gedichten, die ich geschrieben habe, und denen, die ich vortrage, aber da ich nun in dem Alter bin, von dem es heißt:

Den Körper geißelt man
und bringt die Seele ins reine

kehre ich in Gedanken, und nicht nur in Gedanken, zu den reinen Idealen der frühen Kindheit zurück, und an der Hand meiner Mutter finde ich wie im Traum und durchschreite ich wieder den kurzen Weg, der unser Heim in der Via Olmetto von jenem anderen, größeren Heim trennte, in dem wir so oft Aufnahme und süßen Trost gefunden haben.

Auf dem Durin

So sagen die Leute, und ich kann euch nicht erklären, warum: *Ich bin auf dem Durin gewesen, ich gehe in die Boss... ich komme an Santa Babila vorbei*..., alles seltsame und überdies fehlerhafte Mailänder Wendungen, die korrekt lauten würden: ich bin in der Via Durini gewesen, ich gehe in die Via Bossi, ich komme an San Babila vorbei...

Auf dem Durin in der Nähe der Kirche bin ich, mit wenigen Unterbrechungen, ungefähr zehn Jahre lang, von '11 bis '20, als Referendar bei einem Rechtsanwalt gewesen, der heute endlich einen seiner alten Träume wahr gemacht und sich aufs Land zurückgezogen hat, um auf einem kleinen Grundstück in der Nähe der Schweizer Grenze seine eigenen Kartoffeln zu züchten.

In jener Zeit war er ein stattlicher Mann mit Schnauzbart, der ständig auf den Ämtern zu tun hatte, ein wunderlicher, energischer und vergeßlicher Mensch. Zuerst war er in der Nummer 18 eingemietet, dem Haus direkt neben der Kirche der Kamillianer. Manchmal, wenn er vom Gericht zurückkam, geschah es, daß ihn seine Beine aus alter Gewohnheit zu jenem Tor hinein trugen... dann stand er im Hof, sah sich verblüfft um, machte eine unbestimmte, ärgerliche Geste und ging wieder.

Ins Vorzimmer... bum!... kam er wie Blitz und Donner hereingestürmt und fuhr die Angestellte an: »Sie!!...«, doch während es noch Beschimpfungen und Beschwerden hagelte, durchzuckte ihn oft eine Idee, eine vage Idee, die nicht Gestalt annehmen wollte, und er stockte...»Äh...«, sagte er und begab sich nach drüben... Sein Bureau war ein wüstes Durcheinander aus Papieren, losen Akten, angefangenen Briefen: »Wo ist er?... Wo ist er?«, brüllte er, »eben war er noch da, und jetzt ist er fort!« Es dauerte eine halbe Stunde, bis man begriff, was er suchte.

Während eines Konkursverfahrens legte er vor den versammelten Gläubigern die Gründe der Zerrüttung und die geringen Aus-

sichten dar, und jene Unglückseligen hingen an seinen Lippen. Er stand vor ihnen, unterstrich mit den Händen seine Worte und ließ den Blick in die Runde und aus dem Fenster schweifen, fast als wollte er Inspiration finden bei den Häusern gegenüber, aber plötzlich... da... »Ah...«, ruft er, »so ein Riß!«... und dann steht er mit verdrehten Augen in die Betrachtung der Decke versunken... was hatte er gesehen? Einen breiten Riß im Deckenverputz!
Erschreckt vergessen die Gläubiger den Ermittlungsbericht, und auch sie schauen hoch, als drohe ihnen der Mäusetod in der Falle!
So war er; jede Kleinigkeit lenkte ihn ab und ließ ihn den Faden verlieren... sein Gedächtnis erst...
Einmal hatte er im Auftrag eines Klienten jemandem einen Brief geschrieben mit der Aufforderung, ihn aufzusuchen: Wegen dringender Mitteilungen, die ihn beträfen.
Derjenige erscheint, läßt sich ankündigen, wird hereingebeten und...
»Guten Tag, Herr Rechtsanwalt.«
Der Rechtsanwalt lächelt: ob der wohl ein Klient ist? denkt er.
»Guten Tag!«
»Ich bin Carlo Righini.«
»Angenehm, nehmen Sie Platz, Sie wünschen?«
»Ich? Gar nichts! Sie haben mich bestellt!«
»Ich?«
»Jawohl, Sie! Ich habe den Brief dabei.«
»»Meinen Brief?«
»Genau, hier ist er.«
Herr Righini holt ihn heraus und zeigt ihn vor. Der Rechtsanwalt liest: »...Ich bitte Sie, mich wegen dringender Mitteilungen, die Sie betreffen, aufzusuchen...«
»Tatsächlich!... Verflixt!...«
»Was denn nun?«
»Tja...«
Kurz und gut, er konnte sich nicht mehr erinnern, was er ihm mitzuteilen hatte!

Herr Righini steckt seinen Brief ein und kommt zu dem Schluß: »Na dann schreiben Sie mir wieder, wenn es Ihnen einfällt.«
Und geht.
Die Angestellte findet ihren Vorgesetzten unbewegt am Schreibtisch mit ins Leere gerichtetem Blick ... sie versteht sofort und setzt ihn ins Bild: »Ja erinnern Sie sich nicht? ... Es war wegen des Vertrags ...«
»Ach ... ja! Laufen Sie ihm nach, holen Sie ihn zurück ...«
An den Tagen, an denen gestreikt, marschiert, rote Fahnen geschwenkt und demonstriert wurde, hielt es ihn nicht auf seinem Stuhl. Wenn er die *Verdammten dieser Erde* durch die Via Durini ziehen hörte, sprang er auf und stürzte hinaus. Mit der Portiersfrau und den Dienstmädchen zusammen stand er am Haustor und verfolgte murrend und finsteren Blicks die Demonstranten. Danach kehrte er zornig in die Kanzlei zurück.
Er war ein Erzkonservativer und sagte zur Angestellten: »Ja, ich mit meinem Naturell ...«, womit er darauf anspielen wollte, daß in solchen Umständen Vorsicht geboten war, da er mit seinem Naturell eine Torheit hätte begehen können.
Doch er beging sie nie. Seine letzten Jahre im Berufsleben verbrachte er in aller Stille in Gesellschaft zweier trinkfester alter Kollegen, die jeden Morgen vom Land in die Stadt kamen und sich mehr über Wein und die Getreidepreise unterhielten als über Rechtsfragen.

Doch in der Via Durini lebte er wie in einem Wirbel. Ich sehe wieder die Hausbewohner vor mir. Im Erdgeschoß wohnte eine Familie aus dem Mailänder Adel, sehr adelig und ebenso heruntergekommen. Abgesehen von den Indiskretionen des Kochs gegenüber den Portiersleuten, konnte man den mageren Speisezettel vom unterernährten Zustand der Hündin ablesen, die nur Haut und Knochen war, arme Diana! Zusätzlich zum Namen hatten sie ihr auch einen Familiennamen verpaßt: sie riefen sie *Diana Patiss ... Diana patisce*, Diana leidet ...

In der Via Durini, um die Jahrhundertwende

1930 wird der Naviglio an der Porta Venezia zugeschüttet.
Zeitgenössische Photographie

Die unverheirateten Töchter des Marchese, zwei Blondinen, sahen – leider! – die Jahre nutzlos verstreichen. Die ältere hatte einen besonders langen Hals... von dem erzählt wurde, er sei auf der Suche nach einem Ehemann so lang geworden; die jüngere, die immerhin nicht mehr so jung war, mußte ihre Mädchenzöpfe über den Rücken baumeln lassen, damit die Schwester nicht gar so alt erscheinen sollte. Sie benutzten das Telephon der Kanzlei, und zwar mit Vorliebe, wenn die Staatsanwälte da waren.

Das vom letzten Besitzer renovierte Gebäude aus dem achtzehnten Jahrhundert rief mir nebelhafte Visionen meiner Kindheit in Erinnerung. Damals wohnte hier, im Haus seiner Ahnen, ein Cousin meiner Mutter, ein sehr frommer Mensch, dessen Frömmigkeit argwöhnischer und formalistischer Natur war. Ich erinnere mich, nicht etwa an Teile vom Rosenkranz, nein, an lange Rosenkränze bei versammelter Dienerschaft, die auf den Stühlen längs der Wände kniete, und an das Öllämpchen in der Portiersloge und das stille Lichtchen, das immer vor der Muttergottes in der Einfahrt brannte. Im zweiten Stock wohnte noch eine mit uns befreundete Familie, die eine Metzgerei ersten Ranges an der Naviglio-Brücke im Verziere führte. Ein schönes Stück Rindfleisch war der Mittelpunkt und Gipfel jener großen Diners mit drei Fleischgerichten! Einmal schlief Giovannin, das jüngste der Kinder, plötzlich ein, als der Braten serviert wurde, und erwachte erst wieder bei der Torte; er hielt in der Runde Ausschau nach etwas, das nicht mehr da war, dann schlug er mit der Gabel auf den Teller und brüllte los: »Ich hab' kein Fleisch bekommen! Ich hab' kein Fleisch bekommen!« Eine der Töchter ging ins Kloster, die andere heiratete in der Via Durini; ihr Bruder, einer der ersten Ingenieure in Mailand, die sich mit Elektrizität befaßten, stellte eine ganze Reihe von Akkumulatoren im Hof auf und installierte zur Hochzeitsfeier der Schwester elektrisches Licht in der Wohnung.
Ich sehe noch Mutters Cousin Don Alberto vor mir mit seinem schwarzen Staatsrock und dem halbhohen Zylinder, wie er ratlos

den Wagen bestaunte, in dem die Kisten und all die vielen Drähte lagen, und höre ihn fragen: »Gehen wir auch sicher nicht in die Luft?«

Viele von ihnen sind jetzt schon tot ... Don Alberto, Signora Vittoria, Giovannin ... und andere, vom Trubel des Lebens erfaßt, leben in alle Winde zerstreut. Ein Haus, in dem du jahrelang aus und ein gegangen bist, stimmt dich melancholisch, wenn du es im Vorübergehen siehst. Wer ist wohl jetzt an deiner Stelle da? – so fragst du dich – dein Platz ist jedenfalls besetzt.

Jedes Jahr haben die Steuerforderungen eine andere Farbe. 1936 waren sie safrangelb wie Risotto, letzes Jahr weiß wie Riso in Cagnoni, dieses Jahr sind sie vom blassen Hellgrün des Frühlingshimmels. Herr Maggioni vom Tabakladen auf dem Corso Italia zückt diesen Himmelsfetzen und wedelt damit vor der Nase der Kunden: »Da, hier! Die lassen mich den ausländischen Tabak teuer bezahlen, und dann rücken sie ihn nicht heraus… und die Säule steht immer noch dort.«

Die San Celso-Säule, die auf der heutigen Piazza Bertarelli seit den Tagen der Pest steht, als die Leute in ihren versiegelten Häusern die Messe von den Fenstern aus hörten, liegt nicht nur dem Tabakhändler schwer auf dem Magen, sondern auch dem Konditor und dem Bäcker:

»Wir haben im Sommer die Tische vor die Tür gestellt, und die Gemeinde hat mir sage und schreibe sechshundert Franken abgenommen, da haben wir sie wieder hereinholen müssen!«

Die Säule an sich kann man schön finden oder nicht, sie war immer schon da und könnte dableiben, wären nicht die Autos, diese verfluchten Autos, die beim Umfahren des Hindernisses, wenn sie die Straßenbahnen hetzen und in kühnem Wettlauf zu überholen suchen, auf dem Gehsteig zu enden und zwischen den Tischen des Herrn Maggioni zu landen drohen: »Die Leut' erschrecken da ja, und wär's nur das…«

Jetzt will ich versuchen, einen Lageplan zu zeichnen.

Seht ihr? Die Straßenbahnen und Autos in Richtung Zollamt folgen Pfeil B, und die San Celso-Säule – die ich nach Manzoni Schandsäule nenne und auf dem Plan durch das Quadrat A darstelle – verbirgt sie dem Blick der Fußgänger, die in Punkt C die Straße überqueren.

»Da ist so ein Herr«, erklärt Herr Maggioni, »hier auf dem Corso Italia, einer von denen aus Brera, der will sie nicht antasten... so aber...«
...so aber riskieren Leute ihr Leben, und manchmal bezahlen sie damit. Das ist schon vorgekommen...
»...Du!... wie hat der Herr aus Sant'Eufemia geheißen?« An den Namen kann er sich nicht erinnern, aber der Vorfall steht ihm noch deutlich vor Augen. Beim Überqueren der Straße in der Nähe der Säule wurde er von einem Auto angefahren und stürzte zu Boden.
»Im ersten Moment hat's ausgesehen, als würd' ihm gar nichts fehlen...«, fährt Herr Maggioni fort, »...wir haben ihm gesagt, er kann sich hier im Laden hinsetzen...«
Kurzum, es schien, als hätte er sich erholt, aber dann...
»Er war da hinten, hat mit zwei anderen Karten gespielt und zwanzig Centesimi verloren, eine Bagatelle«... eine belanglose Kleinigkeit also, deren Verlust sicher nicht schuld sein konnte, jedenfalls klagt er, ihm sei schlecht, und man mußte ihn nach Hause bringen; sein Zustand verschlimmerte sich, tags darauf war er tot.
»Und Renzo? Renzo Gozzadini?... Ja, dem brauchst du bloß ein Kilo grobes Salz zu geben!«
Renzo war in Begleitung seiner Verlobten, im Schatten der Säule waren sie auf ein Wörtchen stehen geblieben, und dann – sorglos wie alle Glücklichen – hatten sie sich auf die andere Straßenhälfte vorgewagt, und bei D, am kritischen Punkt D, der von einem Kreuz bezeichnet ist, wurden sie von einem Auto umgefahren. Herr Maggioni sagt abschließend im Ton der Genugtuung:
»Und alle zwei haben eine Entschädigung bekommen, eine schöne Summe.«
Ich will ja nicht boshaft sein, aber schon der Unfall hat ihnen nicht allzu viele Unannehmlichkeiten bereitet, und ein paar Tausend-Lire-Scheine für Brautleute, die einen Haushalt gründen mußten... kurzum, die Schandsäule muß wohl schon Schlimmeres angerichtet haben.

»Aber sicher«, bestätigt mein Gesprächspartner, »Sie werden's gleich hören...«, und er holt den Bäcker von nebenan, damit er Zeugnis ablegt und berichtet.
Sie schildern mir weitere Fälle und zeigen mir, daß bei den Unfällen die Säule selbst Schaden davonträgt.
»Sehen Sie? Hier ist sie lädiert.«
Der Säulenfuß ist an den Ecken abgeschürft, es fehlen ganze Brokken.
In diesen Tagen hatten sie die Hoffnung, man würde sich endlich entschließen, sie zu versetzen, zum Beispiel in den Schloßhof, wo eine schöne Sammlung alter Steindenkmäler ist. Seit etwa einem Monat ist zum Entzücken der Bewohner des Viertels der Preßlufthammer auf dem Corso Italia am Werk, und es hatte den Anschein, als würde sie jetzt versetzt, doch dann ist alles beim alten geblieben.
»Was sag' ich immer«, beschließt Herr Maggioni, »eher hab' ich die Steuern bezahlt, als daß sie wegkommt.«

Ich will noch einmal an den Malaspina-Weiher.
Er ist ein Wasserspiegel zwischen den Feldern unweit des Wasserflughafens. Der Weg dorthin führt über eine baumbestandene Straße, eine jener holprigen Schotterstraßen, wie man sie früher von Gehöft zu Gehöft für die Bauernkarren hatte.
An einem Arbeitstag will ich hinfahren, und möglichst vormittags, wenn niemand, absolut niemand da ist.
Der Weiher wird klar und kalt sein wie gestern, tiefgrün an den Ufern, in der Mitte abwechselnd himmelblau und weiß.
Du schweigst, da er zur Stille einlädt.
Nicht ein Bach speist ihn, sondern reines Brunnenwasser. Jenseits säumt ihn eine lange Reihe zarter, hoher Stämme. Auf ihnen sitzen grüne Blätterbüschel. Pappeln? Wo habe ich solche Bäume schon gesehen?... Ach ja... in Graffignana, sie standen hinter jenem kleinen Dorffriedhof. Zehn Bäume wie zehn Ave Maria.
Wenn ich dann am grasbewachsenen Ufer sitze und die Spannung von mir abfällt und wenn ich niedersinke in das Gras, tritt allmählich der Schlaf an mich heran.
Verzückte Tage...
In der Luft liegt ein Staunen, ein Zögern, das auch mich ergreift und durchdringt... abends um neun bin ich schon schläfrig... morgens spät stehe ich auf.
Könnte ich doch den magischen Punkt wahrnehmen – denke ich – der den Schlaf vom Wachen trennt, ich fühle ihn näherkommen, doch weiß ich, daß er kein Fixpunkt auf der Zeitskala ist, er kommt und geht. Wenn die Bilder der Welt sich auflösen und entschwinden... ist er plötzlich da... nein, er entfernt sich wieder; mir scheint, daß ich gleich die Schwelle wach überschreiten müßte, und beim Überschreiten sehen... dann geschieht es aber, daß ich mich bereits jenseits wiederfinde, als trüge mich jemand flugs im Arm hinüber, und drüben ist alles ganz anders. Es ist ein geheim-

nisvoller Übertritt; könnte ich ihn wahrnehmen, er gäbe mir Aufschluß über jenen anderen Übertritt. Aber ich nehme ihn nicht wahr, niemand hat ihn je wahrgenommen, warum?

Dies sind die Tage der großen Sehnsucht.

Wonach? Nach einem Leben, das besser, anders wäre.

In einer gewöhnlichen Anwaltskanzlei wartet ein älterer und bereits kahlköpfiger Mann darauf, empfangen zu werden, um seine Geschäfte zu besprechen, und zum Zeitvertreib plaudert er mit einer jungen Frau, der Büroangestellten. Er wird vertraulich, ja er geht soweit, Pläne zu schmieden, Versprechungen zu machen.

In seinem Novareser Dialekt schlägt er vor: »...steigen wir in den Zug, machen wir eine Reise...« Auch dieser wohlhabende und angesehene ältere Herr mit Frau und Kindern, möchte etwas abschütteln, möchte fort, weiß weder wohin, noch mit wem, nur fort... Er macht sich erbötig, seiner Gesprächspartnerin vom Kölnischwasser abzutreten, das er für seine Frau gekauft hat, doch schließlich tut er es nicht. Gutmütig lächelt die junge Frau. Er wird in keinen Zug steigen, wird keine Reise machen. In wenigen Minuten wird er sich im Raum nebenan bei der Diskussion seiner Geschäfte, über der Darlegung seines Falls erhitzen.

Anderntags ist in derselben Kanzlei ein heikles Dokument zu registrieren. Der Rechtsanwalt will sich nicht entschließen, selbst zu gehen, er fürchtet den überaus akkuraten Beamten im Registeramt, also verläßt er sich auf die hypnotische Kraft des Frühlingsnachmittags, vertraut auf den Charme und das Lächeln seiner Mitarbeiterin und schickt sie aus

um die düstere Stimmung
des Registeramts zu mildern

Das Dokument wird mit freundlich maßvoller Strenge frei von Pedanterie geprüft, und schließlich ertönt hinter dem winzigkleinen Schalter ein bissiges Stimmchen mit der Forderung:

»Zehn Lire zehn.«

In einem dunklen Korridor auf schmutzigweißen Fliesen und unter den flüchtigen Düften der Latrinen, kann das Männchen vom

Registeramt nicht länger widerstehen, das Fräulein zu einem Ausflug einzuladen, einer seltsamen Wagenfahrt nach Pavia...
Vielleicht hat er sich an Ferravilla im *Minestron* erinnert:

Komm Schätzchen
nach Pavia,
da leben wir von der Liebe!

Nach Pavia! Wie kann man in Pavia von Liebe leben? Und eigens hinfahren? Eigentlich sind wir hier am Malaspina-Weiher fast schon auf dem Weg dorthin. Im Zickzack laufen die Wassergräben zwischen Adda und Tessin hin und her. Es ist das fette Land der Mailänder Tiefebene, das Porta so sehr liebte... *zwei Baumzeilen... Wege zwischen Wiesen... so einsam, ergreifend, schön...* hehre Stille und tiefe Dichtermelancholie!

Ein roh gezimmertes Boot stößt ab vom Ufer, steht ruhig mitten auf dem Weiher. Einer fischt.

In den beiden Häusern am anderen Ufer regt sich kein Leben. Sie schweigen, still im weißen Sonnenlicht.

Ich würde gern wie Rity ein Loch in den Boden graben, mich bäuchlings hinlegen, die Nasenspitze im Loch... und schnuppern... lange schnuppern:

»Was riechst du?«

»Ich rieche... milde Wärme, lauen Dunst, einen Dufthauch, süß wie Milch...«

Die Erde. Der wiederkehrende Frühling! Verborgene Lebenssäfte, die hoch und höher steigen...

Wie oft haben die Menschen den Frühling besungen? Bei jedem neuen Erscheinen besingen sie ihn wieder!

»Umsonst bemühen sich Tausende und Abertausende von Menschen, geballt auf engem Raum, die Erde unfruchtbar zu machen...«

Wer so spricht? Das ist Tolstoj. Erinnert ihr euch an den Beginn der *Auferstehung*? Es ist kein Prosagedicht, es ist mehr, eine Hymne, hier zeigt sich Tolstoj als Musiker, ja gewiß, es ist ein Präludium, bevor sich der Vorhang hebt...

»…umsonst ersticken sie den Boden unter Steinen, damit nichts keimen soll, umsonst tränken sie die Luft mit Petroleum und Teer, umsonst fällen sie die Bäume, der Frühling hingegen ist selbst in der Stadt trotz allem Frühling!…

…die Menschen allein werden nicht müde, sich selbst und die anderen zu betrügen und zu quälen, und nicht die göttliche Schönheit des Universums, das zur Freude der Lebenden in ihrer Begabung zu Frieden, Einheit und Liebe geschaffen wurde, nicht diese schätzen sie hoch und halten sie für wichtig und heilig, nein, sie achten, was sie erdenken, um einander zu überwältigen.«

Für mich armen Teufel sind die Vorladungen und Gesetzesvorschriften auf gebührenpflichtigem Stempelpapier, die ich gezwungen bin, ganz ohne mein Verschulden aufzusetzen, weder wichtig noch heilig, sondern – leider – notwendig!

Wenn nicht ich schuld bin, wer ist es?

Diese Frage, die keine Antwort kennt, drückt mir aufs Herz wie ein Stein.

Daß man mich für verrückt hält, weiß ich schon lange, aber ich halte viel darauf, bei all den gescheiten Leuten, die im Umlauf sind. So ist für mich – ganz nebenbei gesagt – der Oboenklang gelb, die gedämpfte Trompete klingt grün, und auch Alessandro Manzoni hat seine Farbe. Ich habe sie beim Besuch des Manzoni-Museums entdeckt. Es ist ein ziemlich trauriges Staubgrau.
...Ein Rosenkranz mit winzigkleinen Perlen, wie Punkte auf dem Kissenbezug, ein kleines, schwarzes Kruzifix, ein Weihwasserkesselchen aus weiß-blauer Keramik, worüber ein Engel schwebt, und der Nachtstuhl am Fußende des Bettes...
Ich mache es mir auf dem Armstuhl bequem und betrachte die Rückseite meiner Hände, die auf den Knien ruhen. Wer bin ich? Der Jedermann Tessa, oder Don Alessandro Manzoni, der morgens eben aufgestanden ist, seine Seidenstrümpfe angezogen hat und nun kurz ausruht, bevor er sich wäscht? Die Waschschüssel steht ganz in der Nähe am Fenster, winzig und grau auf ihrem schmächtigen Dreifuß aus Eisen.
Das Phänomen der Anpassung! Giacinto Martorelli, einer meiner Professoren für Naturgeschichte, der in Übereinstimmung von Person und Unterrichtsfach den Namen einer Blume und den Familiennamen eines Tiers trug, dabei aber ein echter Wissenschaftler war – woran sich viele erinnern – erklärte, daß Vögel in der Regel die Farben der Umgebung annehmen, in der sie leben. Nun will ich gewiß nicht Don Alessandro mit einem Vogel vergleichen, aber mir scheint doch, daß hier ein Farbton vorherrscht, den ich *Manzoni* definiere, nämlich das matte Grau seiner üblichen Aufenthaltsorte. Sein Studierzimmerchen in Brusuglio, das die Decke einer Schatulle und die Form einer Bonbonniere hat, mit Sicht auf einen Garten, der kein Licht durchläßt, so zugewachsen, wie er ist, dieses mönchische Schlafzimmer, die drei Räume unten im Erdgeschoß, wo Manzoni und Grossi zusammen saßen, weisen

dem Schriftsteller seine charakteristische Farbe zu, bilden den Hintergrund, vor dem sich Don Alessandros Schatten bewegt.
Vergeblich spitze ich die Ohren, um irgendein Geräusch einzufangen. Nichts. Selbst das Knirschen der Schuhe ist störend. Man müßte sie an der Tür ausziehen und und in Pantoffeln gehen. Wenn ihr *Die Verlobten* aufschlagt, werdet ihr zu eurem Staunen feststellen, daß in diesem Buch nicht geschrieen wird, ein paar schrille Töne kommen zwar darin vor, aber es sind wenige, nicht mehr als zwei, glaube ich ... Menicos Schrei und der Lucias ... aber auch die werden sofort erstickt, der erste durch die Drohung eines Bravo, der zweite in Nibbios Tuch. Nicht einmal die Volksaufstände werden ungestüm laut, das Wogen der Menge ist, als käme es von ferne, es erschreckt nicht und trübt nicht euren Seelenfrieden. Deshalb meine ich, ist *Die Verlobten* eine ausgesprochene Abendlektüre; nach all den Mühen des Tages, nach all dem Lärm, dem lästigen Stadtlärm, der euch noch durch den Kopf schwirrt, schlagt Manzonis Roman an einer beliebigen Stelle auf, und er wird eine frohe Botschaft der Stille für euch sein, lest eine Zeitlang, ohne allzuviel verstehen zu wollen, sondern laßt euch sanft in diese Prosa gleiten wie in lauwarmes Badewasser. Eure Nachtruhe ist gewährleistet.
Das Kämmerchen, das der alte Dichter in seinen letzten Lebensjahren bewohnte, ist auch bei hellichtem Tag wie vom sanften Licht einer jener Öllampen mit Regler erhellt. Öffnet das Fenster nicht, laßt die Fensterläden angelehnt, das Licht stört den Geist des Verblichenen. Alles floß ihm in seinem Leben glatt wie Öl von der Hand ... die kurzen Briefe an die Freunde, die Blätter der *Katholischen Moral* ... In einer Schublade kommt eine Mütze aus schwarzer, verblichener Seide mit einem Schirm zum Vorschein, wie die Jockeys sie tragen ... Soll ich sie anprobieren? Ich tu's! (Habe ich nicht auch bei Ravasco die Tiara von Pius XI. aufgesetzt, bevor sie ihm nach Rom geschickt wurde?) Manzoni brauchte die Mütze der Kälte wegen, denn im Winter – ich sehe mich nach einem Ofen um und finde keinen – war hier nicht zu spaßen.

Don Alessandro ist einer jener Schriftsteller, die man sich nicht jung vorstellen kann. Es hat den Anschein, als wäre er immer alt gewesen, ewig verheiratet und ein Biedermann... Arm in Arm mit Cavour... mit Rosmini beim Spaziergang... mit dem Abfassen der Verse zu den Bildern der Ersten Kommunion beschäftigt.
Auf der Rückseite – erinnere ich mich noch – war der Vierzeiler, und vorne war Er am Altargitter von San Fedele abgebildet, und darunter stand geschrieben: »Alessandro Manzonis letzte Kommunion«. Wie hatte man ihn alt gemacht, steinalt... da stand er, weil er nicht mehr knien konnte, wegen der Schmerzen im Knie, unter das Kinn hielt er geöffnet die linke Hand, und auf ihr lag ein weißes Tüchlein. Etwas gebeugt, mit vorgerecktem Kopf, fast aus dem Gleichgewicht, erwartete er die Hostie...

...in einem Safe des Manzoni-Museums wird das Manuskript des Romans aufbewahrt; drei Viertel jedes Blattes sind beschrieben, korrigiert und nochmals korrigiert... Er hörte nie auf, Verbesserungen vorzunehmen und Ratschläge anzunehmen, indes besuchte er die geheimnisvollen Donnerstagstreffen im Hause Porta, von denen man so wenig weiß wie man Ursprung und Quellen für das Werk unseres großen Mailänders kennt.
Während ich Manzonis schmales Bett betrachte, mich an seinen Schreibtisch setze, glaube ich, das Geheimnis seiner Kunst zu entdecken, das im Grunde nichts anderes ist als das Geheimnis vieler anderer Schriftsteller des neunzehnten Jahrhunderts, bevor der Explosionsmotor erfunden wurde. Alles methodisch vorgehende, konzentrierte, häusliche Leute, Federfuchser, die die wundersamen Reiche der Phantasie bereisten, ohne sich vom Schreibtisch und aus ihrem beliebigen, düsteren Zimmer zu entfernen. Ich begreife, daß sie recht hatten; man sieht nur mit geschlossenen Augen gut, die Welt lenkt ab, je schneller du läufst, desto weniger siehst du.
Die vier kleinen Zimmer der Via Morone, vier unten und eines oben, sind wirklich erbärmlich und überzeugen mich nicht. Gut,

Don Alessandro plagte in seinen letzten Lebensjahren die Sorge, mittellos zu werden, aber mein Gott! Daß er so ein Trappistenleben führte, scheint mir eine Übertreibung seinerseits gewesen zu sein. Und da ich schon einmal dabei bin, will ich auch sagen, daß Manzoni leidlich schlau gewesen sein muß; im Leben und in der Literatur gelang es ihm immer, sich zu verstecken, sich als Herr Niemand auszugeben. Er war reich und lebte als Armer, er war ein großer Schriftsteller und verkroch sich; er hatte seine Zweifel und widersprach sich. Nachdem er *Die Verlobten* auf Sinnlichkeit und Gewalttätigkeit ausgerichtet hatte (die Fürstin von Monza und der Ungenannte), verschob er diese Achse des Romans, und richtete *Die Verlobten* auf einen Feigling und ein gefühlskaltes Mädchen aus (Don Abbondio und Lucia).

Er widmete einen Großteil seines Lebens dem historischen Roman, um schließlich diese Kunstform zu verleugnen; unter den Deutschen galt er als »einer der durchaus gefährlichen Rädelsführer« und trat doch nie in Erscheinung, hatte nie Unannehmlichkeiten. Er war ein Meister der Lebenskunst. Im Verhältnis zu den vielen Jahren seines Lebens säte er wenig und erntete viel. Seinem Roman jedoch widerfuhr ein Mißgeschick: Er wurde in der Schule zu viel gelesen, die Schüler schrieben zu viele Zusammenfassungen, viele haßten ihn, weil sie als Kinder Stücke davon hatten auswendig lernen müssen, die denselben Berühmtheitsgrad erlangten wie manche Arien aus Verdis Opern. Wie viele kenne ich, die nichts mehr von Manzoni wissen wollten, weil diese Lucia, dieser Renzo sie zu sehr an die alten Schulbänke erinnerten! Die Pflichtschule hat ihre Schattenseiten und kann mit der künstlichen Ernährung mittels Sonde verglichen werden.

Ich für mein Teil ziehe es vor, daß ein Mensch aufwächst, ohne die Meisterwerke zu kennen, als daß er sie kennt und haßt. *Die Verlobten* trägt in sich selbst das Übel, das es in der Vergangenheit zum Schulbuch schlechthin gemacht hat. So einfach ist der Roman und an der Oberfläche so leicht zu verstehen, daß er das Produkt – verzeiht den Ausdruck – eines Tölpels zu sein scheint, aber er ist das

Werk eines Genies! Und auch das ist für diesen »Doktor Duplex«, der Alessandro Manzoni war, charakteristisch.

Corso Buenos Aires in den Zwanziger Jahren

Der Domplatz. Postkarte, 1927

Schwarzweiß-Photographien einer bunten Welt

I.

Ich habe schon zu lang gelebt.

Das merke ich beim Betrachten dieser Photographien. Sie sind mir lieb geworden, an ihnen hängt mein Herz, und das ist ein schlimmes Zeichen. Ich weiß mich von den Toten nicht zu trennen, weiß nicht mehr zu leben.

Ich bin wie jene Mutter, deren Tochter Grab in Musocco neben dem meiner Cousine liegt. Es ist mit so großer Hingabe und Sorgfalt geschmückt und gepflegt, daß es bedrückt, daß es schmerzt. In Miniatur ist da ein Garten angelegt, als wäre er das Faksimile eines anderen. Auch ein Häuschen, aus Blech, ist da mit brennenden Lichtern darin. Die arme Frau kommt alle Tage, klappt ihr Stühlchen auf, setzt sich, liest stundenlang... und strickt... Was macht zu Haus indes wohl ihre Familie?...

Hier auf dem Gruppenbild sind Großmutter Amalia, Tante Angelina und Erminietta; siehst du sie? Alle drei tot! Ich war damals schon auf der Welt, aber erinnern kann ich mich nicht, wann diese Aufnahme auf der Piazzetta von Moltrasio entstand. Sie muß aus etwa derselben Zeit stammen wie diejenige, auf der ich mit einer Pagenfrisur und wie ein Mädchen im Rock zu sehen bin.

Sieh dir zuerst Großmutter an. Welch finstere Miene. Sie ließ sich nie photographieren. Ob sie hier überrascht worden ist? Großmutter war nicht zärtlich, weder zu den Töchtern noch zu den Enkeln. Sie verlor immer gleich die Geduld. Bei Tisch kaute sie eine Weile und schob dann den Teller ihrem Nachbar zu: »Hier! Mach du weiter!«

Mit ernstem Gesicht blickte sie in die Tafelrunde. Heißhungrig fielen die Enkel über alles her, und sie mißmutig: »Eßt nur, eßt... denn wenn nichts mehr da ist, krepiert der Esel und wer drauf sitzt!«

Zwei Töchter wohnten als Witwen bei ihr im Haus, die dritte — meine Mutter — war verheiratet außer Haus. Manchmal beklagte sie sich über meinen Papà, der ein schweigsamer Mensch war. Und die Großmutter entgegnete trocken: »Er redet nicht, weil er nichts zu sagen hat.«

Und ich erst war Anlaß zu ständigen Rügen: Dein Bub wird ein Taugenichts! Sie sagte: »*ona fescia*«, eigentlich Abschaum, aber im Mailändischen bezeichnet man so den einzelnen Faulpelz oder Tagedieb. Wie alle Faverios hatte sie ein eisernes Gedächtnis, aber die Beine wollten nicht mehr so recht.

Wie geht's, Sciora Amalia, wurde sie gefragt.

»Immer noch auf zwei Beinen!«, antwortete sie.

Doch in ihren besseren Zeiten, was war das für eine Frau!

Sie war 1820 geboren, und im März '48 wohnte sie in der Via Larga in einem jener kleinen Häuser gegenüber dem Palazzo Reale. Sie sprach oft von den *Fünf Tagen* im aufständischen Mailand. Die *Deutschen* waren auf der anderen Straßenseite postiert:

Fenster zu, oder es wird geschossen!

Anständige Leute, sie warnten einen wenigstens!

Die Witwe zog in eine Wohnung an der Brücke der Porta Venezia. Sie ging mit den Mädchen aus, und nicht selten begegnete sie Alessandro Manzoni, der wie jeden Nachmittag von der Piazza Belgioioso gemächlich in Richtung Via Boschetti spazierte: *Clara, Angelina, los, schnell, küßt Don Alessandro die Hand!*

Den Dichtern gebührte Ehre! Wer kümmerte sich heutzutage um sie, auch wenn es welche gäbe?

In Moltrasio war sie mit allen befreundet. Im April reiste sie an, und vor November, vor Allerseelen, kehrte sie nicht in die Stadt zurück. Bloß Anfang Juli fuhr sie für wenige Tage nach Mailand, um die Zinsscheine ihrer Rendite einzulösen.

Es geschah am 22. Juni 1893 gegen elf, als sie sich zu Tisch begab. Sie führte die Hand an die Schläfe: »Ah... ah... mein Kopf!«, dann verstummte sie und sprach nicht wieder.

Tags darauf starb sie.

Ein vornehmer, alter Herr, der in einer großen Villa in Pizzo wohnte, kam jeden Morgen in Begleitung seines Dieners mit dem Boot zur Piazzetta von San Rocco. Unten im Café bestellte er einen Weißwein und führte mit Großmutter lange, angeregte Unterhaltungen.
Er kam auch an jenem Tag, sah sie nicht, blickte zu ihren Fenstern hoch und fragte jemand: »Wo ist denn meine Gesellschaft?«
Man flüsterte ihm etwas ins Ohr.
Der alte Herr griff nach seinem Hut, stand auf und… »Gehen wir, Carlo!«

Nach der Großmutter sieh dir jetzt die Tante an. Sie ist ruhig und heiter wie immer. Als sich die anderen in den schwierigen Jahren um sie sorgten: Und jetzt?… Wie wirst du's schaffen?, setzte sie ihr kindliches Vertrauen entgegen: »Irgendein Heiliger wird schon helfen«.
Die Hände ruhen im Schoß, und zwischen Zeigefinger und Daumen hält sie eine Blüte. Ein Blumentopf steht auf der Steinbank zwischen den beiden Frauen. Ihr Kopf ist leicht zur Schulter geneigt, und auch Erminietta, die dahinter steht, hat diese etwas schräge Kopfhaltung. Das war damals Sitte unter den Mädchen und Frauen, gerade so, als beteten sie in der Kirche.
Auf Photographien lachten sie recht selten. Und doch war das Leben so ruhig und sorglos. Kannst du mir sagen, warum hingegen heute, da allen das Wasser bis zum Halse steht, die Mädchen auf den Photos, ja alle Mädchen und Gecken dieses blöde Lachen auf den Lippen tragen?
Nicht einmal die Tage von Caporetto, jene schlimmen Tage zu Allerheiligen und Allerseelen 1917, konnten sie aus der Fassung bringen.
Wir besuchten sie immer gegen fünf.
An einem jener Nachmittage sehe ich auf der Via Montenapoleone einen Herrn auf der anderen Straßenseite, der mich zu sich winkt. Wer ist's? Ich gehe hinüber. Ach, Onkel Bellom…

Ohne Gruß fragt er mich leise:
»Kommen sie?«
»Wer?«
»Sie!«
»Wer denn – sie?«
»Die Deutschen!«
»Nein, nein, was sagen Sie da!«
Aber er läßt sich nicht beruhigen. Ich merke, daß er nach jemand anderem Ausschau halten will, um ihm dieselbe Frage zu stellen. Doch Tante Angelina verschwendet keinen Gedanken daran. Wir bringen ihr die Nachricht, die nirgends gedruckt, doch in aller Munde ist. Ihr Kommentar:
»Kriegsgerücht: mehr Fama als Nachricht.«
»Und die Zeitungen? Der heutige Tagesbericht? Gegen den kann man nichts einwenden!«
Sie wird schwankend, überlegt und meint schließlich: »Irgendein Heiliger wird schon helfen!«
Und wirklich war ein Heiliger für uns da, ja ich würde sagen, es waren alle Heiligen jenes tragischen ersten November und alle Seelen des zweiten; die einen beteten, die anderen wirkten, und wir waren gerettet!
Tante Angelina sorgte sich damals um die Spatzen auf der Terrasse. Morgens streute sie Brot für sie aus, und die Ratten fraßen es ihnen weg: »Rattengesindel!«
Es wurde heftig diskutiert, ob man sie mit Hilfe von Papier und Vogelleim fangen sollte:
»Und wenn sich die Spatzen darauf setzen?«
Die paar Zimmerchen von Tante Angelina in der Via Montenapoleone Nummer 16 waren eine Oase des Friedens.
Die Verwandten und Freunde trafen sich dort wie durch stillschweigendes Übereinkommen, der eine kam, um sich ein Stündchen auszuruhen, die meisten der Gesellschaft wegen. Mein Vater schwieg immer. Wenn ihn jemand darauf ansprach, antwortete er: Wenn alle nur reden, wer hört dann zu?

Irgendwann gab die Tante das Zeichen zum Aufbruch: »Und jetzt geht bitte, mir brummt der Kopf!«
Ich sehe sie noch einmal im Mai '25, bei einem anderen Abschied, ihrem letzten. Sie sprach, solange sie konnte.
Am Ende ihres Lebens war das Wort. Ohne Unruhe oder Ergriffenheit nannte sie Namen und Adressen der Personen, denen ihre Todesnachricht zugesandt werden sollte. Auf dem Bett neben ihrem mußten die Kleider wohlgeordnet bereitliegen, die bald für sie gebraucht würden...
...und dann sehe ich mich an einem anderen Tag auf dem Monumentalfriedhof; ein Mann mit einer langen Eisenstange auf der Schulter begleitet mich zu den Grabhügeln im Osten. Er fragt mich:
»Seit wann ist ihr Mann unter der Erde?«
»Das liegt ein halbes Jahrhundert zurück...«
»Verstehen Sie, damit wir sie über ihm begraben können, müssen wir zuerst wissen, ob unten ein Gruftdeckel ist...«
Er stößt einmal... zweimal... dreimal... die lange Eisenstange dringt ins Erdreich vor.
Bum!
»Da ist er!«
Aus der Erde tönt der dunkle, tiefe Klang von Eisen gegen Stein. Der Friedhofsangestellte will sich nochmals vergewissern und stößt ein paarmal nach...
Bum! Bum!
»Wer ist da?«
Diesmal scheint mir, daß sich bei den Schlägen jemand da unten rührt. Es ist Onkel Tullio, er hebt den Kopf, schüttelt den Staub ab, erwacht aus seinem fünfzigjährigen Schlaf und fragt: Wer da?
Was ist von ihm geblieben? Vom feurigen jungen Mann mit der entschlossenen Miene? Als du am Hochzeitstag – weißt du noch? – voll Ungestüm den Wagenschlag der Braut öffnetest, war dir die Klinke in der Hand geblieben! Heute klopft deine Witwe bei dir an, sie kommt zu dir, sucht Einlaß in dein Grab.

Unsere Erminietta, Tante Angelinas Tochter, ist auf der alten Photographie umkränzt von ihrem See und ihren Bergen! Die Bucht der Villa Pliniana... der Palanzone, Villa Vergani und die Abhänge des Pizzo di Torno... Der See liegt, wie damals immer, leer. Morgens zogen die langsamen Kähne von der Tramontana getrieben nach Como, nachmittags dann mit vollen Segeln, die der Schirokko blähte, zurück. In dieser stillen Stunde mittäglicher Hitze öffnete Tante Angelina kurz das Fenster und schaute hinunter. Keine Menschenseele.
Auf Platanen und Ulme wogender Wechselgesang der Zikaden. Stille. Am weißlichen Himmel Haufen weißer Wolken.
Erst gegen fünf gingen sie auf die Piazzetta. Der Montivo stand auf, man atmete freier! Sie setzten sich auf eine Steinbank.
Nach dem Abendessen machte Erminietta mit ihren Freundinnen, einer Schar Mädchen, einen Spaziergang auf der Straße nach Urio oder in entgegengesetzter Richtung nach Cernobbio...
»Singen wir?«
»Ja, singen wir!«
Und Erminietta sang:

Schönes Kind, deine wogenden Locken
spiegeln die Farbe des hellen Weins

und alle im Chor:

wüßtest du erst, wie sehr ich dich liebe
du versagtest mir nicht den Kuß!

Vom See her tönte aus einem Boot, das der Mondbahn folgte, zur Antwort ein anderes Lied...

...die schwarze Gondel
glitt fort und dahin...

Romantischer Mond! Kein Mädchen träumt mehr in deinem blassen Licht oder lehnt in Betrachtung versunken am Fenster!
Realität! Realismus! Realistisch leben!
Die Leute schätzen nur das Licht der Sonne und ihr helles Reich, in dem man alles sehen und anfassen kann!

Meine Cousine Erminietta kannte keine andere Realität als die des Haushalts und ihrer Häkelarbeiten, die ihr in den letzten Jahren als bescheidene Einnahmequelle über die Runden halfen. Im übrigen bestand ihr Leben aus romantischen Träumen im Zeichen einer geheimen Liebe. Lange hütete sie ihr Geheimnis, bis es erlosch. Dann starb unsere Erminietta, und geboren wurde Erminia, die alte, etwas kühle, weltfremde, ganz von Kirche und Friedhof beanspruchte Frau.

Ihr Erinnerungsalbum, das Seite für Seite mit fröhlichen Bächlein, Wiesenblumen auf langen Stielchen und grünen Hügeln illustriert war und in das sie mit violett schillernder Tinte geschrieben hatte, dieses Buch ihrer Erinnerungen, die sich im neuen Licht als unnützer Kram erwiesen, wurde vernichtet.

Eines Morgens entdeckte sie beim Ankleiden ein Knötchen an der Brust. Es schmerzte nicht und war nicht immer zu spüren.

Seltsam! Nach einigen Monaten sprach sie mit jemandem darüber, wollte sich jedoch nicht untersuchen lassen; wozu sollte das gut sein?

Schließlich überzeugten sie die anderen.

Der alte Hausarzt der Familie war gegen eine Operation: »Wenn es ist, was Sie befürchten, was hilft's? Andernfalls kann es bleiben, wie es ist.«

Es war leider wie befürchtet, es nützte alles nichts.

Als wir vom Friedhof zurückkamen, sagte unsere Luisa abschließend: »Sie war reif fürs Paradies.«

In Moltrasio hatte Großmutter eine kleine Fünf-Zimmer-Wohnung über dem Café zur Post gemietet. Als sie starb, übernahmen die Töchter die Miete, und so ging es weiter, sogar eine Zeitlang nach dem Krieg, bis das Leben dort unerträglich wurde wegen dieser verdammten Autos.

In jenen fünf Zimmern schliefen wir oft zu siebt.

Tante Angelina überließ ihr Zimmer nie und unter keinen Umständen den Schwägern: »Denn nachher«, sagte sie, »geht der Männergeruch nicht mehr weg!« Nur die Neffen durften hinein – solange sie klein waren. Wenn sie eine Geschichte vor dem Einschlafen hören wollten, hatte die Tante für alle diese eine bereit:

Wollt ihr hören
die schöne Geschicht'
von dem argen Wüterich?

Ja, die wollten sie hören. Doch die Tante wiederholte nur:

Wollt ihr hören
die schöne Geschicht'
von dem argen Wüterich?

Und wenn sie noch einmal darauf bestanden, setzte der Kehrreim wieder ein, jedoch als leierndes Schlummerlied, und das Kind schlief allmählich ein.

Wollt ihr hören
die schöne Geschicht'
von dem argen Wüterich?...

Ich habe mich seither nicht verändert. Immer noch bitte ich, und immer umsonst. Ich werde endgültig entschlafen, ohne *die schöne Geschicht' von dem argen Wüterich* gehört zu haben.

Moltrasio! Mein armer Vater hielt es dort nicht aus. Er kam alle Jubeljahre einmal...

Er präsentierte sich mit dem üblichen Panettone aus dem Café Roma, mit Strohhut, einer Unzahl von Päckchen und verschwitzt. Welcher Empfang wurde ihm einmal zuteil!

Auf unserem Treppenabsatz wohnten wir Tür an Tür mit Familie Oberti. Außer den Eltern waren da vier Kinder, drei große und ein kleines. Die Großen hatten ihren Heidenspaß daran, das Brüderchen zur Verzweiflung zu treiben. Es war ein Höllenspektakel. Der Kleine warf mit Schimpfwörtern um sich, die sie ihm eigens beigebracht hatten, und es endete immer mit einer Prügelei!

An jenem Tag war es wieder einmal soweit. Eben stieg mein Vater Stufe für Stufe seinen Leidensweg hoch, vollbeladen mit all seinen Päckchen, im Gefolge den Schwarm der Verwandten, die ihn am

Delio Tessa 1891

Amalia, Angelina und Erminietta auf der Steinbank in Moltrasio

Landungssteg abgeholt hatten. Da kommt der kleine Enzo aus der Wohnungstür geschossen, um nebenan Zuflucht zu suchen, stößt auf dem Treppenabsatz mit Signor Senio zusammen und überschüttet den Unglückseligen mit seinem Dutzend Grobheiten.
»Du blöder Hammel, du Saukerl, ausgerechnet du!«
Mein Vater wendet sich daraufhin an die Damenriege: »Eilesehr brach den Hals.«
In der Wohnung, wohlgemerkt, ist für ihn kein Platz. Er muß im Wohnzimmer auf der Ottomane schlafen.
Schlafen? Das ist ein Wort! Um uns vor den Mücken zu retten, lebten wir fünf bis sechs Stunden im Nebel der Räucherkerzchen, doch konnte man trotzdem kein Auge zutun, weil unten im Café bis nach zwei Uhr gelärmt und getanzt wurde.
Wenn das Café schloß, erwachten die Mücken aus der Narkose und begannen ihren Festschmaus. Gegen Morgengrauen waren sie jedoch satt, und der geplagte Mensch hoffte auf ein Nickerchen. Aber daraus wurde nichts! *Klingeling... klingeling...*, das Glöckchen von San Rocco hämmerte dir gegen die Schläfen, wenn es die Gläubigen zur Frühmesse rief.
Ich sehe noch meinen Vater, bereits angezogen und seinen Stock aus spanischem Rohr in der Hand, während noch alle anderen im Bett sind, und ich höre ihn entschieden rufen: Ich gehe!...

Gibt es samstags noch den berühmten *Auszug der Ehemänner*? Ich erinnere mich an eine Karikatur von Cagnoni im *Guerino*. Glücklich und zufrieden belegten die dickbäuchigen, schnurrbärtigen Bürger die erste und zweite Klasse. In der ersten las man die *Perseveranza*, in der zweiten den *Corriere*, einige *Secolo*. Dann kamen zwei, drei Viehwaggons. Aus der Entlüftung im Dach reckten sich die knochigen Arme und hageren Gesichter der abgezehrten kleinen Beamten, die, um der Frau die Sommerfrische auf dem Land zu ermöglichen, in der Stadt ein Hundeleben führten. Auf den Waggons stand mit Kreide geschrieben: »Abteil der treuen Ehemänner«.

II.

Immer um diese Zeit spielt jemand Violine. Eigentlich spielt er nicht, er phantasiert, trillert auf den Saiten wie hier die Vöglein im Wald.

Wenn der Abend hereinbricht, schweigt eins nach dem anderen, bis auf ihn. Sanft moduliert er. Es dämmert. Am melodiösen Faden scheint der Tag zu hängen; zerreißt du ihn, ist's mit dem Tag vorbei... Er ist vorbei!

Im nun herrschenden Dunkel beginnt eine andere Violine wieder zu modulieren...

Allmählich sehe ich...

...Eine dunkle Treppe führt über eine, zwei, drei... acht Stiegenrampen zur Wohnung des Onkels hoch. Die Portiersloge befindet sich am Ende der zweiten Rampe. Fünf Zimmer, alle in einer Reihe, mit Blick auf den Palazzo Marino und die Piazza San Fedele. Sie haben keine eigentlichen Fenster, vielmehr halbmondförmige Luken über dem Boden.

Onkel Cecco stieg über eine innere Wendeltreppe zwischen Kanzlei und Wohnung hin und her. Manchmal holte er nach dem Essen die Violine aus dem Kasten, um seiner Kleinen aufzuspielen.

Livietta hob ihr Kleidchen, indem sie zwei Zipfel zwischen Daumen und Zeigefinger ihrer beiden Händchen nahm, und tanzte zwischen Tisch und Wand.

Schneenächte in der alten Stadt von Weihnachten bis Silvester! Weiße Statuen waren die Droschkenkutscher auf dem Platz, in ihren schweren Mänteln auf dem Kutschbock, und Alessandro Manzoni im weißen Umhang auf dem Marmorsockel auch.

Wenn Onkel Cecco einen Bleistift in der Hand hatte, mußte er sofort zeichnen; er karikierte alles.

Manchmal gab uns der Onkel auch Zeichenrätsel auf: »Kannst du mir mit zwei Strichen eine Kutsche zeichnen, die im Graben gelandet ist?«

Mit zwei Strichen? Wie war das möglich? Keinem gelang es. Dann nahm Onkel Cecco den Stift und machte so:

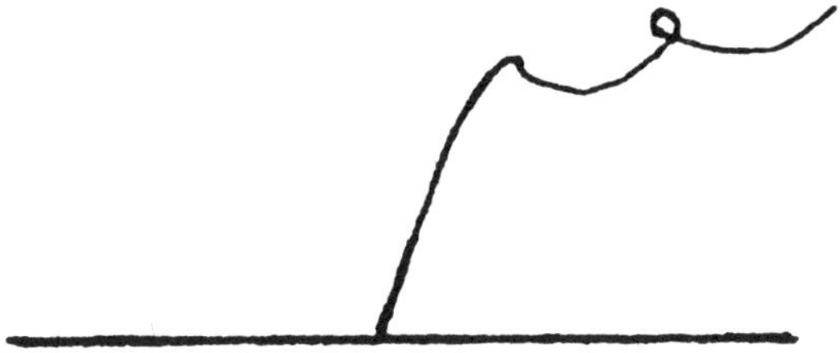

Die Kinder begriffen nicht, und er erklärte: »Das hier«, die horizontale Linie, »ist der Grabenrand, und der Strich darüber ist die Peitsche, die Peitsche des Kutschers; alles andere ist untergegangen!«

Draußen wirbelte fröhlich der Schnee, und die Kinder hatten große Lust hinauszugehen und ihn zu fangen...

In den Geschenkbänden, die wir zu Weihnachten bekamen, waren farbige Bilder zu den vier Jahreszeiten; der Winter mit zugefrorenem Bach und kahlen Bäumen, Schnee auf einem Fensterbrett und einem Spatz, der angeflogen kam, die Brotkrümel aufzupicken, hinter den Scheiben das Gesichtchen eines Kindes.

Lustig war der Schnee für die wenigen, die im Warmen saßen. Am unteren Rand stand zu lesen:

Hinterm Ofen komm hervor
Opa, Opa vor das Tor!

Dann aber klagte der warmherzige Dichter über die weiße Decke:

Kummer bringst du den Armen!

Die Armen! Damals sprach man von den *Armen*, wie man in vorausgegangenen Jahrhunderten von den *Unfreien* gesprochen hätte. Armut und Reichtum waren zwei unerschütterliche Seinsformen, sie kommunizierten nicht untereinander, außer im Almosen. Wer notleidend geboren wurde, starb auch notleidend, Aufsteigen war nahezu unmöglich. Für das Volk war es schon ein Vergnügen, bei den Lustbarkeiten der Reichen Zuschauer zu sein.

In der Via Manzoni, Via Verdi, Santa Margherita standen in der Nacht des Faschingsfreitags die Leute, womöglich mit nassen

Füßen oder aufgespannten Schirmen, um die Auffahrt der Equipagen mitzuerleben, in denen sich die Herrschaften zum großen Ball der Scala begaben. Was sahen sie? Nichts! Die dampfenden Rücken der Pferde und die Pelzumhänge der Kutscher.
Andere drängten sich oben in der Galerie, um die Ballgäste unten zu beobachten, die es sich gut sein ließen. Sie waren schon glücklich, wenn sie mit dem Opernglas eine Liebschaft ausspähen, eine Tändelei verfolgen konnten; sie begnügten sich, fest zu schlucken und den unerwünschten Dritten abzugeben. Zu später Stunde, vor Anbruch des Tages, begannen unten in den Logen die intimen Diners. Die Herrschaften zogen die Vorhänge zu ... und dann legte der arme Carlino oben in der Galerie seinen Arm leicht um die Taille seiner Luisella, und mit einem Blick auf die Logen, die sich wie geschlossene Alkoven präsentierten, meinte er, daß auch für sie beide Zeit sei, nach Hause zu gehen ...
Aber dann, nach den Seiten, die dem Winter gewidmet waren, reservierte der Geschenkband weitere für den Frühling und den Sommer. Auf einem Bild war ein Vogelnest auf blühendem Zweig abgebildet. Man sah die Vögelchen, die kaum geschlüpft, das Köpfchen hinausstreckten, um die neue Welt unter ihnen zu erspähen, die für sie am fließenden Bächlein in bunten Farben erstrahlte ...
Das übliche Verslein lautete:

Piep, piep, piep
Ich hab mein Nestchen lieb
Die Sonne, den Bach und Mami
Piep, piep, piep ...

Es war die Saison der Trabrennen in San Siro, damals der einzige Sport, dem allgemeine Bewunderung galt. Es gab zwar Sportvereine, wie den *Olona-Ruderclub*, *Kraft und Mut*, *Stark und frei*, aber deren Veranstaltungen waren privat, ohne Publikum.
Die Pferderennen hingegen zogen Massen an.
An den schönen Sonntagen gegen Ende Mai, Anfang Juni machten

wir uns auf den Weg nach San Siro. Vor dem Weggehen hielt mein Papà immer nach dem Wetter Ausschau:
»Wird es regnen?«
»Ich glaube nicht.«
»Vorsichtshalber sollten wir doch den Regenschirm mitnehmen.«
Also nahmen wir die Regenschirme mit. Wenn kein Gewitter kam, benutzten wir sie gegen die Sonne. Damals schützte man sich auch vor der Sonne, weil sie lästig war. Die Damen hatten *en-tous-cas* für schönes und schlechtes Wetter.
In San Siro sind wir nie woanders gewesen als auf der Wiese, wo es fünfzig Centesimi kostete, oder eine Lira an den Tagen des *Grand Prix*.
Vom Rennen, um die Wahrheit zu sagen, sah man nichts. Wenn die Glocke zum Start geläutet wurde, kletterten wir in einen Graben hinunter, auf der anderen Seite wieder hoch, drängten uns an den Lattenzaun und machten uns alle weiß. Man hörte den rasenden Galopp der Pferde auf der Rennbahn. Alle Köpfe waren nach rechts gewandt ... ein Moment, und sie waren vorüber ... alle Köpfe hatten sich nach links gewandt ...
Mein Vater wurde gefragt:
»Also, was hast du gesehen?«
»Die Pferdehintern.«
Dann erschienen auf der Tafel die Siegernummern. Da wir – das brauche ich gar nicht zu sagen – keine Wetten abschlossen und kaum wußten, wer im Rennen war, betrachteten wir gleichgültig die plötzlich aufscheinende Fünf, Sieben oder Zwölf, und ohne allzu große Eile begab man sich zu den Baumgruppen, den schattigen Bosketten, die sich inmitten der Wiese erhoben.
Dort wurden die Sonnenschirme und die Regenschirme geschlossen, die Taschentücher abgenommen, die zuvor um den Hals geschlungen worden waren, um die Hemdkragen vor Schweiß zu schützen, wir breiteten sie auf den Rasen, setzten uns darauf und genossen die Kühle des Schattens. Zum Zeitvertreib erzählte mein Vater irgendein nettes Geschichtchen vom Pferderennen; wie zum

Beispiel am Tag eines Grand Prix alle Erwartungen auf ein berühmtes, hoch notiertes Pferd gerichtet waren, und wie es kam, als es zu regnen begann und der Boden schwer wurde, daß schließlich das letzte Pferd in der Achtung des Publikums gewann, ein mächtiges Pferd, das seinen Sieg den Hufen verdankte, die so breit waren, daß es damit im Schlamm laufen konnte.

Die Krempe des Strohhuts über den Augen, um sich vor dem Widerschein der Sonne zu schützen, zog mein Vater stillvergnügt die Lehre: »Siehst du? Wer's Glück hat, dem regnet es auf den Hintern, auch wenn er draufsitzt.«

Gar nicht so weit von uns entfernt zuckten die wohlgenährten Pferde der herrschaftlichen Kutschen mit den Ohren und ließen die Schellenhalsbänder klingen, und hin und wieder rupften sie ein Maul voll Gras aus der Wiese. Die Diener in ihren roten Jacken gingen mit trägen Schritten um die Equipagen, brachten eine Zugstange in Ordnung, streichelten einen Pferderücken, lungerten herum, bis auch dieses Übel des Wettrennens durchgestanden war. Und endlich war es durchgestanden! Von San Siro kehrten wir teils zu Fuß, teils auf Schusters Rappen – wie mein Vater zu sagen pflegte – in die Stadt zurück.

An einem bestimmten Punkt der Chaussee verließen wir den Menschenstrom und bogen rechts in einen Feldweg, der die Olona entlanglief und ungefähr bei der Firma De Angelis endete. Ein Kilometer davon entfernt war dann die Endstation der Pferdebahn, aber Papà ließ sich nicht verführen – pedibus calcantibus langten wir zu Hause an.

In der Via Fieno wartete auf dem Tisch schon das übliche Sonntagsessen auf uns: Reis mit Leber und Braten mit Salat. Wenn es Kirschen gab, packte ich sie in die Serviette und aß sie auf dem Balkon.

Die Rennen von San Siro hatten zwei Kategorien von Zuschauern. Die auf der Wiese, die beobachteten, wie die Herrschaften auf der Tribüne dem Rennen folgten, und Spaß an deren Spaß hatten, und jene noch ärmeren, die am Foro Bonaparte, in der Via Dante, auf

der Piazza Elittica auf die Rückkehr der Sieger, der Phaetons und Kutschen warteten. Die kleinen Bürgerfamilien, die im Café Gnocchi vor ihrer Granata und Selters mit Zitrone saßen, stiegen auf die Stühle, wenn sie die Signalhörner der Vierspänner hörten. Immer war einer dabei, der sich in die erste Reihe drängte, und, um sich wichtig zu machen, in irgendeiner Kutsche einen imaginären Freund grüßte und, wenn er keine Antwort auf seinen Gruß erhielt, zu seinem Nachbarn sagte: Er hat mich nicht erkannt.
Auf den Nebenstraßen verloren indes die unglücklichen Proletarier unter den Zugtieren, die demokratischen Kaleschen- und Droschkengäule ihre Hufeisen auf dem harten Pflaster. Wenn sie an solchen Arbeitstagen viel gelaufen waren, genügte nicht einmal mehr die Peitsche – als Hafferersatz – um ihnen neue Kraft einzuflößen. Verstohlen holten manche Kutscher gegen Abend harte Knüppel hervor und schlugen damit fest auf die knochigen Kruppen ein, und die armen Klepper schleppten sich weiter, ohne im geringsten zu ahnen, was eine Nummer des *Guerino* offenbarte: Worum war es an jenem glücklichen Sonntag gegangen? Um

HUNDERTTAUSEND LIRE
DER PFERDERASSE ZULIEBE!

Doch aufgepaßt, inzwischen ist der Sommer da! Er wird auf den Straßen von den fliegenden Händlern verkündet. Der Mann mit den Tomaten auf seinem Karren bringt Sonne unter die Leute. Eine Lichtsäule schleudert er vom Grund der Straßenschluchten gegen den Himmel.

Pomido - o - o - o - o - ri!

Nicht alle werden mich verstehen, aber für mich sind sie rot, diese runden, sich weitenden *O*s, in ihnen fühle ich Wärme, und ich möchte mir Luft zufächeln, selbst mitten im Januar.
Der Ruf des Manns mit dem Karren stieg aus der Via Amedei bis an unsere fünf Fenster … *schöne Tomaten … fünfzehn zwanzig das Kilo, schöne Toma - a - a - ten!*
Fünfzehn zwanzig das Kilo, das waren die damaligen Preise. Mein Freund Giuseppe Degli Occhi, der auf seinem Heimweg von den

Bureaus der Ehrwürdigen Dombauhütte, wo er eine unbefristete Ratsstelle innehat, über den Markt der Piazza Santo Stefano geht und unterwegs seine Einkäufe erledigt, hat mir gesagt, daß sie jetzt bei eins sechzig liegen. Zehnmal soviel! Zum Ausgleich müssen wir uns mit einem Zehntel des Glücks begnügen, das wir in den ersten Jahren des Jahrhunderts genossen haben. Somit ist das Gleichgewicht wieder hergestellt!
Wenn ich jenen Ruf vernahm, holte ich das Fahrrad von seinem Hocker herunter, auf dem es lange Monate geruht hatte, und der Photoapparat kam endgültig aus seinem Karton.

Vom 4x5 des *Le Paris*, einem Apparat aus Pappe, der auf der Ausstellung von Como 1899 zu einer Lira verkauft wurde, einschließlich zweier Platten, je eines Fläschchens Entwickler- und Fixierflüssigkeit, bin ich zum 6x9 eines Kassettenapparates übergegangen, und schließlich zur Kodak 7x11, nach dem Kassensturz eines ergiebigen Weihnachtsfests. Onkel Cecco hatte mich zu der Gelegenheit vor dem Schaufenster des Ladens auf dem Corso Vittorio Emanuele karikiert, und darunter hatte er geschrieben: »Ich krieg' die Kodak, wenn ich mehr zahlen mag!«
Das Format 7x11 ist meine letzte Etappe gewesen; bis zu 9x11 habe ich es nie gebracht, wegen der Preise der Negative und was dazugehört.
Meine photographischen Erinnerungen liegen nun gesammelt im Karton eines noch älteren Weihnachtsgeschenks: *Kleiner Ingenieur*, steht in bereits verblaßten Druckbuchstaben auf dem Deckel, *Pantograph, Kunst und Wissenschaft*.
Ich habe Photographien von vielen Anlässen und Orten. Die von der Signora Antonietta, die es nicht schafft, auf den Esel zu steigen, ist aus Barzio.
In Barzio sind wir in zwei aufeinanderfolgenden Jahren gewesen, ein seltener Fall, weil mein Vater die Abwechslung liebte. Aber er nahm auch alles sehr genau; von den Ausfluglisten, die er zusammenstellte, mußte jeder abgehakt werden. Unser erstes Jahr in der

Valsassina war so verregnet, daß wir das Jahr darauf wiederkamen, um unser Pensum zu erledigen.

Für die Bergwanderungen wandte man sich an den Soundso um Esel. Die Frauen und Mädchen pflegten damals nicht viel zu gehen; zum Aufstieg bedurfte es der Reitgelegenheit.
Die wenigen Male, die ich in den letzten Jahren im Sommer Mailand verlassen habe und nach Macugnaga, Solda oder Valtournanche gefahren bin, habe ich bemerkt, daß die Esel und Maultiere als Hilfsmittel bei Ausflügen aus der Mode gekommen sind. Ich glaube, die Damen heute schämen sich, im Sattel gesehen zu werden. Früher war es genau umgekehrt; beinahe schämten sie sich zu gehen.
Häufig fielen sie in Ohnmacht. In ihre Mieder gezwängt, knickten sie um wie blasse Hyazinthen.
»Halt!... Halt! Elisetta ist ohnmächtig...«
Die bunte Schlange der Ausflügler auf dem Weg am Berghang hielt an... Jemand sagte: »Herrgott!... so eine Plage!«
»Das Riechsalz! Wer hat das Fläschchen mit dem Riechsalz!«
Meine Mutter hatte immer einen kleinen Vorrat an Zuckerstückchen und ein Fläschchen Sieben-Diebe-Essig von Santa Maria Novella bei sich. Die Zuckerstückchen dienten als Tonikum, als Stärkungsmittel für den Aufstieg, der Sieben-Diebe-Essig half bei Ohnmachten.
Das Fläschchen wurde von Hand zu Hand gereicht.
Elisetta lag besinnungslos auf der Wiese:
»Man muß ihr das Mieder aufschnüren.«
Dafür sorgte irgendeine Mutter in Ersatz der richtigen, falls diese nicht mit von der Partie war. Die Jünglinge wandten sich ab und betrachteten die schöne Aussicht, während eine Freundin sich vor sie hinkniete, den Strohhut vom Kopf nahm und ihr zufächelte. Elisetta kam allmählich zu sich, die Wangen bekamen wieder etwas Farbe, und endlich öffnete sie die Augen.
»Komm, nimm einen Schluck Wasser!«

Für den Schluß habe ich eine Photographie aufgehoben:
Wer meint ihr, steht da so steif wie eine Vogelscheuche? Mit seinem hellen, kleinen Hut, dem weißen Bärtchen, dem Spazierstock und dem Plaid um die Schultern sieht er wie Herr Niemand aus. Und dabei war Doktor Candiani einer der ersten Notare in Mailand, Hausbesitzer – *sapristi* – und Cavaliere!
Papachen war der beste Mann der Welt. Maria Schneck, oder kurz und bündig die Schneck – eine alte Frau, die bei uns und im Haus Candiani in den Sommermonaten als Aufwartefrau diente, und die wegen ihrer überaus langsamen und bedachten Bewegungen so genannt wurde – sagte über den Signor Cesare: »Der Arme... ein lieber Mann... ein guter Mann... ein Heiliger!«
Den Priestern war er nicht allzu gut gesinnt, der Signor Cesare, aber trotzdem war er ein Heiliger.
Als Kind hatte er einen Hund namens Tell, einen Zwergpudel, von dem Tante Angelina behauptete, er habe ihm ähnlich gesehen. '66 meldete er sich freiwillig (natürlich nicht der Hund) zu den Husaren von Piacenza, und sein Tell folgte ihm auf die Schlachtfelder von Custoza. Herrchen marschierte im Trupp, und der Pudel trabte auf derselben Höhe am Wegrand.
Eines Tages heiratete der Ceser Candian, ohne daß jemand davon wußte, womit er bei Freunden und Verwandten Mißmut und Protest erregte.
Er tat alles so klammheimlich, daß niemand etwas davon erfuhr. Seine unzähligen Wohltaten, deren Geheimnis er immer eifersüchtig gehütet hatte, kamen ans Tageslicht, als er auf dem Sterbebett lag. Seine Marina saß mit Papier und Bleistift neben ihm und notierte seine Wünsche: »Da wohnt eine arme Frau in ... der habe ich jeden Monat... sorg du dafür, daß sie weiterhin...«
Dann ruhte er sich aus, sammelte seine Gedanken, versuchte sich zu erinnern: »Ach ja... der Mann in Legnano, den du ein paarmal getroffen hast... auch dem... du mußt ihm...«
Irgendwann wagte sie schüchtern zu bemerken: »Aber... Ceser... Wie stellst du dir das vor? Zähl mit: eins, zwei, drei, vier, fünf...

und dann die hier... und die... das sind so viele, meinst du nicht? Wenn wir allen etwas geben müssen, was bleibt denn dann mir?«
»Du hast schon recht, jetzt ist's genug...«
Und nachdenklich schwieg er, aber die Hand deutete wieder auf das Blatt Papier und den Bleistift: »...weißt du... da wäre... aber das ist die letzte, die allerletzte... da wäre noch die arme Alte...«
So starb er ...

III.

. . . .

... Ping ... pong ...

Das weiße Bällchen springt zwischen dem grünen Tisch und den trommelnden Schlägern hin und her ...

Ping ... pong ...

... Ping ... pong ...

Bei diesem leichten, lockeren, tönenden Schlag wendet man unwillkürlich den Kopf von der einen zur anderen Seite, wie beim Neinsagen...

In manchen Familien – wie dieser – in denen die mißachteten Sitten des vorigen Jahrhunderts, wie emsiges Klavierüben für die Tochter des Hauses, aufrecht erhalten sind, gehört Tischtennis zu den üblichen Spielen.

Bei der Rückkehr von langen, ermüdenden und oft unnützen Gängen durch die Stadt hält mich der weite Innenhof fest.

Frei durchströmt ihn Lisettas Klavierspiel, ist erfrischende Kühle. Ich lausche und sehe sie vor mir. Es ist drei, bis fünf wird sie üben. Sie sitzt im Schatten; ein Sonnenstrahl fällt aufs Parkett, und der gelbe Fleck erhellt mit seinem Widerschein den Salon. Ein Batisttüchlein liegt rechts am Rand der Tastatur. Lisetta greift bisweilen danach, wischt sich die Hände und legt es zurück. Um fünf beginnt ihr Deutschunterricht und dauert bis sechs, vormittags hatte sie Englischunterricht, und glaubt bloß nicht, all diese Studien zielten auf Gewinn, auf einen Einsatz in der Wirtschaft, oh nein, hier ist alles ganz wie einst, verzierende Allgemeinbildung einer Tochter aus wohlhabender Familie.

Erinnert ihr euch an die meist schwarzen Kärtchen mit goldenen Lettern, die in den luxuriösen Geschäften der Monte Napoleone, des Corso oder der Via Manzoni ausgestellt waren? Darauf war zu lesen: »Ici l'on parle quatre langues.« Damals war es in einem Geschäft durchaus ungewöhnlich, vier Sprachen zu sprechen, und die Kenntnis des Italienischen, Französischen, Deutschen und Englischen ein Zeichen von Raffinesse für eine höhere Tochter.

Auch die Mütter kamen gewöhnlich ganz gut zurecht: Nur die Väter, die Ärmsten, hatten keine blasse Ahnung von Sprachen; sie beherrschten nur ihren Mailänder Dialekt, und in wichtigen Gesprächen bewegten sie sich wie auf Messers Schneide am Rande eines milanisierten Italienisch, verloren bisweilen das Gleichgewicht und rutschten in den Dialekt.
Sie legten aber großen Wert darauf, daß die Töchter regelmäßig Unterricht hatten: »Ist heute die Sciora Marforio dagewesen?«
An einem Augusttag, der weit zurückliegt, befanden wir uns in einer Züricher Straßenbahn und mußten an einer bestimmten Haltestelle aussteigen...
Settimia führt mit dem Schaffner ein ziemlich langes Gespräch, mit bestürztem Gesicht, als ob...
»Komisch... ich versteh' ihn nicht!«
Ob Signora Marforio ihr's nicht richtig beigebracht hat?!
...Etwas tiefer, nur ein klein wenig tiefer auf der Werteskala der Gesellschaft standen die häuslich braven Mädchen der einfachen Familien, gute Köchinnen und voller Frostbeulen im Winter; von ihnen hieß es: *Sie ist sehr fromm und kann Französisch*, was Ehrentitel und Heiratsempfehlung war.
Ich habe mich oft gefragt, ob es wirklich notwendig ist, Fremdsprachen zu kennen. Mein Vater, zum Beispiel, bereiste zu seinem Vergnügen mit einem Freund, dem Doktor Tradati von der Senavra, die Welt, und keiner von beiden konnte auch nur ein Wort Französisch, oder erst Deutsch... und Englisch schon gar nicht! Ihre erste Reise führte sie nach Paris; dort blieben sie – glaube ich – etwa zwanzig Tage, und kehrten mit einem einzigen französischen Satz im Gepäck zurück. Sie konnten beim Kellner *Une demie bouteille!* bestellen ....
Um sich mit nichts als seinem Mailänder Dialekt verständlich zu machen, verwandte mein Vater eine Methode, deren Erfolg mich heute noch erstaunt und die ich euch wärmstens empfehle.
Laut skandierend schleuderte er seinem Gesprächspartner die einzelnen Silben ins Gesicht, wie jemand, der sich an einen Taubstum-

men richtet. Wenn diese nicht begriffen, schaltete er auf die nächst höhere Oktave, und wenn er noch kein Ergebnis erzielte, behalf er sich mit den Händen; ich habe gesehen, wie er, um Milch zu bekommen, die Geste des Melkens machte, die Leute haben gelacht und ihm das Gewünschte gegeben.

....

Bekanntlich war das schlüpfrige Reden für den alten Mailänder völlig natürlich und alltäglich. Seine Poesie, an Skurrilitäten reich, glich dem gutgedüngten Land der Mailänder Tiefebene. Sie war die legitime Tochter des achtzehnten Jahrhunderts, das von allen das liberalste war. Schlicht und einfach, ohne Anzüglichkeiten sprach man über alles, auch und gerade bei Tisch, und staunte, wenn jemand etwas dagegen einzuwenden hatte:
»Was denn? Wieso, was ist denn dabei?«
Sie waren Spötter, und über alles machten sie sich lustig, mit einem Wort und oft noch etwas Schlimmerem.
Sie waren durch und durch antiromantisch.

A propos; und das Album der Signorina Maria? Hübsch, wirklich hübsch, mit seinem Plüschdeckel und den Messingbeschlägen, lag es gewöhnlich auf einem Intarsientischchen. Freunde, Bekannte und angesehene Besucher waren gebeten, einen lieben Gedanken, einen Sinnspruch, einen Glückwunsch hineinzuschreiben... mit einladendem Lächeln wurde es ihnen bereits aufgeschlagen gereicht.
Uns beide ließen sie jedoch an jenem Abend in Ruhe; wir waren nicht wichtig genug; wir saßen allein im Salon und amüsierten uns, es durchzublättern, das wunderschöne Album; da fiel uns ein Satz auf. Der Buchhalter Giovanni Brambilla hatte geschrieben: »Das Leben ist ein schwarzer Punkt.« Wir sahen uns an; tatsächlich, so stand es da, schwarz auf weiß!
Mein Freund nahm den Stift und darunter, direkt unter: »Das Leben ist ein schwarzer Punkt«, schrieb er: »...und das A...loch auch.« Klappte zu und legte alles an seinen Platz.

Dann gingen wir hinüber, gerade als das Fräulein Maria ihre Chopin-Etüde, nämlich die vom Einmarsch der Russen in Warschau, auf dem Klavier beendete. »Bravo!... Bravo!... Was für ein Anschlag! Was für ein Stil!«

Als wir dann nächtens nach Hause gingen, stellten wir uns die Szene vor, die sich an einem zukünftigen Abend abspielen könnte. Einem Herrn wird das Album zur Ansicht überreicht, er hält es offen auf den Knien, blättert darin, und in Gegenwart der Mama liest er halblaut da und dort: ...mögen deine Gedanken... Und dann: ...wie die Rose im Mai...

»Meine Tochter möchte Sie bitten... ein paar Worte...«

»Aber gerne... wirklich, nur gerade jetzt... ich weiß nicht recht...«

»Weiter vorn ist noch die ein oder andere Seite... Gott, Freunde der Familie...«

»Ja, ja, ich sehe...«, und liest: »Das Leben...«

...Der Herr packt das Buch mit beiden Händen, sieht genauer hin... »Das Leben... das A...?«

»Das A...?! Wie bitte? Das A...?!« Die Mama erhebt sich, stellt sich neben ihn, nimmt das Lorgnon, liest stirnrunzelnd... »Was? Wie abscheulich!... ein schlechter Scherz... entschuldigen Sie...«

»Ach, gnädige Frau, ich bitte Sie! Ein Windbeutel, ein Spaßvogel...«

Tja, ein Spaßvogel, ein Windbeutel; wieviele es damals gab! Nette, kleine Streiche, Aprilscherze, Schabernack... es war die Luft, was soll ich euch schon sagen, die Luft der damaligen Zeit, die sie begünstigte, es gab so wenig Sorgen...

Das war unsere Welt:... aber dann... was ist im Sommer 1914 geschehen? Wißt ihr es? Niemand weiß es bis heute? Ich würde sagen, wir sind vor lauter *bon mots*, wonniger Muße, *choux à la crème*, entzückenden Schweizerhäuschen und Chopin-Etüden in den gräßlichsten aller Kriege geschlittert. Sollte es da nicht möglich sein, daß jetzt aus Haß und Elend der dauerhafteste Frieden erwächst?

Wenn wir nicht in jenen tragischen zweiten August hineingestolpert wären, der wahrhaftig und zum ersten Mal ein *Tag der Männer* gewesen ist, nämlich der Tag all derer, die an ihm ihr Leben eingebüßt haben, wären die Photographien, die ihr seht, tatsächlich Bilder einer schönen Welt, so aber kann mich nicht einmal die Ausgelassenheit des Maskenumzugs an der Foppa fröhlich stimmen. Ehrlich gesagt, hat er das nie getan.

Ich habe eine vage Erinnerung an die Karnevalszüge aus der Zeit der Pferdebahn, als die Karren bis zum ersten Stock hochreichten. Ich weiß noch, wenn sie durch den Corso Vittorio Emanuele geleitet wurden, sahen wir sie vom Balkon Barnacchis, des Pelzhändlers an der Ecke der Via San Paolo, bei dem Mama im Sommer Muff, Mütze und Marderpelz zur Aufbewahrung gab, um sie vor den Motten zu schützen. Zogen sie hingegen durch den Corso Garibaldi, gingen wir zu Rocch, unserem einzigen Verwandten, der zu Reichtum gekommen ist, weil er eine Garküche in Ponte Vetero aufgemacht hatte.
Mit der elektrischen Straßenbahn begann der Abstieg der Maskenumzüge, der Drähte wegen, die die Karren zu geringer Höhe zwangen. Sie machten unglaubliche Umwege, um eine Handvoll Koriandoli und fröhliches Geschrei bis in Sichtweite des Monumentalfriedhofs zu bringen.
Ich bin immer gern den aufgeputzten Pferden mit ihren grellen Schabracken und den Masken auf den Karren bis in die Vororte gefolgt. Dort sieht sie keiner mehr an, nur ein graues Häufchen lärmender Menschen steht dort herum, aber es kommt noch viel trauriger für den Umzug, wenn er, ans Ende seiner Runde gelangt, wendet und zurückkehrt. Hier sehen die Masken nichts als den Zeitungskiosk und die Trinkwasserpumpe. Den bunten Pferdchen wird ein paarmal zugepfiffen, und sie beginnen zu traben, daß alles knirscht und wankt! Die Karnevalspracht bedarf der Stützen, sonst fällt sie wie Lumpen in sich zusammen.

Oh, die letzten kleinen Karussells unterhalb der Bastionen, am äußersten Rand des Markts der Porta Genova! Gewöhnlich regnete es, und keine Menschenseele war zu sehen, das Karussell stand still. Wenn es in Betrieb war, dann dank zweier Männer, die ein großes Rad drehten. Gegenüber zeigte sich auf der Bühne eines winzigen Puppen-Theaters ein weißbärtiger, alter Mann mit der roten Mütze und Jacke der Garibaldiner, er verkaufte Hühneraugenpflaster. Ich roch Stalluft und gesponnenen Zucker; an einem Pferdezirkus und dem Flohzirkus kam ich vorbei auf der Suche nach meinem Karussell, dem hohen, zweistöckigen, das abends unter Girlanden flackernder Lämpchen erstrahlte, nicht heulte und nicht pfiff, sondern eine langsame, feierliche Orgelmusik hatte und von einem Pferd in Bewegung gesetzt wurde, einem blinden Pferd, das zu seinem Trott in der Runde immer nickte... ja, ja, ja... Ich saß, wie in einer Muschel geborgen, und sah auf den Schwanz und die Ohren des Pferdes und drehte mich mit im Kreis. Hier gibt es gut zwanzig Karussells, sagte ich mir, und alle drehen sich, und die Leute zahlen, um sich mitzudrehen ... *Warum?*
Dann das Labyrinth mit den Schreien und Jauchzern der Mädchen, wenn sie in den Kehren überrascht wurden! Und manch eine stürzte, die Kleider in Unordnung, mit hochrotem Kopf heraus und rief immer wieder im Kreis ihrer lachenden Freundinnen: »Die haben mich angefaßt! Die haben mich angefaßt!«
Für dreißig Centesimi konnte man die Illusion einer Eisenbahnfahrt genießen. Drinnen stand vor einem hölzernen Bahnsteig das Faksimile eines Zuges. Man stieg in ein Abteil zweiter Klasse und wartete; auch eine Stunde, wenn wenig Leute da waren. Heute wird sofort Geschrei erhoben, früher einmal war niemand ungehalten. Endlich wurden die Türchen geschlossen, ein Pfiff ertönte, und auf der anderen Seite des Abteils erhellte sich eine Leinwand mit aufgemalter Landschaft, und... schwingend, Falten werfend, sich einbuchtend zog die Leinwand Telegraphenstangen, Dörfer, Ebenen, Berge, Seen mit sich fort, bis ... *fi i-i-i-i-i-i!* mit einem zweitem Pfiff die Reise zu Ende war!

In die Menagerien bin ich erst später gegangen, denn als Kind hatte ich Angst vor allem möglichen, und auch heute zeichne ich mich nicht durch Waghalsigkeit aus. Ich will euch gestehen, daß ich neulich die Regenschirmspitze abgebrochen habe, als ich mich an der Laterne gegen einen Schmetterling verteidigte. Wie sollten mir da mit sechs Jahren die Löwen Vertrauen einflößen!

Wenn ich das Gebrüll hörte, das aus der Erde zu dringen schien, hielt ich mir die Ohren zu, nicht anders als auf der Schiffahrt von Cernobbio nach Moltrasio, wo ich mir die Ohren ab Villa d'Este zuhielt, aus Angst vor dem Pfiff an der Landzunge von Pizzo.

....

Doch wahres, vollkommenes Glück ist es, wenn man sich auf dem Lande weiß, während die anderen die Schulbank drücken, und dieses Glück genoß ich im Mai in Moltrasio! Aufgelöst war der Haushalt der Oberti, geschlossen Villa Galloni, niemand im Café zur Post. Ich sah nur Leute aus dem Dorf... den Bustoch, die Dorina, den Pedrin... Pedrin saß auf dem Mäuerchen der Schotterstraße zum Carlasc und klagte Doktor Perlasca seine Magenschmerzen.

»Ich brauch' nur ein Glas Wein zu trinken, und sie sind da...«

»Ja, mein Lieber, schuld daran ist nicht was du trinkst, sondern was du getrunken hast...«

Am Abend gondelten wir das Ufer entlang Richtung Urio. Ich ruderte andächtig, so leise, daß man vom Heck das leichte Quietschen des Steuers hörte. Ich schwebte dahin; zwischen Auf- und Eintauchen streiften die Ruderblätter den Wasserspiegel und zeichneten darauf eine Tröpfchenspur.

Wie still, wie friedlich lag der See zwischen Sonnenuntergang und Aufgang des Monds! Müde Wellen tuschelten an den Ufern, doch über den Stufen der Landeplätze, in den Tiefen der Hafenbecken war der See kalt, er war dunkel, feindlich... Er rief... rief schweigend.

Zur Rückkehr fuhren wir dann auf den See hinaus, am anderen Ufer entzündeten sich Lichter, nur wenige, doch jenseits der Landzunge von Torno alles dunkel...

... Juni, Juli, August, oh Gott ... September, und es ist soweit! Nachhilfestunden, Wiederholungsprüfungen!

Gallia est omnis divisa in partes tres... Die Lateinstunden, die mir Professor Fasanotti in seinem Häuschen in Casarino erteilte, sind in meiner Erinnerung an die Kletterschuhe geknüpft, mit denen ich mich für alle Fälle ausrüsten mußte, um zu ihm hochzusteigen. Was für ein Weg! Was für Felsen! Tante Gaetana, die nicht gut zu Fuß war, konnte Moltrasio der Felsen wegen nicht ausstehen: »Ach du und dein Moltrasio«, schimpfte sie mit der Schwester, »all die Felsbrocken ... Von unten ist es ja hübsch anzusehen ...«

Wenn ich über den steilen Maultierpfad von Monte hochstieg, machte ich an der zweiten Kehre eine Verschnaufpause. Unten lag der See, glasklar und frisch, beim bloßen Ansehen linderte er den Durst. Ja, das Wasser! ...

Das Wasser spielt im natürlichen Gleichgewicht der Erde dieselbe Rolle wie die Poesie im geistigen. Seht ihr? Das wird langsam knapp – ein besorgniserregendes Symptom. Schon setzt die Dürrezeit ein.

Wenn auch die lächerlichen vier Lire, die Professor Fasanotti von meinem Vater für die Stunden verlangte, nicht das Wunder bewirkten, mich in einen Gandino oder Inama zu verwandeln, so haben sie für mein Leben doch viel mehr getan, da sie in mir die Neigung zur Poesie angeregt und gefördert haben. Schlaksig, wie er war, und immer in Kletterschuhen, weil er die verdammten Felswände, die Tante Gaetana so sehr haßte, hochsteigen mußte, holte er ein Bündel kleiner Zettel hervor, drehte sie hin und her und: »Hör mal, das hier ...« Er las mir ein Sonett vor:

Predigt eines Dorfpfarrers

Frühmorgens, aus dem Schlafe kaum erwacht,
ist eure erste Sorg' das Vieh im Stall,
ihr lauft, versorgt Kuh, Ochse, Esel, Schwein,
und werft den Blick auf Trauben, Äpfel, Birnen.

Der Krämer läuft an Ladentisch und Waage,
die's richtige Gewicht nie zeigt, indes
für Den da oben mit der rechten Waage,
Der heute nehmen kann, was gestern dein,

nicht ein Gedanke! Doch kommt erst der Herr!
Der erste Esel, erste Ochs: der Herr,
und auch die erste Rebe ist der Herr!

Das erste Schwein, jawohl, das ist der Herr,
vor allen andern Dingen kommt der Herr,
und vor der Arbeit betet drum: Oh Herr!

Die Stunde endete mit der Violine, die Professor Leopoldo aus dem Kasten holte und mit Blick auf den Monte Piatto in den Arm nahm.

»Meine Studienkollegen«, sagte er dann, »hatten für ihre Abschlußarbeit Themen über die *consecutio temporum*, den Gebrauch des Gerundiums gewählt, ich aber habe folgendes Thema abgehandelt: *Der Teufel.*« Und der Teufel trillerte noch auf den Saiten seiner Violine; als überzeugter Spiritist glaubte er auch an die roten Bücher Allen Kardeks.

Schließlich suchten wir den kleinen Garten auf, der sich am steilen Berghang auf engem Raum zusammendrängte. Der einfache Mann freute sich an der mageren Ernte dieses Fleckchens Land. Für sich und seine Kollegen hatte der Dichter geschrieben:

Mir zum Nutzen und Verzehr
hab' ich herrlichen Lein gesät,
Kürbisse, dem Professor Reklame!

sollte es bei Werken der kleinen Form eigentlich nicht geben (ebensowenig wie bei Witzen). Wenn jedoch Feuilletons über fünfzig Jahre nach dem Tag, für den sie geschrieben wurden, als Buch erscheinen, zudem übersetzt in eine andere Sprache und gelesen in einer anderen Geschichte, muß doch einiges (so wenig wie irgend möglich!!) erläutert werden.

8 *Cavourin,* sardinisch-piemontesische Münze der Risorgimento-Zeit, so genannt nach dem Ministerpräsidenten Graf Camillo di Cavour. – *Franken* als populäre Bezeichnung für die Lira erinnert an die französische Herrschaft in der Lombardei.

12 Am *6. Februar* 1853 mißglückte ein Aufstand der Anhänger Mazzinis in Mailand.

13 *Schlacht von Caporetto* am 1. November 1917, italienische Offensive gegen Österreich an der Piave. – In *Lissa* und *Custoza* erlitt 1866 die italienische Armee im Krieg gegen Österreich schwere Niederlagen. – »*... '59 nach Piemont geflüchtet...*«: im Frieden von Zürich (1859) fiel die Lombardei an Frankreich; die »Irredentisten« sammelten sich in Sardinien-Piemont.

17 Carlo *Porta,* Finanzbeamter (1775–1821); seine im Mailänder Dialekt geschriebenen Gedichte behandeln – satirisch – die Mailänder (Volk, Klerus, Adel) in der Zeit der Französischen Revolution. Das Gedicht *La Ninetta del Verzee* berichtet vom Leben einer Prostituierten.

24 Der *heldenmütige Anselm,* ein Kreuzritter, verdurstet in Giovanni Visconti Venostas Scherzdichtung *La partenza del crociato* (1856) vor dem Ziel, weil sein Helm ein Loch hat.

25 *I todesch,* »die Deutschen«, wurden in Mailand die Österreicher genannt.

27 *L'Italia*, 1912 gegründet, Mailänder Zeitung katholischer Richtung.

34 Der *Aufstand von '98* (8./9. Mai 1898) in Mailand, ausgegangen von den Sozialisten und schnell zu einer breiten Protestbewegung der Armen geworden, wurde von General Bava Beccaris blutig niedergeschlagen (100 Tote, 500 Verletzte).

42 Giovanni *Pascoli* (1855–1912), Schüler Carduccis und (seit 1905) sein Nachfolger als Professor für italienische Literatur in Bologna. Als Student wegen revolutionärer Aktivitäten in Haft (1879), leidenschaftlicher Pädagoge. Pascoli, bedeutendster italienischer Lyriker nach Carducci, ist der melancholische Dichter des Kleinen und Idyllischen und des Alltags der einfachen Menschen. Tessa zitiert hier einen Vers aus *Le ciaramelle, Canti di Castelvecchio VII* (1903).

45 *Mostarda* ist eine Süßspeise aus Most und Mehl.

47 Cesare *Tallone* (1853–1919), Mailänder Maler.

48 *Emilio de Marchi* (1851–1901), Erzähler in der Tradition Manzonis. Sekretär der Accademia scientifica letteraria in Mailand; Herausgeber der volkstümlichen Reihe *La buona parola*, in der auch seine humoristisch-pädagogischen Romane über das Mailänder Kleinbürgertum erschienen.

51 *Leila* (1905), Roman von Antonio Fogazzaro (1942–1911) aus Vicenza. Fogazzaro, zugleich gläubiger Katholik, italienischer Patriot, Spiritist und Darwinist, war ein genauer Beobachter des Bürgertums und der Provinz-Aristokratie. – *Mimi Bluette* (1916) von Guido Da Verona (1881–1939).

52 *Der Fischer von Chiaravalle* und *Der Einsiedler von Piacenza* waren populäre Almanache bzw. »Kalender«.

53 *Hundert Städte Italiens* am Domplatz war das führende Modegeschäft Mailands; heute befindet sich am selben Ort ein Geschäft der Mode-Kette Rinascente.

Salvatore *Gotta* (1887–1960), Jurist; Mitarbeit an *La Stampa* und *Corriere della Sera*; Verfasser von über 70 Romanen, Kinderbüchern und Theaterstücken.

55 *... wie Don Abbondio sein Haus, als die Landsknechte einfielen*: Anspielung auf Kap. XXIX von Alessandro Manzonis *Die Verlobten.*

59 *Corriere dei Piccoli*, illustrierte Kinderzeitschrift.

64 *Navigli* hießen die schiffbaren Grachten im alten Mailand; in den Dreißiger Jahren zugeschüttet.

74 *Et l'homme est ...*, Vers aus Baudelaires *Le crépuscule du matin.*

88 *meng unter ...*, Vers aus G. Pascolis *L'Immortalità, Primi poemetti*, 1904. (Vgl. Fußnote S. 42)

89 *»la fraîcheur ...«*, Zitat aus Charles Baudelaires *Femmes damnées.*

93 *Il Corriere della Sera*, seit 1876 bestehende rechtsliberale Zeitung.

96 *Tristi amori*, Theaterstück von Giuseppe Giacosa (1847–1906). Der Autor, zunächst Jurist, dann Herausgeber der Zeitschrift *La Lettera* in Mailand und literarischer Freund Carduccis, De Amicis, Fogazzaros und D'Annunzios, Puccini-Librettist, brachte mit diesem Stück 1888 »Ibsen nach Italien«, wie ein zeitgenössischer Kritiker schrieb.

97 *Carso*, (»der Karst«), blutiges italienisch-österreichisches Schlachtfeld im Ersten Weltkrieg.

98 *Mosé Bianchi* (1840–1904), Maler in Monza. – Die *Firnis-Dame* ist Tessas Freundin Elisabetta Keller; vgl. die Nachbemerkung.

110 *Ferragosto*, Mariä Himmelfahrt am 15. August; an diesem Tag verläßt »ganz Mailand« die Stadt.

116 *L'Ambrosiano*, 1922 – also bereits zur Zeit des Fascismus – gegründetes Mailänder Blatt; in seinem liberalen Feuilleton schrieben u. a. Carrà, Borgese, Vittorini und Gadda; vgl. die Nachbemerkung.

119 *wir rufen Barbarossa:* 1162 ließ Friedrich I. Barbarossa Mailand schleifen und die Einwohner auf die Nachbardörfer verteilen. Aus dieser Roßkur mit der Spitzhacke ging die Stadt

innerhalb von zwanzig Jahren so neu und schön hervor, daß der Kaiser 1184 dort seinen Sohn Heinrich VI. zum König von Italien krönen und Hochzeit mit Konstanze von Sizilien feiern ließ.

127 *Crocetta:* San Calimero-Denkmal.

149 »Taubenschlag« *(Colombario)* wurden die Grabwaben der alten Friedhöfe genannt.

150 *Arabella* (1892), Roman von Emilio de Marchi (vgl. Fußnote S. 48).

151 *Cassina di Pomm:* beliebtes Ausflugsziel in der Nähe Mailands; populärer Kupferstich von F. Belleno (1808) nach einer Vedute von Gaspare Galliari.

152 *fitt*: mailändisch für *affitto*, Miete.

178 *Ettore Fieramosca*: Figur aus dem gleichnamigen patriotischen Theaterstück (1833) von Manzonis Schwiegersohn Massimo d'Azeglio; hier zugleich ein (politisches) Wortspiel mit den Bedeutungen von *fiero* (stolz) und *mosca* (Fliege; Oberlippenbärtchen) resp. *barba* (Bart).

179 *Fiorenzo Tomea*, geb. 1910; expressionistischer Maler.

180 *Elisabetta Keller*, Mailänder Malerin und Freundin Tessas, vgl. die Nachbemerkung.

184 Giosuè *Carducci* (1835–1907) ist der große italienische Lyriker des 19. Jahrhunderts, der »politische Dichter des neuen, heroischen Italien«; erhielt 1906 den Literatur-Nobelpreis.

200 *Portas Bongee*: Giovannin Bongee ist die Titelfigur von Carlo Portas *Le desgrazi di G. B.* (1812) bzw. *Olter desgrazi di G. B.* (1813); vgl. Fußnote S. 17.

213 *Cesare Beccaria* (1738–1794), Mailänder Jurist, dessen humanistisch-programmatische Kritik des feudalen Strafrechts *(Dei delitti e delle pene*, zuerst anonym und ohne Druckort 1764; auf den Index gesetzt) der Obrigkeit als staatsfeindlich und ketzerisch galt; noch die Stellung seines Denkmals ist eine heimliche Demonstration gegen den Macht-Staat.

238 *ein Kilo grobes Salz ...:* im Sinne von *um den brauchst du dir keine Sorgen zu machen*; sprichwörtliche Anspielung auf die Karriere des Genuesers Tommaso Marini, der Mitte des 16. Jahrhunderts in Mailand durch einen Salzhandel schnell reich wurde.

242 Edoardo *Ferravilla* (1846–1945), Mailänder Komiker und Komödienautor. – *Zwei Baumzeilen ...:* Zitat aus Carlo Portas Gedicht *Apparizion del Tass.*

261 *La Perseveranza*, liberal-konservatives Mailänder Blatt 1860–1920. – *Il Secolo*, 1866 gegründete demokratische Zeitung, ab 1923 faschistisch.

273 *Senavra*, frühere Irrenanstalt Mailands (seit 1780)

279 *Gallia est omnis divisa ...*, Anfang von Caesars *De bello Gallico.* – Giovanni Batista *Gandino* (1827–1905), Latinist. – Giovanni Vigilio *Inama* (1835–1912), Gräzist.

280 *Allen Kardek*, Pseudonym des Spiritisten Hippolyte Rivail (1804–1860).

Von der Portiersloge zum Café, und weiter durch Gassen und Straßen, über Plätze, an Kirchen vorbei, rund um das Gravitationszentrum Sant'Alessandro, erschließt sich Tessas Topographie der Stadt im Koordinatensystem ihrer Namen. Aber es ist nur der innerste Kern von Mailand, innerhalb des Rings der Kanäle, mit Abstechern zu den Bastionen, zu den Vororten, zu Ausflugszielen auf dem Land. Die räumliche Ausgrenzung der neuen Stadtviertel gehorcht einem selektiven Blick auf die Dinge, der die Erinnerung an Vergangenes bewahrt; er bleibt hängen an den verblaßten Farben, den traurigen Überresten, den Zeugnissen einer alten Stadt, die im Sterben liegt und Zuwendung braucht, wie einer unserer Lieben, den wir erst wieder wahrnehmen, wenn er sich nicht wohlfühlt.

Wer die Stadt mit der mitleidvollen Vertrautheit eines Familienmitglieds betrachtet, hat zuvor, in seiner Kindheit und Jugend, familiäre Geborgenheit in ihr erfahren. Der schmerzliche Blick auf die architektonischen Wunden, die den Kirchen beim Herausschälen aus dem baulichen Kontext zugefügt werden, antwortet auf die Wohltätigkeit dieser großen Mutter, in deren Schoß sich die schutz- und trostsuchende Schar der Gläubigen wie zur Atzung versammelt hat. Und die Stadt selbst, eine kleine Welt, von Kirchtürmen überragt, in deren Schatten sich Bordelle und Diebshöhlen drängen, die Stadt als Kloake in der Entsprechung von Baudelaires *gouffre commun*[1], ist in entschiedener Opposition zu D'Annunzios Ästhetizismus und Übermenschentum der Ort, worin sich Solidarität mit den Ausgegrenzten, den kleinen Verbrechern, Prostituierten, Armen und Alten entfaltet. Eine Poetik des Häßlichen negiert mit dem Grau des Insignifikanten und Elenden im städtischen Alltag die ästhetizistische Verachtung der »demokratischen grauen Flut, in der soviel Schönes und Wertvolles untergeht«[2], und ihr politisches Korrelat.

Tessas anti-D'Annunzianische Haltung findet Rückhalt in der lombardischen Tradition dialektaler Dichtung, die durch Parteinahme für die Niedrigen gekennzeichnet[3] ist, und andererseits im Kindheitsmythos Pascolis[4].

Dem forschenden Blick, der nach Spuren einer Heimat sucht, kann die Oberfläche des Historischen, des Offiziellen nicht genügen. Was davon zur Sprache kommt, ist gefiltert durch den Spott des Alltäglichen, des Banalen: Im Gestank der Fabriken nördlich der Stadt bezeugt das Mailand der Kindheit Tessas seinen Rang als heimliche Hauptstadt Italiens, während die herrschende Fortschrittsbegeisterung ihren adäquaten Ausdruck in den bejubelten Kolossalballetten der Scala fand, die Elefanten und mayonnaisegelbe Papp-Straßenbahnen auf die Bühne brachten[5] – wovon bei Tessa wiederum nur der Sieg der (Elefanten-)Natur zählt. Auch die Mailänder Unruhen von 1898 rücken nur als Ursache für den respektvollen Umweg des Bürgers ins Blickfeld. Tessas antithetische Evokation der Historie potenziert sich im Fall des ersten Weltkriegs, wenn er die Befürchtungen der Mailänder in Café und Salon und mitten auf der Via Montenapoleone den offiziellen Bulletins des Obersten Kommandos entgegenhält und jenen Alltag noch durch den Fatalismus der spatzenliebenden Tante in den Schatten stellt[6]. Was nach der großen Zäsur des Kriegs kommt, dessen Ende Mailand euphorisch mit Licht und Festen feierte[7], während Tessa seine zwei alten Leutchen zur Danksagung in die Kirche verschwinden läßt, steht im Zeichen der Düsterkeit.

Die Wirtschaftskrise von 1930 läßt die Risse in den Decken sichtbar werden, und nach dem Bankrott reduziert sich der Alltag der angesehensten Unternehmen und Familien auf Hinterhofansichten. Ein Zehntel des Glücks für zehnmal so teure Tomaten, rechnen die Kleinbürger, die Raucher werden sparsam und ruinieren die ewig prekäre Branche der Kippenverwerter. Die Stadt, müde und einsam geworden, erleidet am eigenen Leib die architektonischen Säuberungsaktionen der Staatsmacht, während der Äthiopienkrieg zum Ferienidyll verkommt und im Zirkus der Staatsfeind gehetzt wird. Aus der ergrauten, häßlichen Stadt zieht sich die Überlebenslust auf den Friedhof zurück.

Draußen tragen die armen Frauen aus dem Volk, die zuviel Elend erlebt haben, verschlossene Gesichter zur Schau, wie Häuser mit zugemauerten Fenstern. Die bürgerliche Alternative zu diesem Erblinden ist der nach innen gewandte Blick – Erinnerung an die Geborgenheit der früheren kleinen Welt als Antwort auf die schmerzlich beobachtete Entfremdung der Stadt durch den Faschismus; die Sprache der Innerlichkeit – konkret der Dialekt des Lombarden – wird Protest.

Denn längst kann der Blick in die Vergangenheit kein ungetrübtes Idyll mehr erschließen; im Bewußtsein der Distanz mischt sich Ironie zur Sehnsucht und erkennt im Heimeligen der alten Stadt nicht nur die Poesie der einfachen Dinge, sondern auch bereits den Keim zum Übel. Der innere Blick trifft auf einen anderen, dessen Resignation auch Kritik an der Enge des ewig Gleichen transportiert; der einzelne Baum, der sich in der Enge lichtloser Gärten mühsam behauptet, kann jenseits der Mauern nur die Fortsetzung derselben Dürftigkeit entdecken. Es lohnt nicht den Blick.

Tatsächlich zerbröckelt der Mythos aus dem 18. Jahrhundert von Mailand als der heimlichen Hauptstadt Italiens, welche Vorrangstellung Mailand den aufklärerischen Zeitschriften *Caffè, Conciliatore, Politecnico* verdankte. Der Literatur der Dekadenz, von Dossis *Altrieri* zu Gaddas *Erkenntnis des Schmerzes*, will in der blühendsten Region Italiens kein Bild in den Farben des industriellen Aufschwungs gelingen; Generationen nach dem Widerstreit von aufgeklärtem Geist und romantischem Herzen meldet sich hier ein müder Sarkasmus zu Wort, den auch Tessa teilt. Seinen Bildern der Erinnerung ist ähnlich wie denen Dossis immer schon der Tod eingeschrieben. Nur wenige Jahre später bestätigen Gaddas *Adalgisa* und Savinios *Ich höre auf dein Herz, o Stadt*, zwei Stimmen aus einer vom Krieg zertrümmerten Stadt, die tragische Perspektive Tessas, wobei Savinio jedoch aus der Tatsache, daß die Statuen der Väter der lombardischen Heimat auf ihren Sockeln überlebt haben, ein gutes Omen für das Wiedererstehen der Stadt ableitet[8]. Die dann einsetzende kulturelle Öffnung Italiens, besonders Amerika gegenüber, weist zurück auf die Rolle des amerikanischen Films in den Jahren des Faschismus, wie sie auch die präzise Wahrnehmung Tessas wiedergibt, als Blick »über die Mauer« der Alpen, des Ozeans – im Grunde auch nur Evasion[9]. Für Tessas eigene Produktion bedeutet Filmsprache – wie die der Musik – Modernität der poetischen Mittel bei demonstrativ traditionellem Material. Das Erbe der Scapigliati, Crepuscolari und Pascolis einerseits und Portas andererseits ergibt gemischt und durch eine moderne Wahrnehmung der zersplitterten Welt fragmentiert die groteske, verzweifelte Elegie des wachen Zeitgenossen am Rand der Katastrophe[10].

Delio Tessa, Sohn der Clara Besozzi und des Senio Tessa, Buchhalter in der Stadtsparkasse, wurde am 18. November 1886 geboren. Die Familie – alteingesessene Kleinbürger – lebte bis 1895 in der Via Fieno im Herzen des alten Mailand, in einem der Häuser des 17. Jahrhunderts mit rings um den Hof laufenden Balkonen, und zog dann in die nahegelegene Via Olmetto in ein neues, »herrschaftliches« Haus. Von hier aus besuchte der versponnene Junge lustlos das Beccaria-Gymnasium an der Piazza San Giovanni in Conza (heute Piazza Missori), 1906–1911 absolvierte er ebenso lustlos ein Jura-Studium in Pavia und wurde dann widerwillig Rechtsanwalt. Mit seinem Jugendfreund, dem Anwalt-Maler-Musiker-Poet Fortunato Rosti hatte er zunächst eine Sozietätspraxis in der Via Spiga. (Die spleenige Geschichte Rostis erzählt Tessa in *Ein humanistischer Maler.*)

1922 mietete er eine Kanzlei in der Via Rugabella 11; das alte Haus mit dem dichten Garten und Sor Pinins Katzen wurde in den folgenden Jahren sein Lebensmittelpunkt in Mailand, den er mit zwei engen Freunden teilte: mit Pier Giorgio Vanni, einem Offizier der Luftwaffe, Ingenieur, Tüftler und Filetspitzenfabrikant, und dessen Frau, der Malerin Elisabetta Keller, *Rity* genannt. Zeitweilig

gehörten auch Elisabettas Malschülerinnen und Fortunato Rosti zur merkwürdigen Gemeinschaft der Via Rugabella 11.
Hier und in einer nahegelegenen Buchhandlung trafen sich die Freunde Giosafatte Rotondi, Emilio Guicciardi, Carlo Linati und der Kreis um Ferrieris Zeitschrift *Convegno*, diesem Versuch Mailänder Intellektueller, den Diskurs mit der zeitgenössischen europäischen Literatur in der provinziellen Enge des faschistischen Italien fortzusetzen[11].
Zufluchtsort war auch das Haus in der Viale Beatrice d'Este 17, das Tessa nach dem Tod des Vaters, im Dezember 1925, gekauft hatte. Hier wohnte er, mit seiner Mutter, im vierten Stock; Aldo Carpis späteres Gemälde *Una serata musicale in casa Tessa* (1963) hält die bürgerliche Geselligkeit fest, die da gepflegt wurde. Die Wohnung darüber hatten die Freunde Vanni und Keller, und unterm Dach war Elisabettas Atelier.

Erst 1932 brachte Luigi Rusca (der Begründer der *Medusa*-Reihe bei Mondadori) Tessa dazu, seine Gedichte zu veröffentlichen; das schmale Bändchen *L'è dì di mort alegher!* (Freut euch, heut' ist das Fest der Toten) in einer Auflage von 1600 Exemplaren hatte wenig Resonanz, wurde aber Tessas literarisches Entreebillett auch außerhalb Mailands und Italiens. Ab 1935 schrieb er dann Feuilletons und Literatur-, Film- und Musikkritiken, vor allem für Tessiner Blätter (*Corriere del Ticino; L'Illustratione ticinese; Radioprogramma*) und für den Rundfunk der italienischen Schweiz[12].
Das Tessin war für ihn das letzte Stück Lombardei, in dem er sich frei fühlte und in Ausstellungen, Konzerten, beim Stöbern in Antiquariaten und Buchhandlungen von dem bedrückenden Lebensgefühl im Italien jener Jahre lösen konnte.
1936 begann, auf Vermittlung von Carlo Linati, seine Mitarbeit an der Mailänder Zeitung *L'Ambrosiano*, die durch Beschränkung auf Lokal- respective Regionalthemen sich einen gewissen Freiraum bewahren konnte und in diesen Jahren einen anerkannt liberalen Kulturteil hatte; Autoren wie Carrá, Borgese, Savinio, Bacchelli,

Severini und von den jüngeren Gatto, Penna, Vittorini und Gadda schrieben da für Mailänder Leser über Mailänder Sujets. Jetzt auch Tessa, der in seinen Mailänder Feuilletons – fast alle der 60 Texte in *Ore di città* wurden 1936–39 in *L'Ambrosiano* veröffentlicht – die ideale literarische Form fand für seine Lebenshaltung der »Passivität«[13].

Damit wurde er zum Mailänder Flaneur, zum Wahlverwandten des Berliner Spaziergängers Franz Hessel. Wie diesem *eröffnete sich ihm die Stadt als Landschaft, umschloß ihn als Stube* – aber die zehn Jahre zwischen beiden machen den Vergleich eigentlich unmöglich, mehr als andere Unterschiede; zwischen dem Berlin Ende der Zwanziger Jahre und dem Mailand Ende der Dreißiger liegt jene »matte Verzweiflung«, an der man stirbt.

Delio Tessa starb am 21. September 1939, an einem vernachlässigten Zahnabszeß. An einem Zahn, hatte Thomas Mann fast vierzig Jahre zuvor geschrieben, stirbt man nicht: Die Grenzen waren geschlossen, in Europa war Krieg, die Veröffentlichung von Tessas druckreifem zweiten Gedichtband[14] war von dem schweizer Verlag Melisa deshalb ohne Termin verschoben worden ... Schon vierzehn Tage vor seinem Tod, in einem Brief am 6. September, hatte Tessa geschrieben: »Eine kleine Bombe, die auf mein Haus fiele, würde mit einem Schlag Besitz und Besitzer auslöschen. *Im Grunde haben wir genug gelebt.*«

Seine Mutter, deretwegen er nicht rechtzeitig in der Schweiz geblieben war, überlebte ihn um zwei Jahre.

Dante Isella ist es zu verdanken, daß seit 1979 Tessas Gesamtwerk publiziert wird. Er edierte die antifaschistischen Satiren unter dem Titel *Alalà al pellerossa* bei Schweiwiller und eine kritische Ausgabe aller Gedichte 1985 bei Einaudi sowie eine Reihe von Prosasammlungen, zuletzt 1988 bei Einaudi die vollständige (und um die Kindheitserinnerungen *Brutte fotografie di un bel mondo* erweiterte) Ausgabe von *Ore di città*, die der vorliegenden ersten deutschen Übersetzung zu Grunde liegt.

1 C. Baudelaire, *Le crépuscule du soir*. G. Anceschi ergänzt die Reihe durch F. Lois *foppa comune* (Kloake oder Massengrab).

2 Andrea Spirelli in G.D'Annunzios Roman *Il piacere*. In den Populärroman dringt der Superomismus durch Guido Da Verona.

3 Tessa beruft sich mehrfach auf Carlo Portas komisch-dramatische Porträts von Figuren aus dem Volk, die gegen die Präpotenz ihrer Umwelt ständig unterliegen, wie Giovannin Bongee, Ninetta, Marchionn. Neu belebt wird der lombardische Figurenkanon durch das positivistische Interesse des 19. Jahrhunderts: auf die Unterwelt ausgerichtet bei den Scapigliati Paolo Valera in *Milano sconosciuta* (1879) und Cletto Arrighi in *Ventre di Milano*; mit paternalistischer Rührung verbrämt in Emilio de Marchis Fortsetzungsromanen *Demetrio Pianelli* (1890) und *Arabella* (1892); folkloristisch in den Komödien Edoardo Ferravillas.

4 Besonders die Gestaltung des Kindheitsmythos auf der Ebene der Kollektivität als kaum differenzierter Gefühlssozialismus.

5 *Amor* in *Theaterbesuch*; C.E. Gadda nennt auch das Ballett *Excelsior* (in *L'Adalgisa*).

6 Ganz ähnlich verfuhr Tessa schon in seinem ersten größeren Gedicht *Caporetto 1917* in: *L'è el d di mort alegher!* (Turin 1985, S. 53 ff.), wo gleichfalls Kriegspropaganda und -industrie gegen die ungeheuren Menschenverluste aufgerechnet werden.

7 *Dachstuben*. Den Taumel direkt nach dem Krieg beschreibt auch M. Bontempelli in *Das geschäftige Leben* (dt. Göttingen 1991).

8 C.E.Gadda, *L'Adalgisa*, 1944; A. Savinio, *Ascolto il tuo cuore, città*, 1944; C. Dossi, *Altrieri*, 1868. – Mit Dossi verbindet Tessa der melancholische und humorvolle Ton und ein Symbolismus des Ausklingens, Vergehens.

9 Ausführlicher als in den Prosatexten kommt im Gedicht *La mort della Gussona* (1912 – 1930) zum Ausdruck, wie der amerikanische Film Inbegriff der Evasion aus der stickigen Enge des faschistischen Alltags wurde; das Paradies ist 1930 nicht von

Putten, sondern von schmetterlingshaften Diven der Metro, Fox und Paramount bewohnt.

10 In einem Rückblick auf seine Gegenwart schrieb Tessa Mitte der Dreißiger Jahre: »Es muß recht unerfreulich gewesen sein, zwischen zwei Kriegen zu leben, sich vom ersten nicht erholt zu haben und jeden Moment den Ausbruch des zweiten erwarten zu müssen.«

11 *Il Convegno*: 1920 gegründet mit dem Ziel der Vermittlung europäischer Kultur, machte die Zeitschrift in den Jahren des Faschismus Joyce, Eliot, Proust und Kafka in Italien bekannt. Zu Vorträgen kamen u. a. Valéry, Rilke, Svevo.

12 *Critiche contro vento. Pagine »ticinesi« 1934-1939*, Hrsg. G. Anceschi, Lugano 1990.

13 »Ich war mein ganzes Leben lang passiv, sah zu und ließ immer andere machen«: *Brutte fotografie di un bel mondo*, IV.

14 Unter dem Titel *Poesie nuove ed ultime* wurde der Band, um 16 Gedichte erweitert, 1947 von Fortunati Rosti und Franco Antonicelli im Turiner Verlag de Silva herausgegeben.

Editorische Notiz

Die deutsche Ausgabe folgt den Erstdrucken in *L'Ambrosiano* 1936–1939 und der von Dante Isella besorgten Ausgabe von *Ore di città*, Turin 1988 (Scritti di Delio Tessa II). – Im Schlußkapitel (*Brutte fotografie di un bel mondo*, Erstdruck in *Broletto*, Como 1937/38) wurde die Folge III ausgelassen, die anderen gekürzt. Alle Anmerkungen stammen von der Übersetzerin.

Die Abbildungen der deutschen Ausgabe – zeitgenössische Photographien, meist Postkarten – sind in den italienischen Ausgaben nicht enthalten; sie stammen aus den Archiven der Übersetzerin und des Verlags. – Die Karikatur Delio Tessas (in der Umschlagklappe) wurde der *Ore di città*-Ausgabe 1984 bei Libri Scheiwiller, Milano, entnommen.

ISBN 3-921810-55-8

Gesetzt in der FotosatzWerkstatt Tempelhofer Ufer 21, Berlin.
Lithos S&T scan Reproduktionsges., Berlin.
Gedruckt und gebunden von der Fuldaer Verlagsanstalt, Fulda, 1992.

Inhalt